2022

MISSEL

des enfants

Illustrations
Couverture, dimanches et fêtes :
Marcelino Truong

Ordinaire de la messe :
Catherine Chion

Textes liturgiques © AELF
Textes d'accompagnement publiés initialement dans *Grain de Soleil.*

18, rue Barbès 92120 Montrouge
Dépôt légal : septembre 2021 - ISBN : 979-1-0363-3088-9

Loi n° 49-956 du 16 juillet 1949 sur les publications destinées à la jeunesse.
Imprimé en Italie par La Tipografica Varese Srl.

2022

MISSEL
des enfants

bayard jeunesse

Je vais à la messe

Ce livre est une belle chance
pour toi qui l'as entre les mains.
Il peut te permettre de mieux connaître Jésus le Christ.
Il te fait découvrir ce qu'il nous dit,
il t'aide à mieux le rencontrer le dimanche à la messe.
La première partie de ton missel t'explique les paroles
et les gestes qui ne changent pas d'un dimanche sur l'autre ;
la deuxième te fait découvrir les lectures qui, elles,
changent à chaque messe et qui sont tirées de la Bible.

*À chaque chapitre, tu trouveras
une explication des mots difficiles
(en gras dans les textes).*

Tous les textes des dimanches et fêtes
de l'année liturgique 2021-2022
avec la nouvelle traduction de l'ordinaire de la messe.

ANNÉE C

Les objets de la messe

La patène
Sur ce petit plat, le prêtre dépose les hosties.

Le calice
Cette coupe contient le vin.

Les burettes
Ce sont les petits flacons dans lesquels on met l'eau et le vin.

La chasuble
La chasuble est un grand vêtement que le prêtre met par-dessus son aube pour célébrer la messe.

L'étole
Cette longue écharpe de tissu est l'insigne du prêtre.

L'aube
C'est une longue tunique blanche. Son nom vient du latin « alba » qui veut dire blanc. Par-dessus l'aube, le prêtre peut mettre une grande cape, la chasuble.

Quatre grands moments

Pendant la messe, quatre grands moments se succèdent. Découvre-les ! Les pages de gauche t'indiquent comment ils se déroulent, celles de droite répondent à tes questions.

❶ Le rassemblement

❷ Le temps de la Parole

❸ Le temps de l'Eucharistie

❹ L'envoi

Le Seigneur nous rassemble

Voici rassemblés des familles,
des amis, des voisins, des passants, des inconnus...
Nous sommes tous venus, invités par Jésus Christ.

Quand le prêtre arrive, nous nous levons et nous chantons. Puis nous faisons le signe de croix en même temps que le prêtre.

Le prêtre

– Au nom du Père, du Fils et du Saint-Esprit.

Nous

– Amen.

Le prêtre

– La grâce de Jésus, le Christ, notre Seigneur,
l'amour de Dieu le Père,
et la communion de l'Esprit Saint,
soient toujours avec vous.

Nous

– Et avec votre esprit.

Les questions

Pourquoi la messe a-t-elle lieu le dimanche ?
Jésus est apparu ressuscité à ses disciples le premier jour de la semaine, le lendemain du sabbat. Depuis, les chrétiens ont choisi ce jour pour se rassembler en mémoire de lui. C'est devenu le jour du Seigneur, en latin « dies dominicus », qui a donné le mot français « dimanche ».

Pourquoi célèbre-t-on la messe dans une église ?
C'est une maison construite spécialement pour le rassemblement des chrétiens. Mais la messe peut être célébrée dans d'autres lieux : une école, une prison, en forêt pour les scouts, sur les places publiques pour les grands rassemblements…

Pourquoi faut-il un prêtre pour célébrer la messe ?
Parce qu'il a reçu la mission de rassembler les chrétiens au nom du Seigneur. Il préside la célébration au nom de Jésus Christ.

Les gestes

Se tenir debout
Nous devenons une assemblée de gens que Dieu relève, que Dieu met debout, un peuple de ressuscités.

Chanter
C'est une joyeuse manière de prier ensemble !

Faire le signe de croix
Avec notre main droite, nous traçons sur nous une croix, du front au ventre et de l'épaule gauche à l'épaule droite. Ainsi nous nous laissons recouvrir tout entiers par la vie de Dieu, Père, Fils et Saint-Esprit.

Nous demandons le pardon de Dieu

Nous nous tournons vers Dieu.
Nous reconnaissons devant lui tout le mal que nous avons fait et nous regrettons de n'avoir pas fait plus de bien.
Mais Dieu nous connaît et il nous pardonne.

Le prêtre

– Frères et sœurs, préparons-nous à célébrer le mystère de l'Eucharistie, en reconnaissant que nous avons péché.

Nous

– Je **confesse** à Dieu tout-puissant, je reconnais devant vous, frères et sœurs, que j'ai péché en pensée, en parole, par action et par **omission**.

On se frappe la poitrine.

Oui, j'ai vraiment péché. C'est pourquoi je supplie la bienheureuse Vierge Marie, les anges et tous les saints, et vous aussi, frères et sœurs, de prier pour moi le Seigneur notre Dieu.

Le prêtre

– Que Dieu tout-puissant nous fasse **miséricorde**, qu'il nous pardonne nos péchés et nous conduise à la vie éternelle.

Nous

– **Amen**.

On chante le Kýrie eléison (Seigneur, prends pitié)

Kýrie, eléison.	***(Ou bien)***	Seigneur, prends pitié.
Christe, eléison.		Christ, prends pitié.
Kýrie, eléison.		Seigneur, prends pitié.

Les gestes

Se frapper la poitrine

En me frappant la poitrine, je reconnais que c'est bien moi qui suis pécheur.

Les mots pour comprendre

Eucharistie

Ce mot vient du grec et veut dire « remerciement, action de grâce ». C'est un autre mot pour parler de la messe.

Se reconnaître pécheurs

C'est reconnaître que nous nous détournons de Dieu qui est amour.

Confesser

Déclarer devant tout le monde.

Omission

Oubli.

Miséricorde

Ce mot vient de deux mots latins qui veulent dire « misère » et « cœur ». Dieu nous fait miséricorde car il ouvre son cœur à toutes nos misères.

Amen

« Oui, c'est vrai, je suis d'accord » en hébreu.

Seigneur

C'est l'un des noms que les croyants donnent à Dieu. Les chrétiens appellent Jésus « Seigneur » car ils croient qu'il est le Fils de Dieu.

Christ

On dit aussi « Messie ». Dans la Bible, ces mots désignent une personne qui a reçu l'huile parfumée pour être au service de Dieu. Les chrétiens donnent ces noms à Jésus.

Nous disons la gloire de Dieu

Nous reconnaissons la grandeur de Dieu en chantant « Gloire à Dieu » ou *Gloria*. Le début de cette prière reprend le chant des anges annonçant la naissance de Jésus aux bergers.

Pendant le temps de l'Avent et du Carême, on ne chante pas le Gloria.

Gloire à Dieu au plus haut des cieux.
Et paix sur la terre aux hommes qu'il aime.
Nous te **louons**, nous te bénissons, nous t'adorons.
Nous te glorifions, nous te rendons grâce
pour ton immense gloire,
Seigneur Dieu, roi du ciel,
Dieu le Père **tout-puissant**.
Seigneur, Fils unique, Jésus Christ,
Seigneur Dieu, Agneau de Dieu, le Fils du Père,
Toi qui enlèves le péché du monde,
prends pitié de nous.
Toi qui enlèves les **péchés du monde**,
reçois notre prière.
Toi qui es assis à la droite du Père
prends pitié de nous.
Car toi seul es saint,
toi seul es Seigneur,
toi seul es le Très-Haut :
Jésus Christ, avec le **Saint-Esprit**,
dans la gloire de Dieu le Père.
Amen.

Le prêtre dit une prière pour nous inviter à prier Dieu tous ensemble. Elle se termine ainsi :

Le prêtre
– Par Jésus Christ, ton Fils, notre Seigneur,
qui vit et règne avec toi dans l'unité du Saint-Esprit,
Dieu, pour les siècles des siècles.

Nous – Amen.

Les mots pour comprendre

Gloire
Ce mot veut dire « ce qui a du poids ». Il montre l'importance, le rayonnement d'une personne. Quand nous disons « Gloire à Dieu », nous reconnaissons l'importance de Dieu dans nos vies. On appelle parfois cette prière *Gloria*, qui veut dire « gloire » en latin. La langue de l'Empire romain a servi de langue commune aux catholiques de tous les pays jusqu'au XXe siècle.

Louer
C'est dire du bien de quelqu'un avec beaucoup d'enthousiasme.

Tout-puissant
Quand on dit que Dieu est tout-puissant, cela veut dire que son amour est très grand.

Péché du monde
C'est tout le mal qui se fait dans le monde.

Saint-Esprit
C'est le souffle de vie que Dieu nous donne pour que nous vivions comme Jésus.

Nous écoutons la Parole de Dieu

Voici le moment d'écouter la lecture des textes de la **Bible**.
Nous accueillons Dieu qui nous parle aujourd'hui.
Tu peux suivre les textes des lectures en te reportant au dimanche correspondant (pour le trouver, regarde page 313).

Les premières lectures

Nous nous asseyons.

Généralement, la première lecture est un passage de l'Ancien Testament. Puis nous prions avec un psaume. La deuxième lecture est souvent un passage d'une lettre écrite par un apôtre aux premiers chrétiens. À la fin de chaque lecture :

Le lecteur – Parole du Seigneur.
Nous – Nous rendons grâce à Dieu.

L'Évangile

Nous nous levons et nous chantons Alléluia.

Nous écoutons un passage de l'Évangile. Pendant le temps du Carême, on ne chante pas Alléluia.

Le prêtre ou le diacre – Le Seigneur soit avec vous.
Nous – Et avec votre esprit.
Le prêtre – Évangile de Jésus Christ selon saint…
Nous – Gloire à toi, Seigneur !

Avec le pouce nous faisons un signe de croix sur le front, un sur la bouche et un sur le cœur.

Le prêtre – Acclamons la Parole de Dieu !
Nous – Louange à toi, Seigneur Jésus !

À la fin de l'Évangile, le prêtre embrasse le livre de la Parole de Dieu.

L'homélie

Nous nous asseyons.

Le prêtre nous parle. Il nous aide à comprendre et à accueillir la Parole de Dieu dans notre vie.

Les gestes

Faire des signes de croix sur le front, la bouche, le cœur, avec le pouce
C'est pour graver l'Évangile dans notre esprit, pour l'annoncer autour de nous, et pour le vivre de tout notre cœur.

Embrasser le livre de la Parole de Dieu
Le prêtre fait cela pour manifester le respect que l'on doit avoir pour la Parole de Dieu. Elle est le signe de sa présence.

Les mots pour comprendre

Bible
C'est le livre saint des chrétiens.
L'Ancien Testament raconte l'Alliance que Dieu a faite avec le peuple juif, avant Jésus.
Le Nouveau Testament raconte la Nouvelle Alliance que Dieu a faite avec tous les hommes par son Fils Jésus.

Psaume
Les psaumes sont des prières chantées qui se trouvent dans la Bible.

Alléluia
Ce mot hébreu signifie « Vive Dieu, remerciez-le ».

Évangile
Ce mot d'origine grecque signifie « bonne nouvelle ».
La Bonne Nouvelle, c'est Jésus lui-même vivant avec nous. On appelle « évangiles » les quatre premiers livres du Nouveau Testament.
Ils nous transmettent cette Bonne Nouvelle.

Nous affirmons notre foi

Nous venons d'entendre la Parole de Dieu.
Unis aux chrétiens du monde entier, nous y répondons
en affirmant : « Je crois ! », en latin « Credo ».

Nous nous levons.

Nous

– Je crois en un seul Dieu,
le Père tout-puissant, créateur du ciel et de la terre,
de l'univers visible et invisible.
Je crois en un seul Seigneur, Jésus Christ,
le Fils unique de Dieu,
né du Père avant tous les siècles :
Il est Dieu, né de Dieu,
lumière née de la lumière,
vrai Dieu né du vrai Dieu,
engendré non pas créé,
consubstantiel au Père, et par lui tout a été fait.
Pour nous les hommes et pour notre salut, il descendit du ciel.

On s'incline.

Par l'Esprit Saint, il a pris chair de la Vierge Marie, et s'est fait homme.

On se redresse.

Crucifié pour nous sous **Ponce Pilate**,
il souffrit sa **passion** et fut mis au tombeau.
Il **ressuscita** le troisième jour, conformément aux **Écritures**,
et il monta au ciel. Il est assis à la droite du Père.
Il reviendra dans la gloire pour juger les vivants et les morts,
et son règne n'aura pas de fin. Je crois en l'Esprit Saint,
qui est Seigneur et qui donne la vie ; il procède du Père et du Fils.
Avec le Père et le Fils, il reçoit même adoration et même gloire ;
il a parlé par les **prophètes**.
Je crois en l'**Église**, une, sainte, **catholique** et apostolique.
Je reconnais un seul baptême pour le pardon des péchés.
J'attends la résurrection des morts et la vie du monde à venir. Amen.

Cette profession de foi date du IVe siècle. Elle a été rédigée lors des conciles de Nicée et de Constantinople afin que tous les chrétiens affirment la même foi. On dit parfois un « Credo » plus court, écrit au IIe siècle. On l'appelle le « symbole des Apôtres ».

Je crois en Dieu, le Père tout-puissant,
créateur du ciel et de la terre.
Et en Jésus Christ, son Fils unique, notre Seigneur ;
qui a été conçu du Saint-Esprit, est né de la Vierge Marie,
a souffert sous Ponce Pilate,
a été crucifié, est mort et a été enseveli,
est descendu aux enfers,
le troisième jour est ressuscité des morts ;
est monté aux cieux ;
est assis à la droite de Dieu le Père tout-puissant,
d'où il viendra juger les vivants et les morts.
Je crois en l'Esprit Saint,
à la sainte Église catholique,
à la communion des saints,
à la rémission des péchés,
à la résurrection de la chair,
à la vie éternelle.
Amen.

Les mots pour comprendre

Consubstanciel
De la même substance.

Crucifié
Jésus est mort crucifié, cloué sur une croix.

Ponce Pilate
C'est le gouverneur romain qui a fait crucifier Jésus.

Passion
Ce mot désigne les derniers jours de Jésus avant sa mort sur la croix.

Ressusciter
S'éveiller, se relever. Dieu a ressuscité Jésus de la mort, il lui a donné une vie nouvelle pour toujours.

Écritures
C'est ce que les chrétiens appellent l'Ancien Testament.

Prophètes Dans la Bible, ce sont des porte-parole de Dieu.

Église En grec, ce mot signifie « assemblée ». « Église » écrit avec un É majuscule désigne la famille des chrétiens.

Catholique En grec, ce mot signifie « universel » : l'Église est ouverte à tous les habitants de l'univers.

Nous prions pour tous les hommes

Voici le moment de confier à Dieu nos demandes : c'est la prière universelle. Nous prions Dieu pour l'Église, pour les malades, les pauvres, les malheureux, pour les responsables politiques…

Après chaque intention de prière, nous pouvons dire ou chanter l'une de ces prières :

– Seigneur, écoute-nous.
Seigneur, **exauce**-nous.

– Pour les hommes et pour les femmes,
Pour les enfants de la terre,
Ton Église qui t'acclame
Vient te confier sa prière.

– Entends, Seigneur, la prière
qui monte de nos cœurs.

Les questions

Pourquoi appeler cette prière « universelle » ?

Parce que nous prions Dieu pour nous-mêmes, pour tous ceux qui nous entourent, mais aussi pour tous les habitants de l'univers.

Pourquoi fait-on une quête ?

L'argent que l'on donne permet d'entretenir les églises (chauffage, nettoyage, travaux...). Il permet aussi d'aider tous ceux qui en ont besoin.

Les mots pour comprendre

Exaucer

Écouter une prière, accorder ce que quelqu'un demande.

Royaume

Le royaume de Dieu n'est pas un pays. C'est la vie avec Dieu que Jésus nous apprend à découvrir au cœur de l'amour que nous avons les uns pour les autres.

Nous présentons à Dieu le pain et le vin

Voici le moment de célébrer le repas du Seigneur.
On apporte le pain et le vin sur l'autel.
Le prêtre les présente à Dieu et nous bénissons Dieu avec lui.

Nous nous asseyons.
Le prêtre prend le pain et le lève devant lui en disant :

– Tu es **béni**, Seigneur, Dieu de l'univers : nous avons reçu de ta bonté le pain que nous te présentons, fruit de la terre et du travail des hommes ; il deviendra pour nous le pain de la vie.

Nous – Béni soit Dieu, maintenant et toujours !

Le prêtre verse un peu d'eau dans le vin en disant à voix basse :

– Comme cette eau se mêle au vin pour le sacrement de l'Alliance, puissions-nous être unis à la divinité de celui qui a voulu prendre notre humanité.

Puis le prêtre lève devant lui le calice en disant :

– Tu es béni, Seigneur, Dieu de l'univers : nous avons reçu de ta bonté le vin que nous te présentons, fruit de la vigne et du travail des hommes ; il deviendra pour nous le vin du Royaume éternel.

Nous – Béni soit Dieu, maintenant et toujours !

Le prêtre dit tout bas :

– Le cœur humble et contrit, nous te supplions, Seigneur, accueille-nous : que notre sacrifice, en ce jour, trouve grâce devant toi, Seigneur notre Dieu.

Le prêtre se lave les mains. Puis il étend les bras en disant :

– Prions ensemble, au moment d'offrir le sacrifice de toute l'Église.

Nous nous levons.

Nous – Pour la gloire de Dieu et **le salut du monde**.

Le prêtre lit une prière spéciale chaque dimanche. Elle se termine ainsi :

– Par le Christ, notre Seigneur.

Nous – Amen.

Les gestes

Apporter le pain et le vin

En apportant du pain (les hosties) et une coupe de vin, nous présentons à Dieu les fruits de notre travail et nous le remercions pour la vie qu'il nous donne.

Verser un peu d'eau dans le vin

En faisant ce geste, le prêtre demande à Dieu d'unir nos vies à la sienne.

Se laver les mains

Le prêtre se lave les mains en demandant à Dieu de le laver, de le purifier de ses péchés.

Les mots pour comprendre

Bénir

Dire du bien. Bénir Dieu, c'est le remercier pour tout ce qu'il nous donne.

Sacrifice

Dieu ne nous demande pas de lui sacrifier des animaux, comme on le faisait autrefois. Il ne nous demande pas non plus de mourir sur une croix, comme Jésus l'a fait. Il nous demande de lui offrir notre vie de tous les jours, comme un beau cadeau !

Pour le salut du monde

Pour la bonne santé du monde, pour une vie pleine d'amitié avec Dieu.

Nous remercions Dieu

Maintenant nous remercions Dieu,
nous lui rendons grâce pour toute la vie qu'il nous donne.
C'est le début de la grande prière eucharistique.

Le prêtre
– Le Seigneur soit avec vous.
Nous
– **Et avec votre esprit.**
Le prêtre
– **Élevons notre cœur**.
Nous
– Nous le tournons vers le Seigneur.
Le prêtre
– **Rendons grâce** au Seigneur, notre Dieu.
Nous
– Cela est juste et bon.

Le prêtre lève les bras et dit :

– Vraiment, il est juste et bon, pour ta gloire et notre salut,
de t'offrir notre action de grâce, toujours et en tout lieu,
Seigneur, Père très saint, Dieu éternel et tout-puissant,
par le Christ, notre Seigneur….

Selon les dimanches, la prière continue de manière différente. Elle se termine ainsi :

Le prêtre

– C'est pourquoi, avec les anges et les archanges,
avec les puissances d'en haut et tous les esprits bienheureux,
nous chantons l'hymne de ta gloire et sans fin nous proclamons :

Nous

– Saint ! Saint ! Saint ! Le Seigneur, Dieu de l'univers !
Le ciel et la terre sont remplis de ta gloire.
Hosanna au plus haut des cieux.
Béni soit celui qui vient au nom du Seigneur.
Hosanna au plus haut des cieux.

Les mots pour comprendre

Et avec votre esprit
Cela veut dire : « Et avec vous aussi. » Dans certains pays, l'assemblée répond : « Il est au milieu de nous. »

Élever notre cœur
Regarder plus loin, plus haut, s'ouvrir à l'amour de Dieu.

Rendre grâce
C'est remercier Dieu pour tout ce qu'il nous donne.

Anges
Dans la Bible, ce sont des personnages mystérieux qui servent de messagers entre Dieu et les hommes.

Saint et saints
Saint est un mot pour dire que Dieu est différent des hommes. La Bible dit que Dieu seul est saint et qu'il invite tous les hommes à partager sa sainteté. C'est pourquoi nous appelons « saints » les personnes qui ont vécu très proches de Dieu.

Hosanna
Ce mot hébreu signifie « Sauve donc ! ». Les habitants de Jérusalem ont crié « Hosanna » en agitant des rameaux pour accueillir Jésus entrant comme un roi dans la ville.

Jésus Christ nous offre sa vie

Le prêtre demande à Dieu de consacrer le pain et le vin par son Esprit. Ceux-ci deviendront le corps et le sang de Jésus Christ.

Il y a plusieurs prières eucharistiques différentes. Le prêtre dit souvent celle-ci :

– Toi qui es vraiment Saint, toi qui es la source de toute sainteté, Dieu notre Père, nous voici rassemblés devant toi, et, dans la communion de toute l'Église, nous célébrons le jour où le Christ est ressuscité d'entre les morts. Par lui que tu as élevé à ta droite, nous te prions :

Le prêtre étend les mains sur le pain et le vin.

– Sanctifie ces offrandes en répandant sur elles ton Esprit ; qu'elles deviennent pour nous le Corps et le Sang de Jésus, le Christ, notre Seigneur.

Le prêtre fait un signe de croix sur le pain et le calice. Puis il prend le pain.

– Au moment d'être livré et d'entrer librement dans sa passion, il prit le pain, il rendit grâce, il le rompit et le donna à ses disciples, en disant :
« Prenez et mangez-en tous :
ceci est mon corps livré pour vous. »

Le prêtre élève le pain. Nous le regardons, puis nous inclinons la tête. Le prêtre prend le calice de vin.

– De même, après le repas, il prit la coupe ; de nouveau il rendit grâce, et la donna à ses disciples, en disant :
« Prenez et buvez-en tous, car ceci est la coupe de mon sang, le sang de l'**Alliance** nouvelle et éternelle, qui sera versé pour vous et pour la **multitude** en **rémission des péchés**. Vous ferez cela en mémoire de moi. »

Le prêtre élève le calice. Nous le regardons, puis nous inclinons la tête à nouveau.

Les mots pour comprendre

Sanctifier Rendre saint.

Offrandes Cadeaux, dons.

Alliance
Quand deux personnes font une alliance, elles promettent de se faire confiance quoi qu'il arrive. Les chrétiens disent : Dieu fait alliance avec nous, il est notre Dieu, nous sommes son peuple.

Multitude
C'est la foule immense des hommes du monde entier.

Rémission des péchés
C'est le pardon que Dieu nous donne. Il montre que son amour est plus fort que nos fautes.

Les gestes

Étendre les mains
En faisant ce geste, le prêtre appelle l'Esprit Saint à consacrer le pain et le vin, et à rendre Jésus Christ présent au milieu de nous.

Élever le pain
Le prêtre lève l'hostie, puis le calice, pour que l'assemblée les voie et adore respectueusement le corps et le sang du Christ.

S'incliner
C'est un geste de respect et d'adoration.

Avec Jésus Christ, nous offrons notre vie à Dieu

Nous prions Dieu qu'il reçoive nos vies comme un cadeau.
Nous lui demandons aussi d'être rassemblés par son Esprit.
Nous prions pour l'Église et pour tous les vivants et les morts.

Le prêtre

– Il est grand, le **mystère de la foi**.

Nous

– Nous annonçons ta mort, Seigneur Jésus, nous proclamons ta résurrection, nous attendons ta venue dans la gloire.

Le prêtre

– **En faisant ainsi mémoire** de la mort et de la résurrection de ton Fils, nous t'offrons, Seigneur, le Pain de la vie et la Coupe du salut, et nous te rendons grâce,car tu nous as estimés dignes de nous tenir devant toi pour te servir.
Humblement, nous te demandons qu'en ayant part au corps et au sang du Christ, nous soyons rassemblés par l'Esprit Saint en un seul corps.

Souviens-toi, Seigneur, de ton Église répandue à travers le monde : fais-la grandir dans ta charité en union avec notre **pape**..., notre **évêque**..., et tous les évêques, les prêtres et les diacres.
Souviens-toi aussi de nos frères et sœurs qui se sont endormis dans l'espérance de la résurrection, et souviens-toi, dans ta miséricorde, de tous les défunts : accueille-les dans la lumière de ton visage.
Sur nous tous enfin, nous **implorons** ta bonté : permets qu'avec la Vierge Marie, la bienheureuse Mère de Dieu, avec saint Joseph, son époux, les **apôtres** et tous les saints qui ont fait ta joie au long des âges, nous ayons part à la **vie éternelle**, et que nous chantions ta louange et ta gloire, par ton Fils Jésus, le Christ.

Le prêtre élève l'hostie et le calice.

Par lui, avec lui et en lui, à toi, Dieu le Père tout-puissant, dans l'unité du Saint-Esprit, tout honneur et toute gloire, pour les siècles des siècles.

Nous – Amen.

Les mots pour comprendre

Mystère de la foi
Les chrétiens croient que Jésus est ressuscité, qu'il est vivant pour toujours et qu'il reviendra à la fin des temps. C'est un grand mystère !

Faire mémoire
C'est se souvenir d'un évènement passé et proclamer qu'il reste toujours actuel.

Pape
Avec les évêques, il est responsable de l'Église catholique.

Évêque
C'est un successeur des apôtres. Il est responsable des catholiques d'un diocèse. En France, cela correspond souvent à un département.

Implorer
Supplier, demander avec force.

Apôtre
En grec, ce mot signifie « envoyé ». Il a été donné aux douze hommes que Jésus a choisis. Il les a aussi envoyés en mission.

Vie éternelle
C'est la vie avec Dieu, qui s'épanouira pleinement après la mort.

Nous disons le Notre Père

Jésus nous fait découvrir que Dieu est le Père de tous les hommes.
Et il nous apprend à le prier en l'appelant « Notre Père ».
Tous ensemble, nous disons ou nous chantons cette prière.

Le prêtre

– Comme nous l'avons appris du **Sauveur**, et selon son commandement, nous osons dire :

Nous pouvons ouvrir les mains en disant cette prière.

Nous

– Notre Père qui es aux **cieux**,
que ton nom soit sanctifié,
que ton **règne** vienne,
que ta volonté soit faite
sur la terre comme au ciel.
Donne-nous aujourd'hui
notre pain de ce jour.
Pardonne-nous nos **offenses**,
comme nous pardonnons aussi
à ceux qui nous ont offensés.
Et ne nous laisse pas entrer en **tentation**,
mais délivre-nous du Mal.
Amen.

Le prêtre

– Délivre-nous de tout mal, Seigneur, et donne la paix à notre temps : soutenus par ta miséricorde, nous serons libérés de tout péché, à l'abri de toute épreuve ; et nous attendons que se réalise cette bienheureuse espérance : l'**avènement** de Jésus Christ, notre Sauveur.

Nous

– Car c'est à toi qu'appartiennent le règne, la puissance et la gloire, pour les siècles des siècles.

Les gestes

Ouvrir les mains

Nous refaisons ainsi le geste des premiers chrétiens qui priaient Dieu debout, les bras ouverts et les mains tendues vers le haut.
C'est la position d'une personne libre qui a confiance en Dieu.

Les mots pour comprendre

Sauveur

C'est l'un des noms que l'on donne à Jésus car il nous sauve du mal et de la mort.

Cieux

Dieu n'est pas assis sur un nuage, dans le ciel ! Mais les cieux, c'est quelque chose d'infini et de mystérieux, comme Dieu.

Règne

Jésus a parlé de Dieu comme d'un roi et il a dit : « Le règne de Dieu est proche. » Par sa vie, Jésus a montré que Dieu est présent au milieu des hommes comme un roi qui les aime.
C'est en vivant comme Jésus que l'on accueille le règne de Dieu.

Offenses

Fautes, péchés, manques d'amour.

Tentation

Envie de faire quelque chose de mal ou d'interdit.

Avènement

Arrivée triomphale.

Nous nous donnons la paix du Christ

Puisque Dieu est notre Père, nous sommes tous frères et sœurs en Jésus Christ. Pour montrer que nous sommes de la même famille, le prêtre nous invite à nous donner et recevoir la paix au nom de Jésus le Christ.

Le prêtre

– Seigneur Jésus Christ, tu as dit à tes apôtres :
« Je vous laisse la paix, je vous donne ma paix » ;
ne regarde pas nos péchés, mais la foi de ton Église ;
pour que ta volonté s'accomplisse, donne-lui toujours
cette paix et conduis-la vers l'unité parfaite,
toi qui vis et règnes pour les siècles des siècles.

Nous

– Amen.

Le prêtre

– Que la paix du Seigneur soit toujours avec vous.

Nous

– Et avec votre esprit.

Le prêtre

– Dans la **charité** du Christ, donnez-vous la paix.

Chacun, à son voisin

– La paix du Christ.

Le voisin répond

– Amen.

Nous

– **Agneau de Dieu**, qui enlèves les péchés du monde,
prends pitié de nous.
Agneau de Dieu, qui enlèves les péchés du monde,
prends pitié de nous.
Agneau de Dieu, qui enlèves les péchés du monde,
donne-nous la paix.

Les gestes

Se donner la paix du Christ

Nous nous serrons la main ou nous nous embrassons pour nous transmettre la paix qui vient du Christ.

Les mots pour comprendre

Charité

Amour qui vient de Dieu.

Agneau de Dieu

Dans l'Ancien Testament, les croyants offraient à Dieu des agneaux.
Jésus est appelé « l'Agneau de Dieu » car il offre sa vie à Dieu.

Nous communions à la vie de Jésus Christ

Nous nous nourrissons maintenant de la vie de Jésus Christ, en communiant, en recevant le pain de vie.

Le prêtre rompt le pain et dit :

– Voici l'Agneau de Dieu,
voici celui qui enlève les péchés du monde.
Heureux les invités au repas des noces de l'Agneau !

Nous

– Seigneur, je ne suis pas digne de te recevoir,
mais dis seulement une parole et je serai guéri.

Si tu n'as pas fait ta première communion, tu peux t'avancer les bras croisés sur ta poitrine pour recevoir la bénédiction de Dieu.

Ceux qui vont communier s'avancent et tendent les mains ou ouvrent la bouche pour recevoir le corps du Christ.

En donnant l'hostie, le prêtre dit :

– Le corps du Christ.

Ceux qui communient répondent :

– Amen.

Les gestes

Rompre le pain
Le prêtre brise, rompt l'hostie comme Jésus a rompu le pain pendant son repas d'adieu pour le partager. Les premiers chrétiens ont souvent nommé la messe « la fraction du pain ».

Tendre les mains pour communier
Voici ce que disait saint Cyrille (IVe siècle) : « Lorsque tu t'avances, ne t'approche pas les mains grandes ouvertes ni les doigts écartés, fais un trône pour la droite qui va recevoir le Roi. Reçois le corps du Christ dans le creux de ta main et réponds : "Amen." »

Les questions

Pourquoi certains enfants ne communient-ils pas ?
Avant de communier pour la première fois, les enfants baptisés prennent le temps de se préparer. Ils apprennent à découvrir Jésus et à reconnaître sa présence parmi nous.

Pourquoi le pain que l'on partage à la messe s'appelle-t-il une « hostie » ?
Ce mot veut dire « victime offerte ». L'hostie consacrée, c'est Jésus Christ offert pour donner la vie aux hommes.

Le Seigneur nous envoie en mission

Après quelques informations, le prêtre nous donne la bénédiction et la force de Dieu. Chacun est envoyé partager sa foi, son temps, ses jeux, son travail, avec tous ceux qu'il rencontre.

Le prêtre – Le Seigneur soit avec vous.

Nous – Et avec votre esprit.

Le prêtre nous bénit : nous faisons le signe de croix.

Le prêtre
– Que Dieu tout-puissant vous bénisse,
le Père, le Fils, et le Saint-Esprit.

Nous – Amen.

Le prêtre – Allez dans la paix du Christ.

Nous – Nous rendons grâce à Dieu.

La messe est terminée. Nous nous séparons en chantant.

Les gestes

Bénir

Le prêtre trace sur l'assemblée une large croix avec sa main. Par cette bénédiction, il enveloppe les chrétiens de la force et de l'amour de Dieu avant de les envoyer témoigner de la résurrection de Jésus Christ.

Se séparer

On ne peut pas toujours rester entre chrétiens. Il faut se séparer pour aller vivre avec les autres. Le peuple rassemblé à la messe est une graine du peuple de Dieu qui va germer.

Les mots pour comprendre

Messe

Ce mot vient du latin « missa », qui veut dire « envoi, mission ». Autrefois à la fin de la messe, le prêtre disait en latin : « Ite, missa est. » Ce qui veut dire : « Allez, c'est fait. » La messe est un temps pour reprendre des forces avec Dieu avant de repartir en messie annoncer son Amour.

Communion des malades

Des membres de l'assemblée peuvent apporter l'eucharistie au domicile des malades. Le prêtre leur confie l'hostie consacrée, dans une petite boîte appelée la « custode » ; et il les charge d'assurer le malade de la prière de tous.

L'année liturgique

Tout au long de l'année, les chrétiens célèbrent ensemble les grands moments de la vie de Jésus Christ : c'est l'année liturgique. Elle ne commence pas le 1er janvier, mais quatre semaines avant Noël.

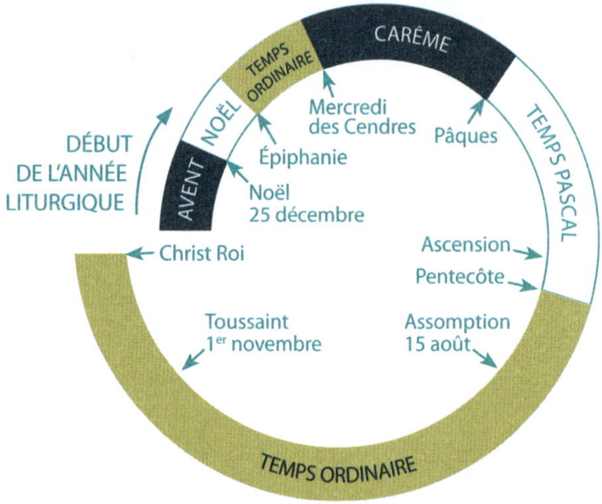

Voici les quatre moments importants de l'année liturgique

L'Avent
C'est le temps de l'attente. Il débute quatre dimanches avant Noël. Nous nous préparons à accueillir Jésus.

Noël
Du jour de Noël à l'Épiphanie, nous fêtons la venue de Jésus.

Le Carême
Il dure quarante jours, du mercredi des Cendres à la Semaine sainte. On se prépare à la grande fête de Pâques, qui est le plus grand moment de l'année.

Le temps pascal
Il va du jour de Pâques à la fête de la Pentecôte. On célèbre la résurrection de Jésus.

Le reste de l'année liturgique s'appelle le temps ordinaire.

Deuxième partie de ton missel
Des trésors plein les pages

Ce nouveau missel des enfants te tiendra compagnie tout au long de l'année. Dimanche après dimanche, il te fera mieux connaître Jésus.
À chaque messe, Jésus nous rassemble, nous ses disciples.

Entre deux dimanches, choisis dans ton missel une phrase de la Bible à retenir : elle peut illuminer toute ta semaine !

Ici commence la deuxième partie de ton missel. Tu y trouveras les textes qui changent chaque dimanche et ceux de toutes les grandes fêtes.

1er dimanche de l'Avent

Bonne année liturgique !

Aujourd'hui, c'est le premier jour d'un temps nouveau : l'Avent, c'est-à-dire la « venue ». Celui qui vient, c'est Jésus. Il n'y a pas une minute à perdre, réveillons-nous !

Première lecture

Lecture du livre de Jérémie

Jr 33,14-16

Depuis quand les Juifs attendaient-ils l'envoyé de Dieu ?
Ce texte de la Bible a plus de deux mille cinq cents ans.
C'est un des premiers à en parler.

Voici venir des jours – oracle du Seigneur – où j'accomplirai la parole de bonheur que j'ai adressée à la **maison** d'Israël et à la maison de Juda : En ces jours-là, en ce temps-là, je ferai germer pour **David** un **Germe** de justice, et il exercera dans le pays le droit et la justice. En ces jours-là, Juda sera sauvé, Jérusalem habitera en sécurité, et voici comment on la nommera : « Le-Seigneur-est-notre-justice. »

Psaume

Ps 24

Vers toi, Seigneur, j'élève mon âme,
vers toi, mon Dieu.

Seigneur, enseigne-moi tes voies,
fais-moi connaître ta route.
Dirige-moi par ta vérité, enseigne-moi,
car tu es le Dieu qui me sauve.

Il est droit, il est bon, le Seigneur,
lui qui montre aux pécheurs le chemin.
Sa justice dirige les humbles,
il enseigne aux humbles son chemin.

Les voies du Seigneur sont amour et vérité
pour qui veille à son alliance et à ses lois.
Le secret du Seigneur est pour ceux qui le craignent ;
à ceux-là, il fait connaître son alliance.

Deuxième lecture Lecture de la première lettre de saint Paul apôtre aux Thessaloniciens

1Th 3,12 – 4,2

Les premiers chrétiens pensaient que le Christ reviendrait très vite. Mais en attendant, que faire ? Saint Paul leur écrit.

Frères, que le Seigneur vous donne, entre vous et à l'égard de tous les hommes, un amour de plus en plus intense et débordant, comme celui que nous avons pour vous. Et qu'ainsi il affermisse vos cœurs, les rendant irréprochables en sainteté devant Dieu notre Père, lors de la venue de notre Seigneur Jésus avec tous les saints. Amen. Pour le reste, frères, vous avez appris de nous comment il faut vous conduire pour plaire à Dieu ; et c'est ainsi que vous vous conduisez déjà. Faites donc de nouveaux progrès, nous vous le demandons, oui, nous vous en prions dans le Seigneur Jésus. Vous savez bien quelles instructions nous vous avons données de la part du Seigneur Jésus.

Évangile Évangile de Jésus Christ selon saint Luc

Lc 21,25-28.34-36

Dans ce texte, Jésus parle de sa venue à la fin des temps. Ce grand chamboulement peut arriver n'importe quand.

En ce temps-là, Jésus parlait à ses disciples de sa venue : « Il y aura des signes dans le soleil, la lune et les étoiles. Sur terre, les nations seront affolées et désemparées par le fracas de la mer et des flots. Les hommes mourront de peur dans l'attente de ce qui doit arriver au monde, car les **puissances des cieux** seront ébranlées. Alors, on verra le Fils de l'homme venir dans une **nuée**, avec puissance et grande gloire. Quand ces événements commenceront, redressez-vous et relevez la tête, car votre **rédemption** approche. Tenez-vous sur vos gardes, de crainte que votre cœur ne s'alourdisse dans les beuveries, l'ivresse et les soucis de la vie, et que ce jour-là ne tombe sur vous à l'improviste comme un filet ; il s'abattra, en effet, sur tous les habitants de la terre entière. Restez **éveillés** et priez en tout temps : ainsi vous aurez la force d'échapper à tout ce qui doit arriver, et de vous tenir debout devant le Fils de l'homme. »

Les mots de la Bible

David
Grand roi d'Israël.

Éveillés
À l'époque où saint Luc écrit son évangile, les chrétiens pensent que Jésus va venir tout de suite. Dès qu'il sera là, le temps et l'histoire des hommes seront finis, bouclés. Tout sera nouveau et différent. Mais les chrétiens ont beau attendre, il ne se passe rien. Alors ils comprennent que Jésus a déjà commencé à venir, mais de façon cachée : il faut être prêt à tout moment et ne jamais laisser sa foi s'endormir.

Germe
C'est une pousse, un être vivant qui commence à peine à grandir. Ici, le mot est employé pour annoncer qu'un enfant donné par Dieu va naître parmi les descendants du roi David.

Maison
Ici il s'agit de la famille ou des descendants.

Nuée
Une nuée est un nuage. L'image de la nuée désigne la présence mystérieuse et invisible de Dieu.

Puissance des cieux
Il s'agit des étoiles et des planètes.

Rédemption
À l'époque de Jésus, on pouvait racheter un esclave pour le libérer. Cela s'appelait une rédemption. Jésus-Christ nous libère du mal : il nous apporte la rédemption.

Retourne page 15 pour poursuivre la messe.

5
décembre
2021

2e dimanche de l'Avent

Encore 15 jours avant Noël pour conjuguer le verbe « venir » au passé, au présent et au futur. Jésus est venu il y a 2000 ans, il vient aujourd'hui et il viendra à la fin des temps.

Première lecture

Lecture du livre de Baruch

Ba 5,1-9

Ce livre s'adresse au peuple juif, à une époque où il est très malheureux. Avec des images poétiques, il lui dit que Dieu le rendra heureux comme un roi !

Jérusalem, quitte ta robe de tristesse et de misère, et revêts la **parure** de la gloire de Dieu pour toujours, enveloppe-toi dans le manteau de la justice de Dieu, mets sur ta tête le **diadème** de la gloire de l'**Éternel**. Dieu va déployer ta splendeur partout sous le ciel, car Dieu, pour toujours, te donnera ces noms : « Paix-de-la-justice » et « Gloire-de-la-piété- envers-Dieu ». Debout, Jérusalem ! tiens-toi sur la hauteur, et regarde vers l'orient : vois tes enfants rassemblés du couchant au levant par la parole du Dieu Saint ; ils se réjouissent parce que Dieu se souvient. Tu les avais vus partir à pied, emmenés par les ennemis, et Dieu te les ramène, portés en triomphe, comme sur un trône royal. Car Dieu a décidé que les hautes montagnes et les collines éternelles seraient abaissées, et que les vallées seraient comblées : ainsi la terre sera aplanie, afin qu'Israël chemine en sécurité dans la gloire de Dieu. Sur l'ordre de Dieu, les forêts et les arbres odoriférants donneront à Israël leur ombrage ; car Dieu conduira Israël dans la joie, à la lumière de sa gloire, avec sa miséricorde et sa justice.

Psaume

Ps 125

Quelles merveilles le Seigneur fit pour nous :
nous étions en grande fête !

Quand le Seigneur ramena les captifs à Sion,
nous étions comme en rêve !
Alors notre bouche était pleine de rires,
nous poussions des cris de joie.

Alors on disait parmi les nations :
« Quelles merveilles fait pour eux le Seigneur ! »
Quelles merveilles le Seigneur fit pour nous :
nous étions en grande fête !

Ramène, Seigneur, nos captifs,
comme les torrents au désert.
Qui sème dans les larmes
moissonne dans la joie.

Il s'en va, il s'en va en pleurant,
il jette la semence ;
il s'en vient, il s'en vient dans la joie,
il rapporte les gerbes.

Deuxième lecture Lecture de la lettre de saint Paul apôtre aux Philippiens

Ph 1,4-6.8-11

Paul est tout joyeux de voir des chrétiens pleins de foi. Il les encourage à grandir dans l'amour de Dieu en attendant la venue de Jésus Christ.

Frères, à tout moment, chaque fois que je prie pour vous tous, c'est avec joie que je le fais, à cause de votre communion avec moi, dès le premier jour jusqu'à maintenant, pour l'annonce de l'**Évangile**. J'en suis persuadé, celui qui a commencé en vous un si beau travail le continuera jusqu'à son achèvement au jour où viendra le Christ Jésus. Oui, Dieu est témoin de ma vive affection pour vous tous dans la tendresse du Christ Jésus. Et, dans ma prière, je demande que votre amour vous fasse progresser de plus en plus dans la pleine connaissance et en toute **clairvoyance** pour discerner ce qui est important. Ainsi serez-vous purs et irréprochables pour le **jour du Christ**, comblés du fruit de la justice qui s'obtient par Jésus Christ, pour la gloire et la louange de Dieu.

Évangile — Évangile de Jésus Christ selon saint Luc

Lc 3,1-6

Depuis plusieurs siècles, il n'y avait plus de grand prophète parmi le peuple juif. Beaucoup pensaient que Dieu se taisait exprès. Et voici qu'arrive Jean Baptiste.

L'an quinze du règne de l'empereur Tibère, Ponce Pilate étant gouverneur de la Judée, Hérode étant alors au pouvoir en Galilée, son frère Philippe dans le pays d'Iturée et de Traconitide, Lysanias en Abilène, les grands prêtres étant Hanne et Caïphe, la parole de Dieu fut adressée dans le désert à Jean, le fils de Zacharie. Il parcourut toute la région du Jourdain, en proclamant un **baptême** de conversion pour le pardon des péchés, comme il est écrit dans le livre des oracles d'Isaïe, le prophète : Voix de celui qui crie dans le désert : Préparez le chemin du Seigneur, rendez droits ses sentiers. Tout ravin sera comblé, toute montagne et toute colline seront abaissées ; les passages tortueux deviendront droits, les chemins rocailleux seront aplanis ; et tout être vivant verra le salut de Dieu.

Les mots de la Bible

Baptême
Vient d'un mot grec qui veut dire « plongée ». Jean Baptiste plongeait dans l'eau du Jourdain tous ceux qui voulaient changer leur manière de vivre en se tournant vers Dieu.

Clairvoyance
Qualité qui fait que l'on « voit clair », que l'on analyse les choses avec justesse.

Diadème
Couronne de rois.

Éternel
Un des noms que les croyants donnent à Dieu pour dire qu'il est hors du temps, dans l'éternité.

Évangile
vient d'un mot grec qui veut dire « bonne nouvelle ». Cette bonne nouvelle, c'est Jésus lui-même. Sa vie montre que Dieu est tout proche des hommes.

Jour du Christ
Jésus a parlé à ses disciples de la venue du Fils de l'homme à la fin des temps. Lors de l'Ascension, Jésus a disparu aux yeux de ses disciples pour rejoindre Dieu son Père. Depuis, nous attendons sa venue. Pendant l'Avent, nous nous préparons à fêter la naissance de Jésus, nous apprenons à reconnaître Jésus ressuscité aujourd'hui et nous attendons le « jour du Christ », c'est-à-dire le jour de son retour.

Parure
Ensemble de bijoux.

Retourne page 15 pour poursuivre la messe.

12
décembre
2021

3e dimanche de l'Avent

Quand on attend quelqu'un qu'on aime,
on en est tout heureux à l'avance.
Avant Noël, c'est pareil.

Première lecture

Lecture du livre de Sophonie

So 3,14-18

**Voici un immense cri de joie !
Le prophète Sophonie dit au peuple d'Israël
qu'il peut encore croire au bonheur s'il fait confiance à Dieu.**

Pousse des cris de joie, **fille de Sion** ! Éclate en ovations, Israël ! Réjouis-toi, de tout ton cœur bondis de joie, fille de Jérusalem ! Le Seigneur a levé les sentences qui pesaient sur toi, il a écarté tes ennemis. Le roi d'Israël, le Seigneur, est en toi. Tu n'as plus à craindre le malheur. Ce jour-là, on dira à Jérusalem : « Ne crains pas, Sion ! Ne laisse pas tes mains défaillir ! Le Seigneur ton Dieu est en toi, c'est lui, le héros qui apporte le salut. Il aura en toi sa joie et son allégresse, il te renouvellera par son amour ; il exultera pour toi et se réjouira, comme aux jours de fête. »

Psaume

Cantique Es 12,2-6

**Jubile, crie de joie, car il est grand au milieu de toi,
le Saint d'Israël.**

Voici le Dieu qui me sauve :
j'ai confiance, je n'ai plus de crainte.
Ma force et mon chant, c'est le Seigneur ;
il est pour moi le salut.
Exultant de joie, vous puiserez les eaux
aux sources du salut.

Rendez grâce au Seigneur,
proclamez son nom,
annoncez parmi les peuples ses hauts faits !
Redites-le : « Sublime est son nom ! »

Jouez pour le Seigneur, il montre sa magnificence,
et toute la terre le sait.
Jubilez, criez de joie, habitants de Sion,
car il est grand au milieu de toi, le Saint d'Israël !

Deuxième lecture

Lecture de la lettre de saint Paul apôtre aux Philippiens

Ph 4,4-7

**Saint Paul le dit et le répète :
un chrétien est quelqu'un de joyeux, car il sait
que le Seigneur est tout proche.**

Frères, soyez toujours dans la joie du Seigneur ; je le redis : soyez dans la joie. Que votre bienveillance soit connue de tous les hommes. Le Seigneur est proche. Ne soyez inquiets de rien, mais, en toute circonstance, priez et suppliez, tout en **rendant grâce**, pour faire connaître à Dieu vos demandes. Et la paix de Dieu, qui dépasse tout ce qu'on peut concevoir, gardera vos cœurs et vos pensées dans le Christ Jésus.

Évangile

Évangile de Jésus Christ selon saint Luc

Lc 3,10-18

**Que devons-nous faire pour bien accueillir Jésus qui vient ?
La réponse, c'est Jean Baptiste
qui nous la donne dans cet évangile !**

En ce temps-là, les foules qui venaient se faire baptiser par Jean lui demandaient : « Que devons-nous faire ? » Jean leur répondait : « Celui qui a deux vêtements, qu'il partage avec celui qui n'en a pas ; et celui qui a de quoi manger, qu'il fasse de même ! » Des **publicains** (c'est-à-dire des collecteurs d'impôts) vinrent aussi pour être baptisés ; ils lui dirent : « Maître, que devons-nous faire ? » Il leur répondit : « N'exigez rien de plus que ce qui vous est fixé. » Des soldats lui demandèrent à leur tour : « Et nous, que devons-nous faire ? » Il leur répondit : « Ne faites violence à personne, n'accusez personne à tort ; et contentez-vous de votre solde. » Or le peuple était en attente, et tous se demandaient en eux-mêmes si Jean n'était pas le **Christ**. Jean s'adressa alors à tous : « Moi, je vous baptise avec de l'eau ; mais il vient, celui qui est plus fort que moi. Je ne suis pas digne de dénouer la courroie de ses sandales. Lui vous baptisera dans l'Esprit Saint et le feu. Il tient à la main la **pelle à vanner** pour nettoyer son **aire** à battre le blé, et il amassera le grain dans son grenier ; quant à la paille, il la brûlera au feu qui ne s'éteint pas. » Par beaucoup d'autres exhortations encore, il annonçait au peuple la Bonne Nouvelle.

Les mots de la Bible

Christ
Vient d'un mot grec qui veut dire « marqué d'huile pour une mission », ce qui se dit Messie en hébreu. Plusieurs centaines d'années avant Jésus, les prophètes annonçaient la venue d'un messie. Certains l'imaginaient comme un roi, qui chasserait les ennemis d'Israël. D'autres affirmaient que le messie serait un homme pacifique, ou bien encore méprisé. Aussi, à l'époque de Jésus, beaucoup attendaient un messie sans bien savoir qui il serait. Et certains croyaient que c'était Jean Baptiste.

Fille de Sion
C'est le peuple d'Israël. On le surnommait ainsi parce que sa capitale, Jérusalem, était construite sur la colline de Sion. Dans ce texte de l'Ancien Testament, on l'appelle aussi « Sion » et « fille de Jérusalem ».

Pelle à vanner et aire
Autrefois, on battait le blé, sur un endroit plat appelé l'aire, avec une pelle à vanner pour séparer les grains de l'écorce.

Publicains
Ils récoltaient les impôts pour les Romains, qui occupaient de force la Palestine. Ils étaient méprisés à cause de leur métier.

Rendre grâce
Remercier Dieu.

Retourne page 15 pour poursuivre la messe.

19 décembre 2021

4e dimanche de l'Avent

Partout les chrétiens se préparent à accueillir Jésus et à annoncer sa venue au monde entier. Ils font un peu comme Marie : elle aussi a attendu Jésus, elle l'a porté et l'a donné au monde.

Première lecture

Lecture du livre de Michée

Mi 5,1-4a

Le roi David voulait faire quelque chose pour Dieu. Le prophète Nathan lui a rappelé que c'est Dieu qui fait tout pour lui.

Voici des paroles qui ont presque deux mille sept cents ans. Elles donnaient de l'espoir au peuple juif. Pour les chrétiens, ces paroles annoncent aussi Jésus. Ainsi parle le Seigneur : Toi, **Bethléem Éphrata**, le plus petit des clans de **Juda**, c'est de toi que sortira pour moi celui qui doit gouverner Israël. Ses origines remontent aux temps anciens, aux jours d'autrefois. Mais Dieu livrera son peuple jusqu'au jour où enfantera... celle qui doit enfanter, et ceux de ses frères qui resteront rejoindront les fils d'Israël. Il se dressera et il sera leur berger par la puissance du Seigneur, par la majesté du nom du Seigneur, son Dieu. Ils habiteront en sécurité, car désormais il sera grand jusqu'aux lointains de la terre, et lui-même, il sera la paix !

Psaume

Ps 79

Dieu, fais-nous revenir ;
que ton visage s'éclaire, et nous serons sauvés !

Berger d'Israël, écoute,
resplendis au-dessus des Kéroubim !
Réveille ta vaillance et viens nous sauver.

Dieu de l'univers, reviens !
Du haut des cieux, regarde et vois :
visite cette vigne, protège-la,
celle qu'a plantée ta main puissante.

Que ta main soutienne ton protégé,
le fils de l'homme qui te doit sa force.
Jamais plus nous n'irons loin de toi :
fais-nous vivre et invoquer ton nom !

Deuxième lecture

Lecture de la lettre aux Hébreux

He 10,5-10

Paul termine sa lettre aux Hébreux en remerciant Dieu. Dieu nous a fait découvrir Jésus, pour se faire connaître lui-même.

Pourquoi Jésus Christ est-il venu ? Pour faire ce que Dieu veut : Jésus sera vraiment avec les hommes au point de les rendre semblables à lui.

Frères, en entrant dans le monde, le Christ dit : Tu n'as voulu ni sacrifice ni offrande, mais tu m'as formé un corps. Tu n'as pas agréé les holocaustes ni les sacrifices pour le péché ; alors, j'ai dit : Me voici, je suis venu, mon Dieu, pour faire ta volonté, ainsi qu'il est écrit de moi dans le Livre. Le Christ commence donc par dire : Tu n'as pas voulu ni agréé les sacrifices et les offrandes, les holocaustes et les sacrifices pour le péché, ceux que la Loi prescrit d'offrir. Puis il déclare : Me voici, je suis venu pour faire ta volonté. Ainsi, il supprime le premier état de choses pour établir le second. Et c'est grâce à cette volonté que nous sommes sanctifiés, par l'offrande que Jésus Christ a faite de son corps, une fois pour toutes.

Évangile — Évangile de Jésus Christ selon saint Luc

Lc 1,39-45

Au pays d'Israël, il s'est passé une chose extraordinaire : une femme a porté un enfant qui est Dieu. Une autre femme a tout compris…

En ces jours-là, Marie se mit en route et se rendit avec empressement vers la région montagneuse, dans une ville de Judée. Elle entra dans la maison de Zacharie et salua Élisabeth. Or, quand Élisabeth entendit la salutation de Marie, l'enfant tressaillit en elle. Alors, Élisabeth fut remplie d'Esprit Saint, et s'écria d'une voix forte : « Tu es bénie entre toutes les femmes, et le fruit de tes entrailles est béni. D'où m'est-il donné que la mère de mon Seigneur vienne jusqu'à moi ? Car, lorsque tes paroles de salutation sont parvenues à mes oreilles, l'enfant a tressailli d'allégresse en moi. Heureuse celle qui a cru à l'accomplissement des paroles qui lui furent dites de la part du Seigneur. »

Les mots de la Bible

Bethléem
Regarde la carte p. 309.

Ephrata, Juda
C'était un clan installé au sud d'Israël, il faisait partie de la tribu de Juda.

Retourne page 15 pour poursuivre la messe.

24-25
décembre
2021

Nuit du vendredi 24 décembre au 25 décembre 2021

Messe de la nuit de Noël

Cette nuit éclate une grande nouvelle qui fait le tour du monde depuis plus de deux mille ans. Jésus est né. Ce tout petit enfant, c'est Dieu qui vient habiter avec nous, les hommes.

Première lecture

Lecture du livre d'Isaïe

Is 9,1-6

Il y a deux mille sept cents ans, Israël avait un mauvais roi et tout allait mal. Pourtant, Isaïe se réjouissait. Car un futur grand roi venait de naître.

Le peuple qui marchait dans les ténèbres a vu se lever une grande lumière ; et sur les habitants du pays de l'ombre, une lumière a resplendi. Tu as prodigué la joie, tu as fait grandir l'allégresse : ils se réjouissent devant toi, comme on se réjouit de la moisson, comme on exulte au partage du butin. Car le **joug** qui pesait sur lui, la barre qui meurtrissait son épaule, le bâton du tyran, tu les as brisés comme au jour de **Madiane**. Et les bottes qui frappaient le sol, et les manteaux couverts de sang, les voilà tous brûlés : le feu les a dévorés. Oui, un enfant nous est né, un fils nous a été donné ! Sur son épaule est le signe du pouvoir ; son nom est proclamé : « Conseiller-merveilleux, Dieu-Fort, Père-à-jamais, Prince-de-la-Paix. » Et le pouvoir s'étendra, et la paix sera sans fin pour le trône de **David** et pour son règne qu'il établira, qu'il affermira sur le droit et la justice dès maintenant et pour toujours. Il fera cela, l'amour jaloux du Seigneur de l'univers !

Psaume

Ps 95

Aujourd'hui, un Sauveur nous est né :
c'est le Christ, le Seigneur.

Chantez au Seigneur un chant nouveau,
chantez au Seigneur, terre entière,
chantez au Seigneur et bénissez son nom !

De jour en jour, proclamez son salut,
racontez à tous les peuples sa gloire,
à toutes les nations ses merveilles !

Joie au ciel ! Exulte la terre !
Les masses de la mer mugissent,
la campagne tout entière est en fête.

Les arbres des forêts dansent de joie
devant la face du Seigneur, car il vient,
car il vient pour juger la terre.

Il jugera le monde avec justice,
Et les peuples selon sa vérité.

Deuxième lecture — Lecture de la lettre de saint Paul apôtre à Tite

Tt 2,11-14

Ce Jésus que nous fêtons à Noël, il est Dieu. Une nouvelle pareille, ça change la vie. Voilà ce que rappelle cette lecture.

Bien-aimé, la grâce de Dieu s'est manifestée pour le salut de tous les hommes. Elle nous apprend à renoncer à l'impiété et aux convoitises de ce monde, et à vivre dans le temps présent de manière raisonnable, avec justice et piété, attendant que se réalise la bienheureuse espérance : la manifestation de la gloire de notre grand Dieu et Sauveur, Jésus Christ. Car il s'est donné pour nous afin de nous racheter de toutes nos fautes, et de nous purifier pour faire de nous son peuple, un peuple ardent à faire le bien.

Évangile — Évangile de Jésus Christ selon saint Luc

Lc 2,1-14

Jésus est né sans bruit. Il a fallu que les anges aillent exprès trouver des bergers pour annoncer la nouvelle. Cette nuit, nous la découvrons ainsi. Les bergers, c'est nous !

En ces jours-là, parut un **édit** de l'empereur **Auguste**, ordonnant de **recenser** toute la terre – ce premier recensement eut lieu lorsque Quirinius était gouverneur de Syrie. Et tous allaient se faire recenser, chacun dans sa ville d'origine. Joseph, lui aussi, monta de **Galilée**, depuis la ville de **Nazareth**, vers la **Judée**, jusqu'à la ville de David appelée Bethléem. Il était en effet de la maison et de la lignée de David. Il venait se faire recenser avec Marie, qui lui avait été accordée en mariage et qui était enceinte. Or, pendant qu'ils étaient là, le temps où elle devait enfanter fut accompli. Et elle mit au monde son fils premier-né ; elle l'emmaillota et le coucha dans une mangeoire, car il n'y avait pas de place pour eux dans la salle commune. Dans la même région, il y avait des bergers qui vivaient dehors et passaient la nuit dans les champs pour garder leurs troupeaux. L'**ange du Seigneur** se présenta devant eux, et la gloire du Seigneur les enveloppa de sa lumière. Ils furent saisis d'une grande crainte. Alors l'ange leur dit : « Ne craignez pas, car voici que je vous annonce une bonne nouvelle, qui sera une grande joie pour tout le peuple : Aujourd'hui, dans la ville de David, vous est né un **Sauveur** qui est le Christ, le Seigneur. Et voici le signe qui vous est donné : vous trouverez un nouveau-né emmailloté et couché dans une mangeoire. » Et soudain, il y eut avec l'ange une troupe céleste innombrable, qui louait Dieu en disant : « Gloire à Dieu au plus haut des cieux, et paix sur la terre aux hommes, qu'Il aime. »

Les mots de la Bible

Ange du Seigneur
Dans la Bible, cette expression désigne souvent Dieu lui-même qui annonce une nouvelle.

Auguste
C'est l'empereur romain.

David
C'est le plus grand roi de l'histoire d'Israël. Il vécut mille ans avant Jésus. Il agrandit le royaume et consolida ses frontières. Plus tard, quand des ennemis menaçaient le royaume, les habitants soupiraient : « Si seulement nous avions un nouveau David ! » Dieu leur promit que ce sauveur viendrait. Il serait un descendant de David et naîtrait à Bethléem. Il est de la même famille que David. Ce serait donc lui le sauveur.

Édit
Règlement, loi.

Joug
Poutre que l'on posait derrière les cornes des bœufs. On y attachait des lanières reliées à une charrette que les bœufs tiraient.

Madiane
C'était un ennemi du peuple d'Israël qui vécut il y a plus de trois mille ans. Avec les gens de sa tribu, il dévastait tout. Il fut battu par Gédéon, un héros.

Nazareth, Bethléem, Galilée, Judée
Regarde la carte p. 309.

Recenser
Compter, dresser une liste.

Sauveur
C'est Jésus parce qu'il sauve du mal et de la mort.

Retourne page 15 pour poursuivre la messe.

Fête de la Sainte Famille

Marie, Joseph et Jésus formaient une famille étonnante.
Il faut dire que vivre avec le Fils de Dieu réserve des surprises.

Première lecture

Lecture du livre de Samuel

1S 1,20-22.24-28

Vivre dans l'amour d'une famille, c'est un beau cadeau de Dieu. Anne, l'héroïne de cette histoire, remercie Dieu en lui confiant à son tour son bien le plus précieux.

Elcana s'unit à Anne sa femme, et le Seigneur se souvint d'elle. Anne conçut et, le temps venu, elle enfanta un fils ; elle lui donna le nom de Samuel (c'est-à-dire : Dieu exauce) car, disait-elle, « Je l'ai demandé au Seigneur. » Elcana, son mari, monta au sanctuaire avec toute sa famille pour offrir au Seigneur le sacrifice annuel et s'acquitter du vœu pour la naissance de l'enfant. Mais Anne n'y monta pas. Elle dit à son mari : « Quand l'enfant sera **sevré**, je l'emmènerai : il sera présenté au Seigneur, et il restera là pour toujours. » Lorsque Samuel fut sevré, Anne, sa mère, le conduisit à la maison du Seigneur, à Silo ; l'enfant était encore tout jeune. Anne avait pris avec elle un taureau de trois ans, un sac de farine et une outre de vin. On offrit le taureau en sacrifice, et on amena l'enfant au prêtre Éli. Anne lui dit alors : « Écoute-moi, mon seigneur, je t'en prie ! Aussi vrai que tu es vivant, je suis cette femme qui se tenait ici près de toi pour prier le Seigneur. C'est pour obtenir cet enfant que je priais, et le Seigneur me l'a donné en réponse à ma demande. À mon tour je le donne au Seigneur pour qu'il en dispose. Il demeurera à la disposition du Seigneur tous les jours de sa vie. » Alors ils **se prosternèrent** devant le Seigneur.

Psaume

Ps 83

Heureux les habitants de ta maison, Seigneur !

De quel amour sont aimées tes demeures,
Seigneur, Dieu de l'univers.
Mon âme s'épuise à désirer les parvis du Seigneur ;
mon cœur et ma chair sont un cri vers le Dieu vivant !

Heureux les habitants de ta maison :
ils pourront te chanter encore !
Heureux les hommes dont tu es la force :
des chemins s'ouvrent dans leur cœur !

Seigneur, Dieu de l'univers, entends ma prière ;
écoute, Dieu de Jacob.
Dieu, vois notre bouclier,
regarde le visage de ton messie.

Deuxième lecture

Lecture de la première lettre de saint Jean

1Jn 3,1-2.21-24

Dieu est un Père qui aime tendrement ses enfants. Faisons-lui confiance : suivre ses commandements nous rend heureux.

Bien-aimés, voyez quel grand amour nous a donné le Père pour que nous soyons appelés enfants de Dieu – et nous le sommes. Voici pourquoi le monde ne nous connaît pas : c'est qu'il n'a pas connu Dieu. Bien-aimés, dès maintenant, nous sommes enfants de Dieu, mais ce que nous serons n'a pas encore été manifesté. Nous le savons : quand cela sera manifesté, nous lui serons semblables car nous le verrons tel qu'il est. Bien-aimés, si notre cœur ne nous accuse pas, nous avons de l'**assurance** devant Dieu. Quoi que nous demandions à Dieu, nous le recevons de lui, parce que nous gardons ses commandements, et que nous faisons ce qui est agréable à ses yeux. Or, voici son commandement : mettre notre foi dans le nom de son Fils Jésus Christ, et nous aimer les uns les autres comme il nous l'a commandé. Celui qui garde ses commandements demeure en Dieu, et Dieu en lui ; et voilà comment nous reconnaissons qu'il demeure en nous, puisqu'il nous a donné part à son Esprit.

Évangile

Évangile de Jésus Christ selon saint Luc

Lc 2,41-52

Voici le seul texte qui parle de Jésus adolescent. Ce récit annonce déjà comment Jésus devenu grand quittera la maison de Joseph et Marie pour faire connaître Dieu son Père.

Chaque année, les parents de Jésus se rendaient à Jérusalem pour la fête de la Pâque. Quand il eut douze ans, ils montèrent en pèlerinage suivant la coutume. À la fin de la fête, comme ils s'en retournaient, le jeune Jésus resta à Jérusalem à l'insu de ses parents. Pensant qu'il était dans le convoi des pèlerins, ils firent une journée de chemin avant de le chercher parmi leurs parents et connaissances. Ne le trouvant pas, ils retournèrent à Jérusalem, en continuant à le chercher. C'est au bout de trois jours qu'ils le trouvèrent dans le **Temple**, assis au milieu des **docteurs de la Loi** : il les écoutait et leur posait des questions, et tous ceux qui l'entendaient s'extasiaient sur son intelligence et sur ses réponses. En le voyant, ses parents furent frappés d'étonnement, et sa mère lui dit : « Mon enfant, pourquoi nous as-tu fait cela ? Vois comme ton père et moi, nous avons souffert en te cherchant ! » Il leur dit : « Comment se fait-il que vous m'ayez cherché ? Ne saviez-vous pas qu'il me faut être **chez mon Père** ? » Mais ils ne comprirent pas ce qu'il leur disait. Il descendit avec eux pour se rendre à Nazareth, et il leur était soumis. Sa mère gardait dans son cœur tous ces événements. Quant à Jésus, il **grandissait** en sagesse, en taille et **en grâce**, devant Dieu et devant les hommes.

Les mots de la Bible

Assurance
Confiance, certitude.

Chez mon père
Pour les Juifs, le Temple de Jérusalem était la maison de Dieu. Ils y vennaient pour prier. Jésus, lui aussi, est venu y prier et écouter la parole de Dieu. Quand Jésus dit : « C'est chez mon Père que je dois être », il annonce que Dieu est son Père et qu'Il n'est pas seulement présent dans le Temple mais aussi dans sa vie, chaque jour.

Docteurs de la Loi
Ils étaient les spécialistes de la loi religieuse. Ils avaient une grande autorité sur les autres Juifs.

Grandir en grâce
C'est grandir avec Dieu, en lui faisant de la place dans sa vie.

Se prosterner
S'incliner vers le sol par respect envers Dieu.

Sevré
Qui n'est plus allaité par sa mère.

Temple
Pour les Juifs, le Temple de Jérusalem était la maison de Dieu. C'était le centre de la vie religieuse.

Retourne page 15 pour poursuivre la messe.

2 janvier 2022

Épiphanie du Seigneur

Des mages ont vu une étoile dans le ciel
et un bébé dans une crèche :
Dieu s'est manifesté ainsi pour tous les hommes.
Aujourd'hui, nous fêtons la manifestation de Dieu.
On dit « épiphanie » d'après un mot grec.

Première lecture

Lecture du livre d'Isaïe

Is 60,1-6

**Voici un texte de la Bible vieux de deux mille cinq cents ans.
Il annonce un événement heureux pour la terre entière.**

Debout, Jérusalem, resplendis ! Elle est venue, ta lumière, et la gloire du Seigneur s'est levée sur toi. Voici que les ténèbres couvrent la terre, et la nuée obscure couvre les peuples. Mais sur toi se lève le Seigneur, sur toi sa gloire apparaît. Les nations marcheront vers ta lumière, et les rois, vers la clarté de ton aurore. Lève les yeux alentour, et regarde : tous, ils se rassemblent, ils viennent vers toi ; tes fils reviennent de loin, et tes filles sont portées sur la hanche. Alors tu verras, tu seras radieuse, ton cœur frémira et se dilatera. Les trésors d'au-delà des mers afflueront vers toi, vers toi viendront les richesses des nations. En grand nombre, des chameaux t'envahiront, de jeunes chameaux de **Madiane** et d'**Épha**. Tous les gens de **Saba** viendront, apportant l'or et l'encens ; ils annonceront les exploits du Seigneur.

Psaume

Ps 71

Toutes les nations, Seigneur, se prosterneront devant toi.

Dieu, donne au roi tes pouvoirs,
à ce fils de roi ta justice.
Qu'il gouverne ton peuple avec justice,
qu'il fasse droit aux malheureux !

En ces jours-là, fleurira la justice,
grande paix jusqu'à la fin des lunes !
Qu'il domine de la mer à la mer,
et du Fleuve jusqu'au bout de la terre !

Les rois de Tarsis et des Îles apporteront des présents,
les rois de Saba et de Seba feront leur offrande.
Tous les rois se prosterneront devant lui,
tous les pays le serviront.

Il délivrera le pauvre qui appelle
et le malheureux sans recours.
Il aura souci du faible et du pauvre,
du pauvre dont il sauve la vie.

Deuxième lecture Lecture de la lettre de saint Paul apôtre aux Éphésiens

Ep 3,2-3a.5-6

Saint Paul veut convaincre les chrétiens que Jésus Christ est venu pour tous les hommes, sans exception.

Frères, vous avez appris, je pense, en quoi consiste la grâce que Dieu m'a donnée pour vous : par **révélation**, il m'a fait connaître le mystère. Ce mystère n'avait pas été porté à la connaissance des hommes des générations passées, comme il a été révélé maintenant à ses saints apôtres et aux prophètes, dans l'Esprit. Ce mystère, c'est que toutes les nations sont associées au même héritage, au même corps, au partage de la même promesse, dans le Christ Jésus, par l'annonce de l'Évangile.

Évangile Évangile de Jésus Christ selon saint Matthieu

Mt 2,1-12

À la naissance de Jésus, des étrangers qui vivaient très loin sont partis à sa recherche. Ils savaient que quelqu'un de grand était né pour le monde entier.

Jésus était né à Bethléem en Judée, au temps du roi Hérode le Grand. Or, voici que des **mages** venus d'Orient arrivèrent à Jérusalem et demandèrent : « Où est le roi des Juifs qui vient de naître ? Nous avons vu son étoile à l'orient et nous sommes venus nous prosterner devant lui. » En apprenant cela, le roi Hérode fut bouleversé, et tout Jérusalem avec lui. Il réunit tous les grands prêtres et les scribes du peuple, pour leur demander où devait naître le **Christ**. Ils lui répondirent : « À Bethléem en Judée, car voici ce qui est écrit par le prophète : Et toi, Bethléem, terre de Juda, tu n'es certes pas le dernier parmi les chefs-lieux de Juda, car de toi sortira un chef, qui sera le berger de mon peuple Israël. »

Alors Hérode convoqua les mages en secret pour leur faire préciser à quelle date l'étoile était apparue ; puis il les envoya à Bethléem, en leur disant : « Allez vous renseigner avec précision sur l'enfant. Et quand vous l'aurez trouvé, venez me l'annoncer pour que j'aille, moi aussi, me prosterner devant lui. » Après avoir entendu le roi, ils partirent. Et voici que l'étoile qu'ils avaient vue à l'orient les précédait, jusqu'à ce qu'elle vienne s'arrêter au-dessus de l'endroit où se trouvait l'enfant. Quand ils virent l'étoile, ils se réjouirent d'une très grande joie. Ils entrèrent dans la maison, ils virent l'enfant avec Marie sa mère ; et, tombant à ses pieds, ils se prosternèrent devant lui. Ils ouvrirent leurs coffrets, et lui offrirent leurs présents : de **l'or, de l'encens et de la myrrhe**. Mais, avertis en songe de ne pas retourner chez Hérode, ils regagnèrent leur pays par un autre chemin.

Les mots de la Bible

Christ
On dit aussi « Messie ». Certains Juifs attendaient un Christ, un envoyé de Dieu. Pour les chrétiens, Jésus est le Christ.

Madiane, Épha
C'étaient des tribus qui étaient ennemies du peuple d'Israël.

Mages
Il s'agissait sans doute de savants spécialistes des étoiles.

Or, encens et myrrhe
À l'époque de Jésus, c'étaient des matières chères et précieuses. On offrait de l'or aux rois, on brûlait de l'encens au Temple pour prier Dieu et on mettait de l'huile parfumée à la poudre de myrrhe sur le front des nouveaux prêtres. En offrant ces cadeaux à Jésus, les mages reconnaissent que Jésus est roi et qu'il est envoyé de Dieu.

Révélation
Faire une révélation, c'est faire connaître ce qui était inconnu.

Saba
Royaume d'Arabie, connu pour son or, ses pierres précieuses et ses parfums.

Retourne page 15 pour poursuivre la messe.

9 janvier 2022

Baptême du Seigneur

Jésus a voulu recevoir le baptême de Jean Baptiste. Lui qui est Dieu, il a voulu faire comme tous les hommes qui voulaient se rapprocher de Dieu.

Première lecture

Lecture du livre d'Isaïe

Is 40,1-5.9-11

Jésus vient de la part de Dieu pour nous consoler et nous aider. À nous de lui préparer la route. Il y a très longtemps, le prophète Isaïe annonçait déjà cette consolation.

Consolez, consolez mon peuple – dit votre Dieu –, parlez au cœur de Jérusalem. Proclamez que son service est accompli, que son crime est expié, qu'elle a reçu de la main du Seigneur le double pour toutes ses fautes. Une voix proclame : « Dans le désert, préparez le chemin du Seigneur ; tracez droit, dans les terres arides, une route pour notre Dieu. Que tout ravin soit comblé, toute montagne et toute colline abaissées ! que les escarpements se changent en plaine, et les sommets, en large vallée ! Alors se révélera la gloire du Seigneur, et tout être de chair verra que la bouche du Seigneur a parlé. » Monte sur une haute montagne, toi qui portes la bonne nouvelle à **Sion**. Élève la voix avec force, toi qui portes la bonne nouvelle à Jérusalem. Élève la voix, ne crains pas. Dis aux **villes de Juda** : « Voici votre Dieu ! » Voici le Seigneur Dieu ! Il vient avec puissance ; son bras lui soumet tout. Voici le fruit de son travail avec lui, et devant lui, son ouvrage. Comme un berger, il fait paître son troupeau : son bras rassemble les agneaux, il les porte sur son cœur, il mène les brebis qui allaitent.

Psaume

Ps 103

Bénis le Seigneur, ô mon âme ;
Seigneur mon Dieu, tu es si grand !

Revêtu de magnificence,
tu as pour manteau la lumière !
Comme une tenture, tu déploies les cieux,
tu élèves dans leurs eaux tes demeures.

Des nuées, tu te fais un char,
tu t'avances sur les ailes du vent ;
tu prends les vents pour messagers,
pour serviteurs, les flammes des éclairs.

Quelle profusion dans tes œuvres, Seigneur !
Tout cela, ta sagesse l'a fait ; la terre s'emplit de tes biens.
Voici l'immensité de la mer,
son grouillement innombrable d'animaux grands et petits.

Tous, ils comptent sur toi
pour recevoir leur nourriture au temps voulu.
Tu donnes : eux, ils ramassent ;
tu ouvres la main : ils sont comblés.

Tu caches ton visage : ils s'épouvantent ;
tu reprends leur souffle, ils expirent et retournent
à leur poussière.]
Tu envoies ton souffle : ils sont créés ;
tu renouvelles la face de la terre.

Deuxième lecture Lecture de la lettre de saint Paul apôtre à Tite Tt 2,11-14 ; 3,4-7

Tite est un disciple de Paul. C'est un chrétien d'origine grecque. Dans cette lettre, Paul lui enseigne le sens du baptême.

Bien-aimé, la grâce de Dieu s'est manifestée pour le salut de tous les hommes. Elle nous apprend à renoncer à l'impiété et aux convoitises de ce monde, et à vivre dans le temps présent de manière raisonnable, avec justice et piété, attendant que se réalise la bienheureuse espérance : la manifestation de la gloire de notre grand Dieu et **Sauveur**, Jésus Christ. Car il s'est donné pour nous afin de nous racheter de toutes nos fautes, et de nous purifier pour faire de nous son peuple, un peuple ardent à faire le bien. Lorsque Dieu, notre **Sauveur**, a manifesté sa bonté et son amour pour les hommes, il nous a sauvés, non pas à cause de la justice de nos propres actes, mais par sa **miséricorde**. Par le bain du baptême, il nous a fait renaître et nous a renouvelés dans l'**Esprit Saint**. Cet Esprit, Dieu l'a répandu sur nous en abondance, par Jésus Christ notre **Sauveur**, afin que, rendus **justes** par sa grâce, nous devenions en espérance héritiers de la vie éternelle.

Évangile — Évangile de Jésus Christ selon saint Luc

Lc 3,15-16.21-22

Le cousin de Jésus, Jean Baptiste, baptise dans le fleuve Jourdain tous les hommes qui veulent se purifier de leurs péchés et se rapprocher de Dieu.

En ce temps-là, le peuple venu auprès de Jean le Baptiste était en attente, et tous se demandaient en eux-mêmes si Jean n'était pas le Christ. Jean s'adressa alors à tous : « Moi, je vous baptise avec de l'eau ; mais il vient, celui qui est plus fort que moi. Je ne suis pas digne de dénouer la courroie de ses sandales. Lui vous baptisera dans l'**Esprit Saint** et le **feu**. » Comme tout le peuple se faisait baptiser et qu'après avoir été baptisé lui aussi, Jésus priait, le ciel s'ouvrit. L'**Esprit Saint**, sous une **apparence corporelle**, comme une colombe, descendit sur Jésus, et il y eut une voix venant du ciel : « Toi, tu es mon Fils bien-aimé ; en toi, je trouve ma joie. »

Les mots de la Bible

Apparence corporelle
C'est le corps physique, tel qu'on le voit. L'Esprit est descendu sur Jésus sous la forme d'une colombe bien vivante !

Esprit Saint
C'est le souffle de Dieu, sa présence invisible, sa force de vie. C'est aussi le lien mystérieux qui unit le Père et le Fils. C'est la troisième personne de la Trinité.

Feu
Jean Baptiste annonce la Pentecôte, quand l'Esprit Saint s'est manifesté auprès des disciples de Jésus. Le feu représente l'amour de Dieu pour les hommes.

Juste
Être juste, c'est être un ami de Dieu.

Miséricorde
C'est la bonté de Dieu, sensible au malheur des hommes.

Sauveur
Jésus est notre Sauveur : il vient nous libérer du mal et de la mort.

Sion, villes de Juda
C'est Jérusalem et sa région. Ici, cette ville désigne le peuple de Dieu.

Retourne page 15 pour poursuivre la messe.

16 janvier 2022

2e dimanche du temps ordinaire

La messe, c'est comme un repas de fête. Elle ressemble même à un festin de noces. Car Jésus vient faire alliance avec nous.

Première lecture

Lecture du livre d'Isaïe

Is 62,1-5

Voici une déclaration d'amour.
C'est Dieu qui la fait au peuple d'Israël par la bouche d'Isaïe.
Quel bonheur, Dieu est amoureux de son peuple !

Pour la cause de Sion, je ne me tairai pas, et pour Jérusalem, je n'aurai de cesse que sa justice ne paraisse dans la clarté, et son salut comme une torche qui brûle. Et les nations verront ta justice ; tous les rois verront ta gloire. On te nommera d'un nom nouveau que la bouche du Seigneur dictera. Tu seras une couronne brillante dans la main du Seigneur, un diadème royal entre les doigts de ton Dieu. On ne te dira plus : « Délaissée ! » À ton pays, nul ne dira : « Désolation ! » Toi, tu seras appelée « Ma Préférence », cette terre se nommera « L'Épousée ». Car le Seigneur t'a préférée, et cette terre deviendra « L'Épousée ». Comme un jeune homme épouse une vierge, ton Bâtisseur t'épousera. Comme la jeune mariée fait la joie de son mari, tu seras la joie de ton Dieu.

Psaume

Ps 95

Racontez à tous les peuples les merveilles du Seigneur !

Chantez au Seigneur un chant nouveau,
chantez au Seigneur, terre entière,
chantez au Seigneur et bénissez son nom !

De jour en jour, proclamez son salut,
racontez à tous les peuples sa gloire,
à toutes les nations ses merveilles !

Rendez au Seigneur, familles des peuples,
rendez au Seigneur, la gloire et la puissance,
rendez au Seigneur la gloire de son nom.

Adorez le Seigneur, éblouissant de sainteté.
Allez dire aux nations : « Le Seigneur est roi ! »
Il gouverne les peuples avec droiture.

Deuxième lecture

Lecture de la première lettre de saint Paul apôtre aux Corinthiens

1Co 12,4-11

Tous les chrétiens sont-ils pareils ? Non, évidemment. Alors, qu'est-ce qui les rassemble ? Saint Paul donne son avis.

Frères, les **dons de la grâce** sont variés, mais c'est le même Esprit. Les services sont variés, mais c'est le même Seigneur. Les activités sont variées, mais c'est le même Dieu qui agit en tout et en tous. À chacun est donnée la manifestation de l'Esprit en vue du bien. À celui-ci est donnée, par l'Esprit, une parole de sagesse ; à un autre, une parole de connaissance, selon le même Esprit ; un autre reçoit, dans le même Esprit, un don de foi ; un autre encore, dans l'unique Esprit, des dons de guérison ; à un autre est donné d'opérer des miracles, à un autre de prophétiser, à un autre de discerner les inspirations ; à l'un, de parler diverses langues mystérieuses ; à l'autre, de les interpréter. Mais celui qui agit en tout cela, c'est l'unique et même Esprit : il distribue ses dons, comme il le veut, à chacun en particulier.

Évangile

Évangile de Jésus Christ selon saint Jean

Jn 2,1-11

Écoutez cette histoire. C'est l'histoire d'une fête de mariage qui a failli rater. Mais Jésus transforme le repas de noces en un véritable festin.

En ce temps-là, il y eut un mariage à **Cana** de Galilée. La mère de Jésus était là. Jésus aussi avait été invité au mariage avec ses disciples. Or, on manqua de vin. La mère de Jésus lui dit : « Ils n'ont pas de vin. » Jésus lui répond : « Femme, que me veux-tu ? **Mon heure** n'est pas encore venue. » Sa mère dit à ceux qui servaient : « Tout ce qu'il vous dira, faites-le. » Or, il y avait là six jarres de pierre pour les **purifications rituelles** des Juifs ; chacune contenait deux à trois mesures (c'est-à-dire environ cent litres). Jésus dit à ceux qui servaient : « Remplissez d'eau les jarres. » Et ils les remplirent jusqu'au bord. Il leur dit : « Maintenant, puisez, et portez-en au **maître du repas**. » Ils lui en portèrent. Et celui-ci goûta l'eau changée en **vin**. Il ne savait pas d'où venait ce vin, mais ceux qui servaient le savaient bien, eux qui avaient puisé l'eau. Alors le maître du repas appelle le marié et lui dit : « Tout le monde sert le bon vin en premier et, lorsque les gens ont bien bu, on apporte le moins bon. Mais toi, tu as gardé le bon vin jusqu'à maintenant. » Tel fut le commencement des signes que Jésus accomplit. C'était à Cana de Galilée. Il manifesta sa gloire, et ses disciples crurent en lui.

Les mots de la Bible

Cana
Regarde la carte p. 309.

Dons de la grâce
Ce sont des qualités, des talents qui viennent de Dieu. Grâce à eux, Dieu se glisse dans la vie de chaque chrétien. Et chacun peut montrer que Dieu agit.

Maître du repas
C'est un peu le maître d'hôtel de l'époque. Il organise la fête et veille à ce que tout se passe bien.

Mon heure
Dans l'évangile de Jean, Jésus emploie toujours cette expression pour parler de sa mort, de sa passion.

Purifications rituelles
Les Juifs religieux se lavent le visage ou les mains avant de manger. Ils se préparent à manger avec respect la nourriture qui vient de Dieu.

Vin
Jésus donne du vin à tout le monde, et du bon ! Aucun invité n'en a bu d'aussi bon. Ils s'en souviendront tous longtemps. Car le vin de Jésus ne ressemble à aucun autre. Il transforme complètement la fête.
À la messe aussi, il y a du vin. C'est la vie de Jésus Christ. Il nous la donne à tous, il nous l'offre sans compter.

Retourne page 15 pour poursuivre la messe.

23
janvier
2022

3e dimanche du temps ordinaire

Il y a un livre que nous lisons à la messe.
Il est ancien, mais ce qu'il nous dit est toujours actuel.
Nous y accueillons la Parole de Dieu. Ce livre s'appelle la Bible.

Première lecture

Lecture du livre de Néhémie

Ne 8,2-4a.5-6.8-10

Presque cinq cents ans avant Jésus Christ, quand le peuple juif revient à Jérusalem, le Temple est détruit. Comment va-t-on adorer Dieu ?

En ces jours-là, le prêtre Esdras apporta le **livre de la Loi** en présence de l'assemblée, composée des hommes, des femmes, et de tous les enfants en âge de comprendre. C'était le premier jour du septième mois. Esdras, tourné vers la place de la porte des Eaux, fit la lecture dans le livre, depuis le lever du jour jusqu'à midi, en présence des hommes, des femmes, et de tous les enfants en âge de comprendre : tout le peuple écoutait la lecture de la Loi. Le **scribe Esdras** se tenait sur une tribune de bois, construite tout exprès. Esdras ouvrit le livre ; tout le peuple le voyait, car il dominait l'assemblée. Quand il ouvrit le livre, tout le monde se mit debout. Alors Esdras bénit le Seigneur, le Dieu très grand, et tout le peuple, levant les mains, répondit : « Amen ! Amen ! » Puis ils s'inclinèrent et se prosternèrent devant le Seigneur, le visage contre terre. Esdras lisait un passage dans le livre de la loi de Dieu, puis les Lévites traduisaient, donnaient le sens, et l'on pouvait comprendre. Néhémie le gouverneur, Esdras qui était prêtre et scribe, et les Lévites qui donnaient les explications, dirent à tout le peuple : « Ce jour est consacré au Seigneur votre Dieu ! Ne prenez pas le deuil, ne pleurez pas ! » Car ils pleuraient tous en entendant les paroles de la Loi. Esdras leur dit encore : « Allez, mangez des viandes savoureuses, buvez des boissons aromatisées, et envoyez une part à celui qui n'a rien de prêt. Car ce jour est consacré à notre Dieu ! Ne vous affligez pas : la joie du Seigneur est votre rempart ! »

Psaume

Ps 18 B

Tes paroles, Seigneur, sont esprit et elles sont vie.

La loi du Seigneur est parfaite,
qui redonne vie ;
la charte du Seigneur est sûre,
qui rend sages les simples.

Les préceptes du Seigneur sont droits,
ils réjouissent le cœur ;
le commandement du Seigneur est limpide,
il clarifie le regard.

La crainte qu'il inspire est pure,
elle est là pour toujours ;
les décisions du Seigneur sont justes
et vraiment équitables.

Accueille les paroles de ma bouche,
le murmure de mon cœur ;
qu'ils parviennent devant toi,
Seigneur, mon rocher, mon défenseur !

Deuxième lecture

Lecture de la première lettre de saint Paul apôtre aux Corinthiens

1Co 12,12-30

Saint Paul compare les chrétiens aux membres d'un même corps, tous différents, tous importants.

Frères, prenons une comparaison : le corps ne fait qu'un, il a pourtant plusieurs membres ; et tous les membres, malgré leur nombre, ne forment qu'un seul corps. Il en est ainsi pour le Christ. C'est dans un unique Esprit, en effet, que nous tous, Juifs ou **païens**, esclaves ou hommes libres, nous avons été baptisés pour former un seul corps. Tous, nous avons été **désaltérés** par un unique **Esprit**. Le corps humain se compose non pas d'un seul, mais de plusieurs membres. Le pied aurait beau dire : « Je ne suis pas la main, donc je ne fais pas partie du corps », il fait cependant partie du corps. L'oreille aurait beau dire : « Je ne suis pas l'œil, donc je ne fais pas partie du corps », elle fait cependant partie du corps. Si, dans le corps, il n'y avait que les yeux, comment pourrait-on entendre ? S'il n'y avait que les oreilles, comment pourrait-on sentir les odeurs ? Mais, dans le corps, Dieu a disposé les différents membres comme il l'a voulu. S'il n'y avait en tout qu'un seul membre, comment cela ferait-il un corps ? En fait, il y a plusieurs membres, et un seul corps. L'œil ne peut pas dire à la main :

« Je n'ai pas besoin de toi » ; la tête ne peut pas dire aux pieds : « Je n'ai pas besoin de vous. » Bien plus, les parties du corps qui paraissent les plus délicates sont indispensables. Et celles qui passent pour moins honorables, ce sont elles que nous traitons avec plus d'honneur ; celles qui sont moins décentes, nous les traitons plus décemment ; pour celles qui sont décentes, ce n'est pas nécessaire. Mais en organisant le corps, Dieu a accordé plus d'honneur à ce qui en est dépourvu. Il a voulu ainsi qu'il n'y ait pas de division dans le corps, mais que les différents membres aient tous le souci les uns des autres. Si un seul membre souffre, tous les membres partagent sa souffrance ; si un membre est à l'honneur, tous partagent sa joie. Or, vous êtes corps du Christ et, chacun pour votre part, vous êtes membres de ce corps. Parmi ceux que Dieu a placés ainsi dans l'Église, il y a premièrement des apôtres, deuxièmement des prophètes, troisièmement ceux qui ont charge d'enseigner ; ensuite, il y a les miracles, puis les dons de guérison, d'assistance, de gouvernement, le don de parler diverses langues mystérieuses. Tout le monde évidemment n'est pas apôtre, tout le monde n'est pas prophète, ni chargé d'enseigner ; tout le monde n'a pas à faire des miracles, à guérir, à dire des paroles mystérieuses, ou à les interpréter.

Évangile — Évangile de Jésus Christ selon saint Luc

Lc 1,1-4 ; 4,14-21

**Voici le début de l'évangile de Luc.
Il est écrit pour Théophile. Ce nom veut dire « ami de Dieu »...
C'est un peu chacun de nous.**

Beaucoup ont entrepris de composer un récit des événements qui se sont accomplis parmi nous, d'après ce que nous ont transmis ceux qui, dès le commencement, furent **témoins oculaires** et serviteurs de la Parole. C'est pourquoi j'ai décidé, moi aussi, après avoir recueilli avec précision des informations concernant tout ce qui s'est passé depuis le début, d'écrire pour toi, excellent Théophile, un exposé suivi, afin que tu te rendes bien compte de la solidité des enseignements que tu as entendus. En ce temps-là, lorsque Jésus, dans la puissance de l'Esprit, revint en Galilée, sa renommée se répandit dans toute la région. Il enseignait dans les synagogues, et tout le monde faisait son éloge. Il vint à Nazareth, où il avait été élevé. Selon son habitude, il entra dans la synagogue le jour du **sabbat**, et il se leva pour faire la lecture. On lui remit le livre du prophète Isaïe. Il ouvrit le livre et trouva le passage où il est écrit : L'Esprit du Seigneur est sur moi parce que le Seigneur m'a consacré par l'onction. Il m'a envoyé porter la Bonne Nouvelle aux pauvres, annoncer aux captifs leur libération, et aux aveugles qu'ils retrouveront la vue, remettre en liberté les opprimés, annoncer une année favorable accordée par le Seigneur. Jésus referma le livre, le rendit au servant et s'assit. Tous, dans la synagogue, avaient les yeux fixés sur lui. Alors il se mit à leur dire : « Aujourd'hui s'accomplit ce passage de l'**Écriture** que vous venez d'entendre ».

Les mots de la Bible

Désaltérer
Étancher la soif.

Écriture
Quand les évangiles parlent de l'Écriture, il s'agit des livres de la Bible écrits avant Jésus Christ. Nous, les chrétiens, nous les appelons l'Ancien Testament. Nous croyons que l'Écriture annonce la venue de Jésus. Nous croyons aussi que Jésus réalise par sa vie et ses paroles ce que dit l'Écriture.

Esdras
C'était un prêtre juif et un grand spécialiste du livre de la loi.

Esprit
C'est le souffle de Dieu, sa présence invisible, sa force de vie.

Livre de la Loi
Ce sont les cinq premiers livres de la Bible.

Païens
Pour saint Paul, les païens étaient tous les non-Juifs.

Sabbat
C'est le samedi, jour de repos pour les Juifs. Ce jour-là est complètement consacré à Dieu.

Scribe
Spécialiste des Livres saints.

Témoin oculaire
C'est celui qui a vu un événement de ses propres yeux.

Retourne page 15 pour poursuivre la messe.

30
janvier
2022

4e dimanche du temps ordinaire

Si on vivait à l'époque de Jésus, tout serait plus facile, pensons-nous. On le connaîtrait si bien qu'on croirait tout de suite en lui. Eh bien, c'est faux. L'évangile d'aujourd'hui nous dit tout le contraire.

Première lecture

Lecture du livre de Jérémie

Jr 1,4-5.17-19

Le prophète Jérémie sait qu'il va se faire des ennemis en parlant au nom de Dieu. Mais il se sait protégé par Dieu.

Au temps de Josias, la parole du Seigneur me fut adressée : « Avant même de te façonner dans le sein de ta mère, je te connaissais ; avant que tu viennes au jour, je t'ai consacré ; je fais de toi un **prophète** pour les nations. Toi, mets ta ceinture autour des reins et lève-toi, tu diras contre eux tout ce que je t'ordonnerai. Ne tremble pas devant eux, sinon c'est moi qui te ferai trembler devant eux. Moi, je fais de toi aujourd'hui une ville fortifiée, une colonne de fer, un rempart de bronze, pour faire face à tout le pays, aux rois de **Juda** et à ses princes, à ses prêtres et à tout le peuple du pays. Ils te combattront, mais ils ne pourront rien contre toi, car je suis avec toi pour te délivrer – oracle du Seigneur. »

Psaume

Ps 70

Sans fin, je proclamerai ta justice et ton salut.

En toi, Seigneur, j'ai mon refuge :
garde-moi d'être humilié pour toujours.
Dans ta justice, défends-moi, libère-moi,
tends l'oreille vers moi, et sauve-moi.

Sois le rocher qui m'accueille,
toujours accessible ;
tu as résolu de me sauver :
ma forteresse et mon roc, c'est toi !

Seigneur mon Dieu, tu es mon espérance,
mon appui dès ma jeunesse.
Toi, mon soutien dès avant ma naissance,
tu m'as choisi dès le ventre de ma mère.

Ma bouche annonce tout le jour
tes actes de justice et de salut.
Mon Dieu, tu m'as instruit dès ma jeunesse,
jusqu'à présent, j'ai proclamé tes merveilles.

Deuxième lecture

Lecture de la première lettre de saint Paul apôtre aux Corinthiens

1Co 12,31 – 13,13

L'amour est le plus beau des cadeaux que Dieu nous offre. Saint Paul nous le décrit avec des mots magnifiques.

Frères, recherchez avec ardeur les dons les plus grands. Et maintenant, je vais vous indiquer le chemin par excellence. J'aurais beau parler toutes les langues des hommes et des anges, si je n'ai pas la charité, s'il me manque l'amour, je ne suis qu'un cuivre qui résonne, une cymbale retentissante. J'aurais beau être prophète, avoir toute la science des mystères et toute la connaissance de Dieu, j'aurais beau avoir toute la foi jusqu'à transporter les montagnes, s'il me manque l'amour, je ne suis rien. J'aurais beau distribuer toute ma fortune aux affamés, j'aurais beau me faire brûler vif, s'il me manque l'amour, cela ne me sert à rien. L'amour prend patience ; l'amour rend service ; l'amour ne jalouse pas ; il ne se vante pas, ne se gonfle pas d'orgueil ; il ne fait rien d'inconvenant ; il ne cherche pas son intérêt ; il ne s'emporte pas ; il n'entretient pas de **rancune** ; il ne se réjouit pas de ce qui est injuste, mais il trouve sa joie dans ce qui est vrai ; il supporte tout, il fait confiance en tout, il espère tout, il endure tout. L'amour ne passera jamais. Les prophéties seront dépassées, le don des langues cessera, la connaissance actuelle sera dépassée. En effet, notre connaissance est partielle, nos prophéties sont partielles. Quand viendra l'achèvement, ce qui est partiel sera dépassé. Quand j'étais petit enfant, je parlais comme un enfant, je pensais comme un enfant, je raisonnais comme un enfant. Maintenant que je suis un homme, j'ai dépassé ce qui était propre à l'enfant. Nous voyons actuellement de manière confuse, comme dans un miroir ; ce jour-là, nous verrons face à face. Actuellement, ma connaissance est partielle ; ce jour-là, je connaîtrai parfaitement, comme j'ai été connu. Ce qui demeure aujourd'hui, c'est la foi, l'espérance et la charité ; mais la plus grande des trois, c'est la charité.

Évangile

Évangile de Jésus Christ selon saint Luc

Lc 4,21-30

Voici la suite de l'évangile de dimanche dernier. Il annonce ce qui va arriver à Jésus : il sera rejeté par ceux qui l'entourent et il en mourra.

En ce temps-là, dans la **synagogue** de Nazareth, après la lecture du livre d'Isaïe, Jésus déclara : « Aujourd'hui s'accomplit ce passage de l'Écriture que vous venez d'entendre. » Tous lui **rendaient témoignage** et s'étonnaient des paroles de grâce qui sortaient de sa bouche. Ils se disaient : « N'est-ce pas là le fils de Joseph ? » Mais il leur dit : « Sûrement vous allez me citer le dicton : "Médecin, guéris-toi toi-même", et me dire : "Nous avons appris tout ce qui s'est passé à Capharnaüm ; fais donc de même ici dans ton lieu d'origine !" » Puis il ajouta : « Amen, je vous le dis : aucun prophète ne trouve un accueil favorable dans son pays. En vérité, je vous le dis : Au temps du prophète Élie, lorsque pendant trois ans et demi le ciel retint la pluie, et qu'une grande famine se produisit sur toute la terre, il y avait beaucoup de veuves en Israël ; pourtant Élie ne fut envoyé vers aucune d'entre elles, mais bien dans la ville de Sarepta, au pays de Sidon, chez une veuve étrangère. Au temps du prophète Élisée, il y avait beaucoup de lépreux en Israël ; et aucun d'eux n'a été purifié, mais bien Naaman le Syrien. » À ces mots, dans la synagogue, tous devinrent furieux. Ils se levèrent, poussèrent Jésus hors de la ville, et le menèrent jusqu'à un **escarpement** de la colline où leur ville est construite, pour le précipiter en bas. Mais lui, passant au milieu d'eux, allait son chemin.

Les mots de la Bible

Consacrer
Consacrer quelqu'un, c'est le réserver pour Dieu.

Escarpement
Pente très raide.

Juda
C'est le nom du peuple d'Israël à l'époque de Jérémie.

Prophète
Pour beaucoup, un prophète est quelqu'un qui sait prévoir l'avenir. Mais dans la Bible c'est une personne qui parle au nom de Dieu, qui est inspirée par Dieu. Le prophète est aussi appelé « l'homme de Dieu » ou le « voyant ». Il voit ce qui peut arriver si les hommes ne gardent pas la foi en Dieu et ne vivent pas selon ses commandements.
Et il n'hésite pas à le dire fort à tout le monde, même aux prêtres et aux rois !

Rancune
On a de la rancune pour quelqu'un quand on lui en veut et qu'on a envie de se venger.

Rendre témoignage
Admirer les actes de quelqu'un et reconnaître publiquement ses qualités.

Synagogue
Maison de prière des Juifs.

Retourne page 15 pour poursuivre la messe.

6
février
2022

5e dimanche du temps ordinaire

Isaïe, saint Paul et saint Pierre sont devenus chacun à leur manière des témoins de Dieu. Aujourd'hui, Dieu compte sur nous pour être ses messagers.

Première lecture

Lecture du livre d'Isaïe

Is 6,1-2.3-8

Isaïe raconte ici avec beaucoup d'images extraordinaires comment Dieu l'a appelé à être un prophète.

L'année de la mort du roi Ozias, je vis le Seigneur qui siégeait sur un trône très élevé ; les pans de son manteau remplissaient le Temple. Des **séraphins** se tenaient au-dessus de lui. Ils se criaient l'un à l'autre : « **Saint** ! Saint ! Saint, le Seigneur de l'univers ! Toute la terre est remplie de sa gloire. » Les pivots des portes se mirent à trembler à la voix de celui qui criait, et le Temple se remplissait de fumée. Je dis alors : « Malheur à moi ! je suis perdu, car je suis un homme aux lèvres impures, j'habite au milieu d'un peuple aux lèvres impures : et mes yeux ont vu le Roi, le Seigneur de l'univers ! » L'un des séraphins vola vers moi, tenant un charbon brûlant qu'il avait pris avec des pinces sur l'autel. Il l'approcha de ma bouche et dit : « Ceci a touché tes lèvres, et maintenant ta faute est enlevée, ton péché est pardonné. » J'entendis alors la voix du Seigneur qui disait : « Qui enverrai-je ? qui sera notre messager ? » Et j'ai répondu : « Me voici : envoie-moi ! »

Psaume

Ps 137

Je te chante, Seigneur, en présence des anges.

De tout mon cœur, Seigneur, je te rends grâce :
tu as entendu les paroles de ma bouche.
Je te chante en présence des anges,
vers ton temple sacré, je me prosterne.

Je rends grâce à ton nom pour ton amour et ta vérité,
car tu élèves, au-dessus de tout, ton nom et ta parole.
Le jour où tu répondis à mon appel,
tu fis grandir en mon âme la force.

Tous les rois de la terre te rendent grâce
quand ils entendent les paroles de ta bouche.
Ils chantent les chemins du Seigneur :
« Qu'elle est grande, la gloire du Seigneur ! »

Ta droite me rend vainqueur.
Le Seigneur fait tout pour moi !
Seigneur, éternel est ton amour :
n'arrête pas l'œuvre de tes mains.

Deuxième lecture — Lecture de la première lettre de saint Paul apôtre aux Corinthiens

1Co 15,3-8.11

Lecture brève

Jésus Christ est ressuscité et il a rejoint son Père ; voilà ce en quoi nous croyons.

Avant tout, je vous ai transmis ceci, que j'ai moi-même reçu : le Christ est mort pour nos péchés conformément aux Écritures, et il fut mis au tombeau ; il est ressuscité le troisième jour conformément aux Écritures, il est apparu à Pierre, puis aux Douze ; ensuite il est apparu à plus de cinq cents frères à la fois – la plupart sont encore vivants, et quelques-uns sont endormis dans la mort –, ensuite il est apparu à Jacques, puis à tous les Apôtres. Et en tout dernier lieu, il est même apparu à l'avorton que je suis. Bref, qu'il s'agisse de moi ou des autres, voilà ce que nous proclamons, voilà ce que vous croyez.

Évangile — Évangile de Jésus Christ selon saint Luc

Lc 5, 1-11

Voici comment Jésus a confié à Pierre la mission de faire connaître la Parole de Dieu. C'est un peu la naissance de l'Église.

En ce temps-là, la foule se pressait autour de Jésus pour écouter la parole de Dieu, tandis qu'il se tenait au bord du **lac de Génésareth**. Il vit deux barques qui se trouvaient au bord du lac ; les pêcheurs en étaient descendus et lavaient leurs filets. Jésus monta dans une des barques qui appartenait à Simon, et lui demanda de s'écarter un peu du rivage. Puis il s'assit et, de la barque, il enseignait les foules. Quand il eut fini de parler, il dit à Simon : « Avance au large, et jetez vos filets pour la pêche. » Simon lui répondit : « Maître, nous avons peiné toute la nuit sans rien prendre ; mais, sur ta parole, je vais jeter les filets. » Et l'ayant fait, ils capturèrent une telle quantité de poissons que leurs filets allaient se déchirer. Ils firent signe à leurs compagnons de l'autre barque de venir les aider. Ceux-ci vinrent, et ils remplirent les deux barques, à tel point qu'elles enfonçaient. À cette vue, **Simon-Pierre** tomba aux genoux de Jésus, en disant : « Éloigne-toi de moi, Seigneur, car je suis un homme **pécheur**. » En effet, un grand effroi l'avait saisi, lui et tous ceux qui étaient avec lui, devant la quantité de poissons qu'ils avaient pêchés ; et de même Jacques et Jean, fils de Zébédée, les associés de Simon. Jésus dit à Simon : « Sois sans crainte, désormais ce sont des hommes que tu prendras. » Alors ils ramenèrent les barques au rivage et, laissant tout, ils le suivirent.

Les mots de la Bible

Lac de Génésareth
On l'appelle aussi le lac de Tibériade ou la mer de Galilée. Regarde la carte p. 309.

Pécheur
C'est quelqu'un qui a commis des péchés : il s'est détourné de l'amour de Dieu. À ne pas confondre avec un pêcheur de poissons !

Saint
C'est un mot pour dire que Dieu est complètement différent des hommes. La Bible dit que Dieu seul est saint mais qu'il nous invite tous à partager sa sainteté.

Séraphins
Ce mot veut dire « les brûlants ». Les séraphins sont des êtres mystérieux qu'Isaïe décrit comme des anges avec six ailes.

Simon-Pierre
Simon et son frère André étaient des pêcheurs qui vivaient à Capharnaüm. Un jour, Jésus les a appelés à devenir ses apôtres. Puis il a confié le groupe des disciples à Simon en lui disant : « Tu es Pierre, et sur cette pierre je bâtirai mon Église. » C'est pourquoi on l'appelle Simon-Pierre.

Retourne page 15 pour poursuivre la messe.

13
février
2022

6e dimanche du temps ordinaire

Tous les habitants du monde, qu'ils viennent d'Asie, d'Afrique, d'Europe... du monde entier partagent le même désir : celui d'être heureux. Justement, la Bible a des choses à nous dire sur le bonheur.

Première lecture

Lecture du livre de Jérémie

Jr 17, 5-8

**Il y a deux manières de vivre : en comptant sur Dieu
ou en ne comptant pas sur lui.
L'une des deux seulement rend heureux.**

Ainsi parle le Seigneur : **Maudit** soit l'homme qui met sa foi dans un mortel, qui s'appuie sur un **être de chair**, tandis que son cœur se détourne du Seigneur. Il sera comme un buisson sur une terre désolée, il ne verra pas venir le bonheur. Il aura pour demeure les lieux arides du désert, une terre salée, inhabitable. **Béni** soit l'homme qui met sa foi dans le Seigneur, dont le Seigneur est la confiance. Il sera comme un arbre, planté près des eaux, qui pousse, vers le courant, ses racines. Il ne craint pas quand vient la chaleur : son feuillage reste vert. L'année de la sécheresse, il est sans inquiétude : il ne manque pas de porter du fruit.

Psaume

Ps 1

Heureux est l'homme qui met sa foi dans le Seigneur

Heureux est l'homme qui n'entre pas au conseil des méchants,
qui ne suit pas le chemin des pécheurs,
ne siège pas avec ceux qui ricanent,
mais se plaît dans la loi du Seigneur
et murmure sa loi jour et nuit !

Il est comme un arbre planté près d'un ruisseau,
qui donne du fruit en son temps,
et jamais son feuillage ne meurt ;
tout ce qu'il entreprend réussira.

Tel n'est pas le sort des méchants.
Mais ils sont comme la paille balayée par le vent.
Le Seigneur connaît le chemin des justes,
mais le chemin des méchants se perdra.

Deuxième lecture

Lecture de la première lettre de saint Paul apôtre aux Corinthiens

1Co 15,12.16-20

Parmi les premiers chrétiens, certains refusaient de croire qu'ils ressusciteraient. Saint Paul leur répond.

Frères, nous proclamons que le **Christ** est ressuscité d'entre les morts ; alors, comment certains d'entre vous peuvent-ils affirmer qu'il n'y a pas de résurrection des morts ? Car si les morts ne ressuscitent pas, le Christ non plus n'est pas ressuscité. Et si le Christ n'est pas ressuscité, votre foi est sans valeur, vous êtes encore sous l'emprise de vos péchés ; et donc, ceux qui se sont endormis dans le Christ sont perdus. Si nous avons mis notre espoir dans le Christ pour cette vie seulement, nous sommes les plus à plaindre de tous les hommes. Mais non ! le Christ est ressuscité d'entre les morts, lui, premier ressuscité parmi ceux qui se sont endormis

Évangile

Évangile de Jésus Christ selon saint Luc

Lc 6,17.20-26

Le bonheur est pour tout de suite… si nous savons le saisir au vol. Mais, avec Jésus, le bonheur, c'est le monde à l'envers !

En ce temps-là, Jésus descendit de la montagne avec les Douze et s'arrêta sur un terrain plat. Il y avait là un grand nombre de ses disciples, et une grande multitude de gens venus de toute la Judée, de Jérusalem, et du littoral de Tyr et de Sidon. Et Jésus, levant les yeux sur ses disciples, déclara : « **Heureux**, vous les pauvres, car le royaume de Dieu est à vous. Heureux, vous qui avez faim maintenant, car vous serez rassasiés. Heureux, vous qui pleurez maintenant, car vous rirez. Heureux êtes-vous quand les hommes vous haïssent et vous excluent, quand ils insultent et rejettent votre nom comme méprisable, à cause du **Fils de l'homme**. Ce jour-là, réjouissez-vous, tressaillez de joie, car alors votre récompense est grande dans le ciel ; c'est ainsi, en effet, que leurs pères traitaient les **prophètes**. Mais quel **malheur** pour vous, les riches, car vous avez votre consolation ! Quel malheur pour vous qui êtes repus maintenant, car vous aurez faim ! Quel malheur pour vous qui riez maintenant, car vous serez dans le deuil et vous pleurerez ! Quel malheur pour vous lorsque tous les hommes disent du bien de vous ! C'est ainsi, en effet, que leurs pères traitaient les faux prophètes. »

Les mots de la Bible

Béni
Ici, cela veut dire « heureux ».

Christ
On dit aussi « Messie ». Certains Juifs attendaient un Christ, un envoyé de Dieu. Pour les chrétiens, Jésus est le Christ.

Être de chair
C'est quelqu'un qui n'est pas parfait, quelqu'un comme nous.

Fils de l'homme
Jésus emploie plusieurs fois cette expression mystérieuse pour parler de lui. Elle annonce la venue d'un homme choisi par Dieu qui fera naître un monde nouveau.

Heureux, malheureux
C'est vraiment bizarre ! Dans l'évangile, Jésus a l'air de dire que ceux qui pleurent, ceux qui ont faim, ceux qui sont rejetés seront les plus heureux de tous. Mais pourquoi dit-il cela ? Pour Jésus, le vrai bonheur, ce n'est pas avoir tout ce qu'il faut dans la vie. Le vrai bonheur se reçoit de Dieu. Il est pour tous ceux qui mettent leur confiance en Dieu.

Maudit
Ici, cela veut dire « malheureux ».

Prophète
C'est quelqu'un qui entend la parole de Dieu et qui la rappelle sans cesse aux gens. Les prophètes ont souvent été maltraités.

Retourne page 15 pour poursuivre la messe.

20 février 2022

7e dimanche du temps ordinaire

Les lectures de la messe ont toutes une chose en commun : elles nous disent que Dieu est avec nous. Il nous a choisis pour être avec lui… et même comme lui.

Première lecture

Lecture du premier livre de Samuel

1S 26,2.7-9.12-13.22-23

Saül, le premier roi d'Israël, déteste David. Une nuit, David a l'occasion de le tuer… Pourtant, il ne le fait pas, car il respecte le roi.

En ces jours-là, Saül se mit en route, il descendit vers le désert de Zif avec trois mille hommes, l'**élite** d'Israël, pour y traquer David. David et Abishaï arrivèrent de nuit, près de la troupe. Or, Saül était couché, endormi, au milieu du camp, sa lance plantée en terre près de sa tête ; Abner et ses hommes étaient couchés autour de lui. Alors Abishaï dit à David : « Aujourd'hui Dieu a livré ton ennemi entre tes mains. Laisse-moi donc le clouer à terre avec sa propre lance, d'un seul coup, et je n'aurai pas à m'y reprendre à deux fois. » Mais David dit à Abishaï : « Ne le tue pas ! Qui pourrait demeurer impuni après avoir porté la main sur celui qui a reçu l'**onction** du Seigneur ? » David prit la lance et la gourde d'eau qui étaient près de la tête de Saül, et ils s'en allèrent. Personne ne vit rien, personne ne le sut, personne ne s'éveilla : ils dormaient tous, car le Seigneur avait fait tomber sur eux un sommeil mystérieux. David passa sur l'autre versant de la montagne et s'arrêta sur le sommet, au loin, à bonne distance. Il appela Saül et lui cria : « Voici la lance du roi. Qu'un jeune garçon traverse et vienne la prendre ! Le Seigneur rendra à chacun selon sa justice et sa fidélité. Aujourd'hui, le Seigneur t'avait livré entre mes mains, mais je n'ai pas voulu porter la main sur le messie du Seigneur. »

Psaume

Ps 102

Le Seigneur est tendresse et pitié.

Bénis le Seigneur, ô mon âme,
bénis son nom très saint, tout mon être !
Bénis le Seigneur, ô mon âme,
n'oublie aucun de ses bienfaits !

Car il pardonne toutes tes offenses
et te guérit de toute maladie ;
il réclame ta vie à la tombe
et te couronne d'amour et de tendresse.

Le Seigneur est tendresse et pitié,
lent à la colère et plein d'amour ;
il n'agit pas envers nous selon nos fautes,
ne nous rend pas selon nos offenses.

Aussi loin qu'est l'orient de l'occident,
il met loin de nous nos péchés ;
comme la tendresse du père pour ses fils,
la tendresse du Seigneur pour qui le craint !

Deuxième lecture

Lecture de la deuxième lettre de saint Paul apôtre aux Corinthiens

1Co 15,45-49

En chacun de nous, il y a une part de ciel et une part de terre. Jésus nous prend avec tout ce que nous sommes.

Frères, l'Écriture dit : Le premier homme, **Adam**, devint un être vivant ; le dernier Adam – le Christ – est devenu l'**être spirituel** qui donne la vie. Ce qui vient d'abord, ce n'est pas le spirituel, mais le physique ; ensuite seulement vient le spirituel. Pétri d'argile, le premier homme vient de la terre ; le deuxième homme, lui, vient du ciel. Comme Adam est fait d'argile, ainsi les hommes sont faits d'argile ; comme le Christ est du ciel, ainsi les hommes seront du ciel. Et de même que nous aurons été à l'image de celui qui est fait d'argile, de même nous serons à l'image de celui qui vient du ciel.

Évangile

Évangile de Jésus Christ selon saint Luc

Lc 6, 27-38

Jésus nous dit de donner, donner sans rien attendre, comme Dieu. Car Dieu lui-même nous a tout donné. Et plus nous donnerons, plus il nous donnera encore.

En ce temps-là, Jésus déclarait à ses disciples : « Je vous le dis, à vous qui m'écoutez : **Aimez** vos ennemis, faites du bien à ceux qui vous haïssent. Souhaitez du bien à ceux qui vous maudissent, priez pour ceux qui vous calomnient. À celui qui te frappe sur une joue, présente l'autre joue. À celui qui te prend ton manteau, ne refuse pas ta tunique. Donne à quiconque te demande, et à qui prend ton bien, ne le réclame pas. Ce que vous voulez que les autres fassent pour vous, faites-le aussi pour eux. Si vous aimez ceux qui vous aiment, quelle reconnaissance méritez-vous ? Même les pécheurs aiment ceux qui les aiment. Si vous faites du bien à ceux qui vous en font, quelle reconnaissance méritez-vous ? Même les pécheurs en font autant. Si vous prêtez à ceux dont vous espérez recevoir en retour, quelle reconnaissance méritez-vous ? Même les pécheurs prêtent aux pécheurs pour qu'on leur rende l'équivalent. Au contraire, aimez vos ennemis, faites du bien et prêtez sans rien espérer en retour. Alors votre récompense sera grande, et vous serez les fils du Très-Haut, car lui, il est bon pour les **ingrats** et les méchants. Soyez **miséricordieux** comme votre Père est miséricordieux. Ne jugez pas, et vous ne serez pas jugés ; ne condamnez pas, et vous ne serez pas condamnés. Pardonnez, et vous serez pardonnés. Donnez, et l'on vous donnera : c'est une mesure bien pleine, tassée, secouée, débordante, qui sera versée dans le pan de votre vêtement ; car la **mesure** dont vous vous servez pour les autres servira de mesure aussi pour vous. »

Les mots de la Bible

Adam
Dans la Bible, c'est le premier homme. Son nom veut dire « le terreux » ou « l'homme ». Adam représente tous les hommes.

Aimer
Pour Jésus, l'amour n'est pas seulement un sentiment que l'on éprouve. L'amour se montre par des actions : c'est faire du bien aux autres même s'ils nous détestent, même s'ils sont nos ennemis. Un amour pareil n'est possible que si Dieu nous en donne la force.

Élite
Le groupe des meilleurs.

Être spirituel
C'est nous-mêmes. C'est tout ce qui est rempli de vie en nous, ce que nous avons de meilleur.

Ingrat
Il ne sait pas reconnaître le bien qu'on lui fait.

Mesure
Récipient pour mesurer le blé.

Miséricordieux
Dans cet adjectif il y a « misère » et « cœur » : il désigne celui qui est sensible à la souffrance des autres.

Onction
C'est un geste qui montre qu'une personne est consacrée à Dieu : on lui met de l'huile parfumée sur le front.

Retourne page 15 pour poursuivre la messe.

27
février
2022

8e dimanche du temps ordinaire

Quand Jésus nous donne des conseils de sagesse, nous savons que toute sa vie s'accorde avec ce qu'il dit. Nous pouvons le suivre avec confiance.

Première lecture

Lecture du livre de Ben Sirac le Sage

Si 27,4-7

**Ben Sirac a vécu à Jérusalem vers 200 avant Jésus.
Il a écrit un livre plein de conseils de sagesse,
qu'on appelle aussi l'Ecclésiastique.**

Quand on secoue le **tamis**, il reste les déchets ; de même, les petits côtés d'un homme apparaissent dans ses propos. Le four éprouve les vases du potier ; on juge l'homme en le faisant parler. C'est le fruit qui manifeste la qualité de l'arbre ; ainsi la parole fait connaître les sentiments. Ne fais pas l'éloge de quelqu'un avant qu'il ait parlé, c'est alors qu'on pourra le juger.

Psaume

Ps 91

Il est bon, Seigneur, de te rendre grâce !

Qu'il est bon de rendre grâce au Seigneur,
de chanter pour ton nom, Dieu Très-Haut,
d'annoncer dès le matin ton amour,
ta fidélité, au long des nuits.

Le juste grandira comme un palmier,
il poussera comme un cèdre du Liban ;
planté dans les parvis du Seigneur,
il grandira dans la maison de notre Dieu.

Vieillissant, il fructifie encore,
il garde sa sève et sa verdeur pour annoncer :
« Le Seigneur est droit !
Pas de ruse en Dieu, mon rocher ! »

Deuxième lecture

Lecture de la première lettre de saint Paul apôtre aux Corinthiens 1Co 15,54-58

Grâce à Jésus, la mort n'a pas le dernier mot, la vie a la victoire. C'est ce que nous dit saint Paul

Frères, au **dernier jour**, quand cet être périssable aura revêtu ce qui est impérissable, quand cet être mortel aura revêtu l'**immortalité**, alors se réalisera la parole de l'Écriture : La **mort** a été engloutie dans la victoire. Ô Mort, où est ta victoire ? Ô Mort, où est-il, ton aiguillon ? L'aiguillon de la mort, c'est le péché ; ce qui donne force au péché, c'est la Loi. **Rendons grâce** à Dieu qui nous donne la victoire par notre Seigneur Jésus Christ. Ainsi, mes frères bien-aimés, soyez fermes, soyez inébranlables, prenez une part toujours plus active à l'œuvre du Seigneur, car vous savez que, dans le Seigneur, la peine que vous vous donnez n'est pas perdue.

Évangile

Évangile de Jésus Christ selon saint Luc Lc 6,39-45

Jésus nous donne ici des conseils de sagesse, un peu comme Ben Sirac dans la première lecture. Pour bien vivre avec ceux qui nous entourent.

En ce temps-là, Jésus disait à ses disciples en parabole : « Un aveugle peut-il guider un autre aveugle ? Ne vont-ils pas tomber tous les deux dans un trou ? Le **disciple** n'est pas au-dessus du maître ; mais une fois bien formé, chacun sera comme son maître. Qu'as-tu à regarder la paille dans l'œil de ton frère, alors que la poutre qui est dans ton œil à toi, tu ne la remarques pas ? Comment peux-tu dire à ton frère : "Frère, laisse-moi enlever la paille qui est dans ton œil", alors que toi-même ne vois pas la poutre qui est dans le tien ? Hypocrite ! Enlève d'abord la poutre de ton œil ; alors tu verras clair pour enlever la paille qui est dans l'œil de ton frère. Un bon arbre ne donne pas de fruit pourri ; jamais non plus un arbre qui pourrit ne donne de bon fruit. Chaque arbre, en effet, se reconnaît à son fruit : on ne cueille pas des figues sur des épines ; on ne vendange pas non plus du raisin sur des ronces. L'homme bon tire le bien du trésor de son cœur qui est bon ; et l'homme mauvais tire le mal de son cœur qui est mauvais : car ce que dit la bouche, c'est ce qui déborde du cœur. »

Les mots de la Bible

Dernier jour
Dans la Bible, c'est le jour où Jésus Christ viendra juger tous les hommes à la fin des temps.

Disciple
C'est quelqu'un qui écoute les paroles d'un maître et qui essaye de les mettre en pratique dans sa vie.

Immortalité
C'est le fait de ne pas mourir, d'être éternellement en vie.

Mort
Plusieurs siècles avant Jésus, certains Juifs ont commencé à croire que Dieu ne pouvait pas abandonner dans la mort ceux qui lui avaient été fidèles : ils ont cru à la vie éternelle. Pour les disciples de Jésus qui l'ont vu mort et ressuscité, il n'y a plus de doute. La mort n'est pas supprimée, mais elle est un passage vers une vie nouvelle, beaucoup plus belle et sans fin avec Dieu.

Rendre grâce
Remercier Dieu pour tout ce qu'il donne.

Tamis
Petit récipient percé de trous pour filtrer du sable ou des cailloux.

Retourne page 15 pour poursuivre la messe.

Mercredi
2 mars
2022

Mercredi des Cendres

Aujourd'hui, c'est le premier jour de Carême.
À l'église, chacun reçoit un peu de cendre
sur le front ou les mains. Ces cendres toutes froides
disent que nous sommes éloignés
de la chaleur de Dieu. Revenons vers Lui !

Première lecture Lecture du livre de Joël

Jl 2,12-18

Longtemps avant Jésus, un prophète lançait un appel urgent à tous, petits et grands : « Revenez vers Dieu ! »

Maintenant – oracle du Seigneur – revenez à moi de tout votre cœur, dans le **jeûne**, les larmes et le deuil ! Déchirez vos cœurs et non pas vos vêtements, et revenez au Seigneur votre Dieu, car il est tendre et miséricordieux, lent à la colère et plein d'amour, renonçant au châtiment. Qui sait ? Il pourrait revenir, il pourrait renoncer au châtiment, et laisser derrière lui sa bénédiction : alors, vous pourrez présenter offrandes et libations au Seigneur votre Dieu. Sonnez du cor dans Sion : prescrivez un jeûne sacré, annoncez une **fête solennelle**, réunissez le peuple, tenez une assemblée sainte, rassemblez les anciens, réunissez petits enfants et nourrissons ! Que le jeune époux sorte de sa maison, que la jeune mariée quitte sa chambre ! Entre le portail et l'autel, les prêtres, serviteurs du Seigneur, iront pleurer et diront : « Pitié, Seigneur, pour ton peuple, n'expose pas ceux qui t'appartiennent à l'insulte et aux moqueries des païens ! Faudra-t-il qu'on dise : "Où donc est leur Dieu ?" » Et le Seigneur s'est ému en faveur de son pays, il a eu pitié de son peuple.

Psaume Ps 50

Pitié, Seigneur, car nous avons péché !

Pitié pour moi, mon Dieu, dans ton amour,
selon ta grande miséricorde, efface mon péché.
Lave-moi tout entier de ma faute,
purifie-moi de mon offense.

Oui, je connais mon péché,
ma faute est toujours devant moi.
Contre toi, et toi seul, j'ai péché,
ce qui est mal à tes yeux, je l'ai fait.

Crée en moi un cœur pur, ô mon Dieu,
renouvelle et raffermis au fond de moi mon esprit.
Ne me chasse pas loin de ta face,
ne me reprends pas ton esprit saint.

Rends-moi la joie d'être sauvé ;
que l'esprit généreux me soutienne.
Seigneur, ouvre mes lèvres,
et ma bouche annoncera ta louange.

Deuxième lecture

Lecture de la deuxième lettre de saint Paul apôtre aux Corinthiens

2Co 5,20 – 6,2

Saint Paul, à son tour, nous appelle à revenir vers Dieu si nous nous sommes éloignés de lui.

Frères, nous sommes les **ambassadeurs** du Christ, et par nous c'est Dieu lui-même qui lance un appel : nous le demandons au nom du Christ, laissez-vous **réconcilier** avec Dieu. Celui qui n'a pas connu le péché, Dieu l'a pour nous identifié au péché, afin qu'en lui nous devenions justes de la **justice même de Dieu**. En tant que coopérateurs de Dieu, nous vous exhortons encore à ne pas laisser sans effet la grâce reçue de lui. Car il dit dans l'Écriture : Au moment favorable je t'ai exaucé, au jour du salut je t'ai secouru. Le voici maintenant le moment favorable, le voici maintenant le **jour du salut**.

Évangile

Évangile de Jésus Christ selon saint Matthieu

Mt 6,1-6.16-18

Lorsque nous faisons quelque chose pour Dieu, nous n'avons pas besoin de le montrer à tout le monde : Dieu est dans le secret.

En ce temps-là, Jésus disait à ses disciples : « Ce que vous faites pour devenir des justes, évitez de l'accomplir devant les hommes pour vous faire remarquer. Sinon, il n'y a pas de récompense pour vous auprès de votre Père qui est aux cieux.

Ainsi, quand tu fais l'**aumône**, ne fais pas sonner la trompette devant toi, comme les hypocrites qui se donnent en spectacle dans les synagogues et dans les rues, pour obtenir la gloire qui vient des hommes. Amen, je vous le déclare : ceux-là ont reçu leur récompense. Mais toi, quand tu fais l'aumône, que ta main gauche ignore ce que fait ta main droite, afin que ton aumône reste dans le secret ; ton Père qui voit dans le secret te le rendra. Et quand vous priez, ne soyez pas comme les hypocrites : ils aiment à se tenir debout dans les synagogues et aux carrefours pour bien se montrer aux hommes quand ils prient. Amen, je vous le déclare : ceux-là ont reçu leur récompense. Mais toi, quand tu pries, retire-toi dans ta pièce la plus retirée, ferme la porte, et prie ton Père qui est présent dans le secret ; ton Père qui voit dans le secret te le rendra. Et quand vous jeûnez, ne prenez pas un air abattu, comme les hypocrites : ils prennent une mine défaite pour bien montrer aux hommes qu'ils jeûnent. Amen, je vous le déclare : ceux-là ont reçu leur récompense. Mais toi, quand tu jeûnes, parfume-toi la tête et lave-toi le visage ; ainsi, ton jeûne ne sera pas connu des hommes, mais seulement de ton Père qui est présent au plus secret ; ton Père qui voit au plus secret te le rendra. »

Les mots de la Bible

Ambassadeur
C'est le représentant d'un roi ou d'un gouvernement.

Aumône
C'est un don fait à celui qui en a besoin, par exemple de l'argent, de la nourriture ou de l'aide.

Fête solennelle
C'est une célébration à laquelle on donne une grande importance.

Jeûne
Privation de nourriture.

Jour du salut
Le jour du salut, c'est chaque fois que chacun se laisse sauver par Dieu du désespoir, du péché ou de la mort.

Justice de Dieu
Dieu est immensément bon. Il n'arrête pas de nous faire du bien. C'est cela, la justice de Dieu.

Réconcilier
C'est remettre d'accord. Lorsque deux personnes sont fâchées et qu'elles font la paix, elles se réconcilient. Elles n'oublient pas ce qui s'est passé, mais au lieu de s'enfermer dans la rancune, elles se donnent une nouvelle chance. Jésus Christ a donné sa vie pour que tout le monde ait une chance de revenir vers Dieu.

Retourne page 15 pour poursuivre la messe.

6
mars
2022

1er dimanche de Carême

Le Carême, ce sont les quarante jours qui nous mènent à la grande fête de Pâques. Ils peuvent être pour nous un temps où nous essayons de mieux résister aux tentations. Comme Jésus dans le désert…

Première lecture

Lecture du livre du Deutéronome

Dt 26,4-10

Moïse raconte l'histoire extraordinaire de son peuple, que Dieu libère, accompagne et conduit à chaque instant.

Moïse disait au peuple : Lorsque tu présenteras les **prémices** de tes récoltes, le prêtre recevra de tes mains la corbeille et la déposera devant l'autel du Seigneur ton Dieu. Tu prononceras ces paroles devant le Seigneur ton Dieu : « Mon père était un Araméen nomade, qui descendit en Égypte : il y vécut en **immigré** avec son petit clan. C'est là qu'il est devenu une grande nation, puissante et nombreuse. Les Égyptiens nous ont maltraités, et réduits à la pauvreté ; ils nous ont imposé un dur esclavage. Nous avons crié vers le Seigneur, le Dieu de nos pères. Il a entendu notre voix, il a vu que nous étions dans la misère, la peine et l'oppression. Le Seigneur nous a fait sortir d'Égypte à main forte et à bras étendu, par des actions terrifiantes, des signes et des prodiges. Il nous a conduits dans ce lieu et nous a donné ce pays, un pays ruisselant de lait et de miel. Et maintenant voici que j'apporte les prémices des fruits du sol que tu m'as donné, Seigneur. »

Psaume

Ps 90

Sois avec moi, Seigneur, dans mon épreuve.

Quand je me tiens sous l'abri du Très-Haut
et repose à l'ombre du Puissant,
je dis au Seigneur : « Mon refuge,
mon rempart, mon Dieu, dont je suis sûr ! »

Le malheur ne pourra te toucher,
ni le danger, approcher de ta demeure :
il donne mission à ses anges
de te garder sur tous tes chemins.

Ils te porteront sur leurs mains
pour que ton pied ne heurte les pierres ;
tu marcheras sur la vipère et le scorpion,
tu écraseras le lion et le Dragon.

« Puisqu'il s'attache à moi, je le délivre ;
je le défends, car il connaît mon nom.
Il m'appelle, et moi, je lui réponds ;
je suis avec lui dans son épreuve. »

Deuxième lecture

Lecture de la lettre de saint Paul apôtre aux Romains

Rm 10,8-13

**Nous sommes sauvés si nous croyons en Jésus.
C'est lui qui montre à tous les hommes le chemin de Dieu.**

Frères, que dit l'Écriture ? Tout près de toi est la Parole, elle est dans ta bouche et dans ton cœur. Cette Parole, c'est le message de la foi que nous proclamons. En effet, si de ta bouche, tu affirmes que Jésus est Seigneur, si, dans ton cœur, tu crois que Dieu l'a ressuscité d'entre les morts, alors tu seras sauvé. Car c'est avec le cœur que l'on croit pour devenir juste, c'est avec la bouche que l'on affirme sa foi pour parvenir au salut. En effet, l'Écriture dit : Quiconque met en lui sa foi ne connaîtra pas la honte. Ainsi, entre les Juifs et les païens, il n'y a pas de différence : tous ont le même Seigneur, généreux envers tous ceux qui l'invoquent. En effet, quiconque invoquera le nom du Seigneur sera sauvé.

Évangile

Évangile de Jésus Christ selon saint Luc

Lc 4,1-13

**Cet évangile n'est pas un reportage en direct.
Il présente les principales tentations que Jésus a connues
et auxquelles il a résisté.**

En ce temps-là, après son baptême, Jésus, rempli d'**Esprit Saint**, quitta les bords du **Jourdain** ; dans l'Esprit, il fut conduit à travers le désert où, pendant quarante jours, il fut tenté par le **diable**. Il ne mangea rien durant ces jours-là, et, quand ce temps fut écoulé, il eut faim. Le diable lui dit alors : « Si tu es Fils de Dieu, ordonne à cette pierre de devenir du pain. » Jésus répondit : « Il est écrit : L'homme ne vit pas seulement de pain. » Alors le diable l'emmena plus haut et lui montra en un instant tous les royaumes de la terre. Il lui dit : « Je te donnerai tout ce pouvoir et la gloire de ces royaumes, car cela m'a été remis et je le donne à qui je veux. Toi donc, si tu te prosternes devant moi, tu auras tout cela. » Jésus lui répondit : « **Il est écrit** : C'est devant le Seigneur ton Dieu que tu te prosterneras, à lui seul tu rendras un culte. » Puis le diable le conduisit à Jérusalem, il le plaça au sommet du Temple et lui dit : « Si tu es Fils de Dieu, d'ici jette-toi en bas ; car il est écrit : Il donnera pour toi, à ses anges, l'ordre de te garder ; et encore : Ils te porteront sur leurs mains, de peur que ton pied ne heurte une pierre. » Jésus lui fit cette réponse : « Il est dit : Tu ne mettras pas à l'épreuve le Seigneur ton Dieu. » Ayant ainsi épuisé toutes les formes de **tentations**, le diable s'éloigna de Jésus jusqu'au moment fixé.

Les mots de la Bible

Diable
Dans la Bible, le diable représente les forces du mal qui nous tentent.

Esprit Saint

C'est la présence invisible de Dieu, son souffle de vie et la troisième personne de la Trinité. Il nous donne le courage de résister à la tentation de faire le mal, et l'envie de faire le bien.

Il est écrit
Cela veut dire : « C'est écrit dans les livres saints. »

Immigré
C'est quelqu'un qui vit dans un pays qui n'est pas le sien.

Jourdain
Fleuve qui traverse la Palestine du nord au sud. Jean Baptiste y a baptisé Jésus.
Regarde la carte p. 309.

Prémices
Ce sont les tout premiers fruits que l'on récolte.

Tentation
Dans le désert, Jésus est tenté de faire des miracles pour rendre sa vie plus facile. Il est tenté de devenir le roi du monde et d'agir comme un magicien qui ferait des choses spectaculaires pour séduire les foules. Mais il résiste à toutes ces tentations : il veut vivre une vraie vie d'homme, difficile et pleine de surprises, en vrai Fils de Dieu. Il veut rester fidèle à Dieu.

Retourne page 15 pour poursuivre la messe.

13
mars
2022

2e dimanche de Carême

Stop ! Aujourd'hui, nous faisons une halte sur le chemin qui nous emmène vers Pâques. Et nous regardons tout au bout de la route. Là-bas Jésus Christ est vivant. Il rayonne de lumière et nous éclaire.

Première lecture Lecture du livre de la Genèse

Gn 15,5-12.17-18

Ce très ancien texte de la Bible raconte l'amitié de Dieu pour Abraham, notre ancêtre. Cette amitié continue avec nous.

En ces jours-là, le Seigneur parlait à **Abraham** dans une vision. Il le fit sortir et lui dit : « Regarde le ciel, et compte les étoiles, si tu le peux… » Et il déclara : « Telle sera ta descendance ! » Abram eut foi dans le Seigneur et le Seigneur estima qu'il était juste. Puis il dit : « Je suis le Seigneur, qui t'ai fait sortir d'Our en Chaldée pour te donner ce pays en héritage. » Abram répondit : « Seigneur mon Dieu, comment vais-je savoir que je l'ai en héritage ? » Le Seigneur lui dit : « Prends-moi une génisse de trois ans, une chèvre de trois ans, un bélier de trois ans, une tourterelle et une jeune colombe. » Abram prit tous ces animaux, les partagea en deux, et plaça chaque moitié en face de l'autre ; mais il ne partagea pas les oiseaux. Comme les rapaces descendaient sur les cadavres, Abram les chassa. Au coucher du soleil, un sommeil mystérieux tomba sur Abram, une sombre et profonde frayeur tomba sur lui. Après le coucher du soleil, il y eut des ténèbres épaisses. Alors un brasier fumant et une torche enflammée passèrent entre les morceaux d'animaux. Ce jour-là, le Seigneur conclut une alliance avec Abram en ces termes : « À ta descendance je donne le pays que voici, depuis le Torrent d'Égypte jusqu'au Grand Fleuve, l'Euphrate. »

Psaume Ps 26

Le Seigneur est ma lumière et mon salut.

Le Seigneur est ma lumière et mon salut ;
de qui aurais-je crainte ?
Le Seigneur est le rempart de ma vie ;
devant qui tremblerais-je ?

Écoute, Seigneur, je t'appelle !
Pitié ! Réponds-moi !
Mon cœur m'a redit ta parole :
« Cherchez ma face. »

C'est ta face, Seigneur, que je cherche :
ne me cache pas ta face.
N'écarte pas ton serviteur avec colère :
tu restes mon secours.

J'en suis sûr, je verrai les bontés du Seigneur
sur la terre des vivants.
« Espère le Seigneur, sois fort et prends courage ;
espère le Seigneur. »

Deuxième lecture

Lecture de la lettre de saint Paul apôtre aux Philippiens

Ph 3,17 – 4,1

Jésus a promis que nous ressusciterons à sa suite. Quand ? Mystère ! Pourtant, cette promesse existe. Alors, soyons heureux.

Frères, ensemble imitez-moi, et regardez bien ceux qui se conduisent selon l'exemple que nous vous donnons. Car je vous l'ai souvent dit, et maintenant je le redis en pleurant : beaucoup de gens se conduisent en ennemis de la croix du Christ. Ils vont à leur perte. Leur dieu, c'est leur ventre, et ils mettent leur gloire dans ce qui fait leur honte ; ils ne pensent qu'aux choses de la terre. Mais nous, nous avons notre citoyenneté dans les cieux, d'où nous attendons comme sauveur le Seigneur Jésus Christ, lui qui transformera nos pauvres corps à l'image de son **corps glorieux**, avec la puissance active qui le rend même capable de tout mettre sous son pouvoir. Ainsi, mes frères bien-aimés pour qui j'ai tant d'affection, vous, ma joie et ma couronne, tenez bon dans le Seigneur, mes bien-aimés.

Évangile — Évangile de Jésus Christ selon saint Luc

Lc 9,28b-36

Jésus vient d'annoncer à ses amis qu'il allait bientôt être tué. Alors, tout est perdu ? Non. Un événement extraordinaire montre que Jésus gagnera contre la mort, de toute façon.

En ce temps-là, Jésus prit avec lui Pierre, Jean et Jacques, et il gravit la montagne pour prier. Pendant qu'il priait, l'aspect de son visage devint autre, et son vêtement devint d'une blancheur éblouissante. Voici que deux hommes s'entretenaient avec lui : c'étaient **Moïse et Élie**, apparus dans la **gloire**. Ils parlaient de son départ qui allait s'accomplir à Jérusalem. Pierre et ses compagnons étaient accablés de sommeil ; mais, restant éveillés, ils virent la gloire de Jésus, et les deux hommes à ses côtés. Ces derniers s'éloignaient de lui, quand Pierre dit à Jésus : « Maître, il est bon que nous soyons ici ! Faisons trois tentes : une pour toi, une pour Moïse, et une pour Élie. » Il ne savait pas ce qu'il disait. Pierre n'avait pas fini de parler, qu'une nuée survint et les couvrit de son ombre ; ils furent saisis de frayeur lorsqu'ils y pénétrèrent. Et, de la nuée, une voix se fit entendre : « Celui-ci est mon Fils, celui que j'ai choisi : écoutez-le ! » Et pendant que la voix se faisait entendre, il n'y avait plus que Jésus, seul. Les disciples gardèrent le silence et, en ces jours-là, ils ne rapportèrent à personne rien de ce qu'ils avaient vu.

Les mots de la Bible

Abraham
C'est l'ancêtre du peuple juif. Il est le premier à avoir cru au Dieu unique.

Corps glorieux
C'est le corps du Christ ressuscité, auquel nos propres corps ressembleront après notre mort et notre résurrection. Nous ne savons pas comment nos corps seront. Mais nous croyons qu'ils seront illuminés par la gloire de Dieu.

Gloire
Vient d'un mot hébreu qui veut dire « ce qui a du poids ». On l'emploie pour dire l'importance d'une personne. La gloire de Dieu, c'est Dieu lui-même quand il se révèle dans toute sa splendeur. En ressuscitant, Jésus est entré dans la gloire de Dieu. Car Dieu lui a fait partager sa vie.

Moïse et Élie
Deux personnages de l'histoire des Hébreux. Grâce à Dieu, Moïse a sauvé leurs ancêtres de l'esclavage en Égypte. Élie était un prophète qui a aidé son peuple à croire en Dieu.

Retourne page 15 pour poursuivre la messe.

20
mars
2022

3e dimanche de Carême

Il y a tant de malheurs dans le monde. On se demande parfois si ce n'est pas Dieu qui punit les hommes de leurs fautes. La Bible nous dit aujourd'hui : Dieu nous fait confiance, alors, faisons-lui confiance.

Première lecture

Lecture du livre de l'Exode

Ex 3,1-8a.10.13-15

**Voici une grande révélation de Dieu à Moïse :
Dieu est proche de son peuple, il va le libérer de tous ses malheurs.**

En ces jours-là, Moïse était berger du troupeau de son beau-père Jéthro, prêtre de Madiane. Il mena le troupeau au-delà du désert et parvint à la montagne de Dieu, à l'Horeb. L'**ange du Seigneur** lui apparut dans la flamme d'un buisson en feu. Moïse regarda : le buisson brûlait sans se consumer. Moïse se dit alors : « Je vais faire un détour pour voir cette chose extraordinaire : pourquoi le buisson ne se consume-t-il pas ? » Le Seigneur vit qu'il avait fait un détour pour voir, et Dieu l'appela du milieu du buisson : « Moïse ! Moïse ! » Il dit : « Me voici ! » Dieu dit alors : « N'approche pas d'ici ! Retire les sandales de tes pieds, car le lieu où tu te tiens est une terre sainte ! » Et il déclara : « Je suis le Dieu de ton père, le Dieu d'Abraham, le Dieu d'Isaac, le Dieu de Jacob. » Moïse se voila le visage car il craignait de porter son regard sur Dieu. Le Seigneur dit : « J'ai vu, oui, j'ai vu la misère de mon peuple qui est en Égypte, et j'ai entendu ses cris sous les coups des surveillants. Oui, je connais ses souffrances. Je suis descendu pour le délivrer de la main des Égyptiens et le faire monter de ce pays vers un beau et vaste pays, vers un pays ruisselant de lait et de miel. Maintenant donc, va ! Je t'envoie chez Pharaon : tu feras sortir d'Égypte mon peuple, les fils d'Israël. » Moïse répondit à Dieu : « J'irai donc trouver les fils d'Israël, et je leur dirai : "Le Dieu de vos pères m'a envoyé vers vous." Ils vont me demander quel est son nom ; que leur répondrai-je ? » Dieu dit à Moïse : « Je suis qui je suis. Tu parleras ainsi aux fils d'Israël : "Celui qui m'a envoyé vers vous, c'est : Je-suis." » Dieu dit encore à Moïse : « Tu parleras ainsi aux fils d'Israël : "Celui qui m'a envoyé vers vous, c'est Le Seigneur, le Dieu de vos pères, le Dieu d'**Abraham**, le Dieu d'**Isaac**, le Dieu de **Jacob**." C'est là mon nom pour toujours, c'est par lui que vous ferez mémoire de moi, d'âge en d'âge. »

Psaume

Ps 102

Le Seigneur est tendresse et pitié.

Bénis le Seigneur, ô mon âme,
bénis son nom très saint, tout mon être !
Bénis le Seigneur, ô mon âme,
n'oublie aucun de ses bienfaits !

Car il pardonne toutes tes offenses
et te guérit de toute maladie ;
il réclame ta vie à la tombe
et te couronne d'amour et de tendresse.

Le Seigneur fait œuvre de justice,
il défend le droit des opprimés.
Il révèle ses desseins à Moïse,
aux enfants d'Israël ses hauts faits.

Le Seigneur est tendresse et pitié,
lent à la colère et plein d'amour.
Comme le ciel domine la terre,
fort est son amour pour qui le craint.

Deuxième lecture

Lecture de la première lettre de saint Paul apôtre aux Corinthiens

1Co 10,1-6.10-12

Les Hébreux, guidés par Dieu dans le désert, se sont souvent détournés de lui.

Frères, je ne voudrais pas vous laisser ignorer que, lors de la sortie d'Égypte, nos pères étaient tous sous la protection de la nuée, et que tous ont passé à travers la mer. Tous, ils ont été unis à Moïse par un baptême dans la nuée et dans la mer ; tous, ils ont mangé la même nourriture spirituelle ; tous, ils ont bu la même boisson spirituelle ; car ils buvaient à un rocher spirituel qui les suivait, et ce rocher, c'était le Christ. Cependant, la plupart n'ont pas su plaire à Dieu : leurs ossements, en effet, jonchèrent le désert. Ces événements devaient nous servir d'exemple, pour nous empêcher de désirer ce qui est mal comme l'ont fait ces gens-là. Cessez de récriminer comme l'ont fait certains d'entre eux : ils ont été exterminés. Ce qui leur est arrivé devait servir d'exemple, et l'Écriture l'a raconté pour nous avertir, nous qui nous trouvons à la fin des temps. Ainsi donc, celui qui se croit solide, qu'il fasse attention à ne pas tomber.

Évangile — Évangile de Jésus Christ selon saint Luc

Lc 13,1-9

Le malheur n'est pas une punition de Dieu pour nos fautes, affirme Jésus. Au contraire, Dieu attend avec beaucoup de patience que nous donnions du bonheur autour de nous.

Un jour, des gens rapportèrent à Jésus l'affaire des **Galiléens** que **Pilate** avait fait massacrer, mêlant leur sang à celui des sacrifices qu'ils offraient. Jésus leur répondit : « Pensez-vous que ces Galiléens étaient de plus grands pécheurs que tous les autres Galiléens, pour avoir subi un tel sort ? Eh bien, je vous dis : pas du tout ! Mais si vous ne vous convertissez pas, vous périrez tous de même. Et ces dix-huit personnes tuées par la chute de la tour de Siloé, pensez-vous qu'elles étaient plus coupables que tous les autres habitants de Jérusalem ? Eh bien, je vous dis : pas du tout ! Mais si vous ne vous convertissez pas, vous périrez tous de même. » Jésus disait encore cette parabole : « Quelqu'un avait un figuier planté dans sa vigne. Il vint chercher du fruit sur ce figuier, et n'en trouva pas. Il dit alors à son vigneron : "Voilà trois ans que je viens chercher du fruit sur ce figuier, et je n'en trouve pas. Coupe-le. À quoi bon le laisser épuiser le sol ?" Mais le vigneron lui répondit : "Maître, laisse-le encore cette année, le temps que je bêche autour pour y mettre du fumier. Peut-être donnera-t-il du fruit à l'avenir. Sinon, tu le couperas." »

Les mots de la Bible

Abraham, Isaac et Jacob
Abraham est le père d'Isaac, qui est le père de Jacob. Ce sont trois ancêtres très importants du peuple d'Israël.

Ange du Seigneur
Cette expression désigne Dieu lui-même qui se laisse deviner mystérieusement.

Galiléens
Habitants de la province de Galilée. Regarde la carte p. 309.

Pilate
Gouverneur romain à l'époque de Jésus. C'était le chef de l'armée qui occupait la Palestine.

Retourne page 15 pour poursuivre la messe.

27
mars
2022

4e dimanche de Carême

Aujourd'hui, nous allons entendre une histoire magnifique que Jésus a racontée. C'est l'histoire de deux fils qui ont vraiment de la chance : ils ont un père for-mi-da-ble !

Première lecture Lecture du livre de Josué

Js 5,9a.10-12

Il y a plus de trois mille ans, les Hébreux ont voyagé dans le désert jusqu'à la Terre promise par Dieu.

En ces jours-là, le Seigneur dit à Josué : « Aujourd'hui, j'ai enlevé de vous le déshonneur de l'Égypte. » Les fils d'Israël campèrent à Guilgal et célébrèrent la Pâque le quatorzième jour du mois, vers le soir, dans la plaine de Jéricho. Le lendemain de la **Pâque**, en ce jour même, ils mangèrent les produits de cette terre : des pains sans levain et des épis grillés. À partir de ce jour, la **manne** cessa de tomber, puisqu'ils mangeaient des produits de la terre. Il n'y avait plus de manne pour les fils d'Israël, qui mangèrent cette année-là ce qu'ils récoltèrent sur la terre de **Canaan.**

Psaume Ps 33

Goûtez et voyez comme est bon le Seigneur !

Je bénirai le Seigneur en tout temps,
sa louange sans cesse à mes lèvres.
Je me glorifierai dans le Seigneur :
que les pauvres m'entendent et soient en fête !

Magnifiez avec moi le Seigneur,
exaltons tous ensemble son nom.
Je cherche le Seigneur, il me répond :
de toutes mes frayeurs, il me délivre.

Qui regarde vers lui resplendira,
sans ombre ni trouble au visage.

Deuxième lecture

Lecture de la deuxième lettre de saint Paul apôtre aux Corinthiens

2Co 5,17-21

Jésus Christ a tout fait pour que les hommes puissent retrouver Dieu. Maintenant, il nous appelle à le suivre.

Frères, si quelqu'un est dans le Christ, il est une **créature nouvelle**. Le monde ancien s'en est allé, un monde nouveau est déjà né. Tout cela vient de Dieu : il nous a réconciliés avec lui par le Christ, et il nous a donné le **ministère** de la réconciliation. Car c'est bien Dieu qui, dans le Christ, réconciliait le monde avec lui : il n'a pas tenu compte des fautes, et il a déposé en nous la parole de la réconciliation. Nous sommes donc les ambassadeurs du Christ, et par nous c'est Dieu lui-même qui lance un appel : nous le demandons au nom du Christ, laissez-vous réconcilier avec Dieu. Celui qui n'a pas connu le péché, Dieu l'a pour nous identifié au péché, afin qu'en lui nous devenions justes de la justice même de Dieu.

Évangile

Évangile de Jésus Christ selon saint Luc

Lc 15,1-3.11-32

Dieu se réjouit d'accueillir tous ceux qui reviennent vers lui. Souvent, ils ont commis des fautes et des erreurs, mais ce n'est pas le plus important pour Dieu.

En ce temps-là, les **publicains** et les **pécheurs** venaient tous à Jésus pour l'écouter. Les **pharisiens** et les **scribes** récriminaient contre lui : « Cet homme fait bon accueil aux pécheurs, et il mange avec eux ! » Alors Jésus leur dit cette parabole : « Un homme avait deux fils. Le plus jeune dit à son père : "Père, donne-moi la part de fortune qui me revient." Et le père leur partagea ses biens. Peu de jours après, le plus jeune rassembla tout ce qu'il avait, et partit pour un pays lointain où il dilapida sa fortune en menant une vie de désordre. Il avait tout dépensé, quand une grande famine survint dans ce pays, et il commença à se trouver dans le besoin. Il alla s'engager auprès d'un habitant de ce pays, qui l'envoya dans ses champs garder les porcs. Il aurait bien voulu se remplir le ventre avec les gousses que mangeaient les porcs, mais personne ne lui donnait rien. Alors il rentra en lui-même et se dit : "Combien d'ouvriers de mon père ont du pain en abondance, et moi, ici, je meurs de faim ! Je me lèverai, j'irai vers mon père, et je lui dirai : Père, j'ai péché contre le ciel et envers toi. Je ne suis plus digne d'être appelé ton fils. Traite-moi comme l'un de tes ouvriers.” Il se leva et s’en alla vers son père. Comme il était encore loin, son père l’aperçut et fut saisi de compassion ; il courut se jeter à son cou et le couvrit de baisers. Le fils lui dit : “Père, j’ai péché contre le ciel et envers toi. Je ne suis plus digne d’être appelé ton fils.” Mais le père dit à ses serviteurs : “Vite, apportez le plus beau vêtement pour l’habiller, mettez-lui une bague au doigt et des sandales aux pieds, allez chercher le veau gras, tuez-le, mangeons et festoyons, car mon fils que voilà était mort, et il est revenu à la vie ; il était perdu, et il est retrouvé.” Et ils commencèrent à festoyer. Or le fils aîné était aux champs. Quand il revint et fut près de la maison, il entendit la musique et les danses. Appelant un des serviteurs, il s’informa de ce qui se passait. Celui-ci répondit : “Ton frère est arrivé, et ton père a tué le veau gras, parce qu’il a retrouvé ton frère en bonne santé.” Alors le fils aîné se mit en colère, et il refusait d’entrer. Son père sortit le supplier. Mais il répliqua à son père : “Il y a tant d’années que je suis à ton service sans avoir jamais transgressé tes ordres, et jamais tu ne m’as donné un chevreau pour festoyer avec mes amis. Mais, quand ton fils que voilà est revenu après avoir dévoré ton bien avec des prostituées, tu as fait tuer pour lui le veau gras !” Le père répondit : “Toi, mon enfant, tu es toujours avec moi, et tout ce qui est à moi est à toi. Il fallait festoyer et se réjouir ; car ton frère que voilà était mort, et il est revenu à la vie ; il était perdu, et il est retrouvé !” »

Les mots de la Bible

Canaan
C’est l’ancien nom de la Palestine.

Créature nouvelle
Jésus Christ nous donne une vie nouvelle qui vient de Dieu, comme si Dieu nous créait à nouveau.

Manne
Nourriture mystérieuse que les Hébreux trouvaient dans le désert. C’était un cadeau de Dieu.

Ministère
Responsabilité qui met celui qui l’exerce au service des autres.

La Pâque
C’est la plus grande fête des Juifs : ils y célèbrent Dieu, qui a libéré leurs ancêtres d’Égypte.

Pharisiens, scribes
Les pharisiens étaient des Juifs très respectueux de la religion. Les scribes étaient les spécialistes de la Loi.

Publicain
Les publicains recueillaient les impôts pour le compte des occupants romains.

Pécheurs
Les pécheurs ne respectaient pas les lois religieuses et vivaient éloignés de Dieu. À cause de cela, tout le monde les méprisait. Mais, Jésus, lui, ne les méprise pas. Au contraire, il les encourage à revenir vers Dieu.

Retourne page 15 pour poursuivre la messe.

3
avril
2022

5e dimanche de Carême

Pâques approche. Dieu invente un monde tout neuf.
La vie avec Jésus Christ, c'est ce qu'il y a de meilleur.

Évangile — Évangile de Jésus Christ selon saint Jean

Jn 8,1-11

Lorsqu'une personne est accusée d'une faute très grave, faut-il la condamner ou la sauver ? Eh bien, Jésus montre que ceux qui accusent peuvent se trouver bien attrapés.

En ce temps-là, Jésus s'en alla au mont des Oliviers. Dès l'aurore, il retourna au Temple. Comme tout le peuple venait à lui, il s'assit et se mit à enseigner. Les **scribes** et les **pharisiens** lui amènent une femme qu'on avait surprise en situation d'**adultère**. Ils la mettent au milieu, et disent à Jésus : « Maître, cette femme a été surprise en flagrant délit d'adultère. Or, dans la Loi, Moïse nous a ordonné de **lapider** ces femmes-là. Et toi, que dis-tu ? » Ils parlaient ainsi pour le mettre à l'épreuve, afin de pouvoir l'accuser. Mais Jésus s'était baissé et, du doigt, il écrivait sur la terre. Comme on persistait à l'interroger, il se redressa et leur dit : « Celui d'entre vous qui est sans péché, qu'il soit le premier à lui jeter une pierre. » Il se baissa de nouveau et il écrivait sur la terre. Eux, après avoir entendu cela, s'en allaient un par un, en commençant par les plus âgés. Jésus resta seul avec la femme toujours là au milieu. Il se redressa et lui demanda : « Femme, où sont-ils donc ? Personne ne t'a condamnée ? » Elle répondit : « Personne, Seigneur. » Et Jésus lui dit : « Moi non plus, je ne te condamne pas. Va, et désormais ne pèche plus. »

Les mots de la Bible

Adultère
Lorsqu'une personne mariée trompe son mari (ou sa femme), elle commet un adultère.

Connaître
Dans la Bible, connaître Dieu, c'est avoir une vraie relation avec lui et pas seulement avoir des idées sur lui.

Lapider
Tuer à coup de pierres.

Louange
Félicitations enthousiastes adressées à quelqu'un de formidable.

Mettre en campagne
Mettre en route une armée pour faire la guerre.

Rendre gloire
Montrer l'importance, reconnaître toute la grandeur de quelqu'un.

Saisi
Être saisi, c'est être bouleversé. Cela est arrivé à saint Paul : il haïssait les chrétiens et il les persécutait. Un jour, il va vers la ville de Damas lorsqu'une lumière l'enveloppe et il entend une voix qui lui dit : « Paul, pourquoi me persécutes-tu ? » Paul est bouleversé. Il comprend que le Christ l'a saisi pour ne plus l'abandonner. Dès lors, il lui consacre toute sa vie.

Scribes, pharisiens
Les scribes étaient des Juifs spécialistes des livres saints. Les pharisiens étaient des Juifs très religieux.

Retourne page 15 pour poursuivre la messe.

10
avril
2022

Dimanche des Rameaux et de la Passion

Aujourd'hui commence la Semaine sainte.
Avec des rameaux à la main, nous entrons dans le long récit des derniers jours de Jésus. Et nous avons déjà dans le cœur la grande lumière de Pâques.

Procession des Rameaux

Évangile — Évangile de Jésus Christ selon saint Luc

Lc 19,28-40

Exceptionnellement, nous lisons un évangile au début de la messe : l'entrée de Jésus à Jérusalem, acclamé par la foule agitant des rameaux.

En ce temps-là, Jésus partit en avant pour monter à Jérusalem. Lorsqu'il approcha de Bethphagé et de Béthanie, près de l'endroit appelé mont des Oliviers, il envoya deux de ses disciples, en disant : « Allez à ce village d'en face. À l'entrée, vous trouverez un petit âne attaché, sur lequel personne ne s'est encore assis. Détachez-le et amenez-le. Si l'on vous demande : "Pourquoi le détachez-vous ?" vous répondrez : "Parce que le Seigneur en a besoin." » Les envoyés partirent et trouvèrent tout comme Jésus leur avait dit. Alors qu'ils détachaient le petit âne, ses maîtres leur demandèrent : « Pourquoi détachez-vous l'âne ? » Ils répondirent : « Parce que le Seigneur en a besoin. » Ils amenèrent l'âne auprès de Jésus, jetèrent leurs manteaux dessus, et y firent monter Jésus. À mesure que Jésus avançait, les gens étendaient leurs manteaux sur le chemin. Alors que déjà Jésus approchait de la descente du mont des Oliviers, toute la foule des disciples, remplie de joie, se mit à louer Dieu à pleine voix pour tous les miracles qu'ils avaient vus, et ils disaient : « Béni soit celui qui vient, le Roi, au nom du Seigneur. Paix dans le ciel et gloire au plus haut des cieux ! » Quelques pharisiens, qui se trouvaient dans la foule, dirent à Jésus : « Maître, réprimande tes disciples ! » Mais il prit la parole en disant : « Je vous le dis : si eux se taisent, les pierres crieront. »

Messe de la Passion

Première lecture

Lecture du livre d'Isaïe

Is 50,4-7

Ces paroles d'Isaïe peuvent s'appliquer à Jésus : en vrai serviteur de Dieu, il ne répond pas à la violence par la violence.

Le Seigneur mon Dieu m'a donné le langage des disciples, pour que je puisse, d'une parole, soutenir celui qui est épuisé. Chaque matin, il éveille, il éveille mon oreille pour qu'en disciple, j'écoute. Le Seigneur mon Dieu m'a ouvert l'oreille, et moi, je ne me suis pas révolté, je ne me suis pas dérobé. J'ai présenté mon dos à ceux qui me frappaient, et mes joues à ceux qui m'arrachaient la barbe. Je n'ai pas caché ma face devant les **outrages** et les crachats. Le Seigneur mon Dieu vient à mon secours ; c'est pourquoi je ne suis pas atteint par les outrages, c'est pourquoi j'ai rendu ma face dure comme pierre : je sais que je ne serai pas confondu.

Psaume Ps 21

Mon Dieu, mon Dieu, pourquoi m'as-tu abandonné ?

Tous ceux qui me voient me bafouent,
ils ricanent et hochent la tête :
« Il comptait sur le Seigneur : qu'il le délivre !
Qu'il le sauve, puisqu'il est son ami ! »

Oui, des chiens me cernent,
une bande de vauriens m'entoure ;
ils me percent les mains et les pieds,
je peux compter tous mes os.

Ils partagent entre eux mes habits
et tirent au sort mon vêtement.
Mais toi, Seigneur, ne sois pas loin :
ô ma force, viens vite à mon aide !

Mais tu m'as répondu !
Et je proclame ton nom devant mes frères,
je te loue en pleine assemblée.
Vous qui le craignez, louez le Seigneur.

Deuxième lecture Lecture de la lettre de saint Paul apôtre aux Philippiens Ph 2,6-11

En vivant comme il a vécu, Jésus savait qu'il risquait la mort. Mais il n'a pas reculé. C'est pour cela qu'il est « Seigneur ».

Le Christ Jésus, ayant la condition de Dieu, ne retint pas jalousement le rang qui l'égalait à Dieu. Mais il s'est anéanti, prenant la condition de serviteur, devenant semblable aux hommes. Reconnu homme à son aspect, il s'est abaissé, devenant obéissant jusqu'à la mort, et la mort de la croix. C'est pourquoi Dieu l'a exalté : il l'a doté du Nom qui est au-dessus de tout nom, afin qu'au nom de Jésus tout genou fléchisse au ciel, sur terre et aux enfers, et que toute langue proclame : « Jésus Christ est Seigneur » à la gloire de Dieu le Père.

Évangile La Passion de notre Seigneur Jésus Christ selon saint Luc

Lc 23, 1-49

Lecture brève

Les premiers chrétiens se racontaient longuement les derniers jours de Jésus. Aujourd'hui encore, nous découvrons que l'amour de Jésus pour nous va jusqu'au bout.

Indications pour la lecture dialogues : les sigles désignant les divers interlocuteurs sont les suivants : J = Jésus ; L = Lecteur ; D = Disciples et amis ; F = Foule ; A = Autres personnages.

En ce temps-là, L. L'assemblée tout entière se leva, et on l'emmena chez **Pilate**. On se mit alors à l'accuser : F. « Nous avons trouvé cet homme en train de semer le trouble dans notre nation : il empêche de payer l'impôt à l'empereur, et il dit qu'il est le Christ, le Roi. » L. Pilate l'interrogea : A. « Es-tu le roi des Juifs ? » L. Jésus répondit : J. « C'est toi-même qui le dis. » L. Pilate s'adressa aux grands prêtres et aux foules : A. « Je ne trouve chez cet homme aucun motif de condamnation. » L. Mais ils insistaient avec force : F. « Il soulève le peuple en enseignant dans toute la Judée ; après avoir commencé en Galilée, il est venu jusqu'ici. » L. À ces mots, Pilate demanda si l'homme était galiléen. Apprenant qu'il relevait de l'autorité d'Hérode, il le renvoya devant ce dernier, qui se trouvait lui aussi à Jérusalem en ces jours-là. À la vue de Jésus, **Hérode** éprouva une joie extrême : en effet, depuis longtemps il désirait le voir à cause de ce qu'il entendait dire de lui, et il espérait lui voir faire un miracle. Il lui posa bon nombre de questions, mais Jésus ne lui répondit rien. Les grands prêtres et les scribes étaient là, et ils l'accusaient avec véhémence. Hérode, ainsi que ses soldats, le traita avec mépris et se moqua de lui : il le revêtit d'un manteau de couleur éclatante et le renvoya à Pilate.
Ce jour-là, Hérode et Pilate devinrent des amis, alors qu'auparavant il y avait de l'hostilité entre eux. Alors Pilate convoqua les grands prêtres, les chefs et le peuple. Il leur dit : A. « Vous m'avez amené cet homme en l'accusant d'introduire la subversion dans le peuple. Or, j'ai moi-même instruit l'affaire devant vous et, parmi les faits dont vous l'accusez, je n'ai trouvé chez cet homme aucun motif de condamnation. D'ailleurs, Hérode non plus, puisqu'il nous l'a renvoyé. En somme, cet homme n'a rien fait qui mérite la mort. Je vais donc le relâcher après lui avoir fait donner une correction. » L. Ils se mirent à crier tous

ensemble : F. « Mort à cet homme ! Relâche-nous Barabbas. » L. Ce Barabbas avait été jeté en prison pour une émeute survenue dans la ville, et pour meurtre. Pilate, dans son désir de relâcher Jésus, leur adressa de nouveau la parole. Mais ils vociféraient : F. « Crucifie-le ! Crucifie-le ! » L. Pour la troisième fois, il leur dit : A. « Quel mal a donc fait cet homme ? Je n'ai trouvé en lui aucun motif de condamnation à mort. Je vais donc le relâcher après lui avoir fait donner une correction. » L. Mais ils insistaient à grands cris, réclamant qu'il soit crucifié ; et leurs cris s'amplifiaient. Alors Pilate décida de satisfaire leur requête. Il relâcha celui qu'ils réclamaient, le prisonnier condamné pour émeute et pour meurtre, et il livra Jésus à leur bon plaisir.

Comme ils l'emmenaient, ils prirent un certain Simon de Cyrène, qui revenait des champs, et ils le chargèrent de la croix pour qu'il la porte derrière Jésus. Le peuple, en grande foule, le suivait, ainsi que des femmes qui se frappaient la poitrine et se lamentaient sur Jésus. Il se retourna et leur dit : J. « Filles de Jérusalem, ne pleurez pas sur moi ! Pleurez plutôt sur vous-mêmes et sur vos enfants ! Voici venir des jours où l'on dira : "Heureuses les femmes **stériles**, celles qui n'ont pas enfanté, celles qui n'ont pas allaité !" Alors on dira aux montagnes : "Tombez sur nous", et aux collines : "Cachez-nous." Car si l'on traite ainsi l'arbre vert, que deviendra l'arbre sec ? » L. Ils emmenaient aussi avec Jésus deux autres, des malfaiteurs, pour les exécuter.

Lorsqu'ils furent arrivés au lieu dit : Le Crâne (ou Calvaire), là ils crucifièrent Jésus, avec les deux malfaiteurs, l'un à droite et l'autre à gauche. Jésus disait : J. « Père, pardonne-leur : ils ne savent pas ce qu'ils font. » L. Puis, ils partagèrent ses vêtements et les tirèrent au sort. Le peuple restait là à observer. Les chefs tournaient Jésus en dérision et disaient : F. « Il en a sauvé d'autres : qu'il se sauve lui-même, s'il est le **Messie** de Dieu, l'Élu ! » L. Les soldats aussi se moquaient de lui ; s'approchant, ils lui présentaient de la boisson vinaigrée, en disant : F. « Si tu es le roi des Juifs, sauve-toi toi-même ! » L. Il y avait aussi une inscription au-dessus de lui : « Celui-ci est le roi des Juifs. » L'un des malfaiteurs suspendus en croix l'injuriait : A. « N'es-tu pas le Christ ? Sauve-toi toi-même, et nous aussi ! » L. Mais l'autre lui fit de vifs reproches : A. « Tu ne crains donc pas Dieu ! Tu es pourtant un condamné, toi aussi ! Et puis, pour nous, c'est juste : après ce que nous avons fait, nous avons ce que nous méritons. Mais lui, il n'a rien fait de mal. » L. Et il disait : A. « Jésus, souviens-toi de moi quand tu viendras dans ton Royaume. » L. Jésus lui déclara : « Amen, je te le dis : aujourd'hui, avec moi, tu seras dans le Paradis. »

L. C'était déjà environ la sixième heure (c'est-à-dire : midi) ; l'obscurité se fit sur toute la terre jusqu'à la neuvième heure, car le soleil s'était caché. Le

rideau se déchira par le milieu. Alors, Jésus poussa un grand cri : J. « Père, entre tes mains je remets mon esprit. » L. Et après avoir dit cela, il expira. (Ici on fléchit le genou et on s'arrête un instant.) À la vue de ce qui s'était passé, le centurion rendit gloire à Dieu : A. « Celui-ci était réellement un homme juste. » L. Et toute la foule des gens qui s'étaient rassemblés pour ce spectacle, observant ce qui se passait, s'en retournaient en se frappant la poitrine. Tous ses amis, ainsi que les femmes qui le suivaient depuis la Galilée, se tenaient plus loin pour regarder.

Les mots de la Bible

Centurion
Officier romain qui commandait à cent soldats.

Crucifier
Attacher un condamné à une croix en bois jusqu'à ce qu'il meure.

Hérode
Au temps de Jésus, roi de la province de Galilée, choisi par les Romains.

Messie
C'est celui qui est consacré par Dieu et envoyé pour une mission. Depuis plusieurs siècles, certains Juifs attendaient un messie qui deviendrait roi et chasserait les Romains.

Passion
Ce mot vient du verbe latin pati, qui veut dire « souffrir ». Il désigne les épreuves très dures que Jésus a subies avant de mourir sur la croix. Jésus n'avait pas envie de mourir dans de telles souffrances. Plusieurs fois même, il a été tenté de fuir. Mais il a voulu partager jusqu'au bout la vie des hommes. Il a accepté de donner sa vie par amour. Et il a cru que Dieu ne l'abandonnerait pas dans la mort.

Pilate
Au temps de Jésus, gouverneur romain et chef de l'armée qui occupait la Palestine.

Rideau du Sanctuaire
Dans le Temple de Jérusalem, il y avait une salle vide, fermée par un rideau, où personne ne pénétrait, sauf le grand prêtre une fois par an. C'était le Saint des Saints, le signe de la présence de Dieu. À la mort de Jésus, le rideau se déchire : c'est le signe que tous les hommes peuvent maintenant aller à la découverte de Dieu.

Stérile
Qui ne produit rien. Une femme stérile est une femme qui ne peut pas avoir d'enfant.

Retourne page 15 pour poursuivre la messe.

Jeudi
14 avril
2022

Jeudi saint
La Cène du Seigneur

La veille de sa mort, Jésus a accompli plusieurs gestes pour faire comprendre ce que veut dire « donner sa vie ». Nous nous souvenons de ce jour-là le jeudi saint.

Première lecture Lecture du livre de l'Exode

Ex 12,1-8.11-14

Dieu a fait sortir d'Égypte les Hébreux. Ils ont mangé un agneau. La marque du sang de l'agneau les a protégés de la mort. La Pâque juive le rappelle.

En ces jours-là, dans le pays d'Égypte, le Seigneur dit à Moïse et à son frère Aaron : « Ce mois-ci sera pour vous le premier des mois, il marquera pour vous le commencement de l'année. Parlez ainsi à toute la communauté d'Israël : le dix de ce mois, que l'on prenne un agneau par famille, un agneau par maison. Si la maisonnée est trop peu nombreuse pour un agneau, elle le prendra avec son voisin le plus proche, selon le nombre des personnes. Vous choisirez l'agneau d'après ce que chacun peut manger. Ce sera une bête sans défaut, un mâle, de l'année. Vous prendrez un agneau ou un chevreau. Vous le garderez jusqu'au quatorzième jour du mois. Dans toute l'assemblée de la communauté d'Israël, on l'**immolera** au coucher du soleil. On prendra du sang, que l'on mettra sur les deux montants et sur le **linteau** des maisons où on le mangera. On mangera sa chair cette nuit-là, on la mangera rôtie au feu, avec des pains sans levain et des herbes amères. Vous mangerez ainsi : la ceinture aux reins, les sandales aux pieds, le bâton à la main. Vous mangerez en toute hâte : c'est **la Pâque** du Seigneur. Je traverserai le pays d'Égypte, cette nuit-là ; je frapperai tout premier-né au pays d'Égypte, depuis les hommes jusqu'au bétail. Contre tous les dieux de l'Égypte j'exercerai mes jugements : Je suis le Seigneur. Le sang sera pour vous un signe, sur les maisons où vous serez. Je verrai le sang, et je passerai : vous ne serez pas atteints par le fléau dont je frapperai le pays d'Égypte. Ce jour-là sera pour vous un **mémorial**. Vous en ferez pour le Seigneur une **fête de pèlerinage**. C'est un décret perpétuel : d'âge en âge vous la fêterez. »

Psaume Ps 115

**La coupe de bénédiction est communion
au sang du Christ.**

Comment rendrai-je au Seigneur
tout le bien qu'il m'a fait ?
J'élèverai la coupe du salut,
j'invoquerai le nom du Seigneur.

Il en coûte au Seigneur
de voir mourir les siens !
Ne suis-je pas, Seigneur, ton serviteur,
moi, dont tu brisas les chaînes ?

Je t'offrirai le sacrifice d'action de grâce,
j'invoquerai le nom du Seigneur.
Je tiendrai mes promesses au Seigneur,
oui, devant tout son peuple.

Deuxième lecture Lecture de la première lettre de saint Paul apôtre aux Corinthiens 1Co 11,23-26

**C'est le dernier repas de Jésus.
Il annonce à ses amis qu'il sera présent avec eux, au-delà de la mort,
quand ils partageront en son nom le pain et le vin.
Nous revivons cela à chaque messe.**

Frères, moi, Paul, j'ai moi-même reçu ce qui vient du Seigneur, et je vous l'ai transmis : la nuit où il était livré, le Seigneur Jésus prit du pain, puis, ayant rendu grâce, il le rompit, et dit : « Ceci est mon corps, qui est pour vous. Faites cela en mémoire de moi. » Après le repas, il fit de même avec la coupe, en disant : « Cette coupe est la nouvelle **Alliance** en mon sang. Chaque fois que vous en boirez, faites cela en mémoire de moi. » Ainsi donc, chaque fois que vous mangez ce pain et que vous buvez cette coupe, vous proclamez la mort du Seigneur, jusqu'à ce qu'il vienne.

Évangile — Évangile de Jésus Christ selon saint Jean

Jn 13,1-15

Voici ce qui explique toute la vie de Jésus : c'est d'aimer jusqu'à tout donner. Il préfère servir plutôt que d'être le maître. C'est vrai ce soir-là à son dernier repas. C'est aussi vrai quand il meurt sur la croix.

Avant la fête de la Pâque, sachant que l'heure était venue pour lui de passer de ce monde à son Père, Jésus, ayant aimé **les siens** qui étaient dans le monde, les aima jusqu'au bout. Au cours du repas, alors que le diable a déjà mis dans le cœur de Judas, fils de Simon l'Iscariote, l'intention de le livrer, Jésus, sachant que le Père a tout remis entre ses mains, qu'il est sorti de Dieu et qu'il s'en va vers Dieu, se lève de table, dépose son vêtement, et prend un linge qu'il se noue à la ceinture ; puis il verse de l'eau dans un bassin. Alors il se mit à laver les pieds des disciples et à les essuyer avec le linge qu'il avait à la ceinture. Il arrive donc à Simon-Pierre, qui lui dit : « C'est toi, Seigneur, qui me laves les pieds ? » Jésus lui répondit : « Ce que je veux faire, tu ne le sais pas maintenant ; plus tard tu comprendras. » Pierre lui dit : « Tu ne me laveras pas les pieds ; non, jamais ! » Jésus lui répondit : « Si je ne te lave pas, tu n'**auras pas de part avec moi**. » Simon-Pierre lui dit : « Alors, Seigneur, pas seulement les pieds, mais aussi les mains et la tête ! » Jésus lui dit : « Quand on vient de prendre un bain, on n'a pas besoin de se laver, sinon les pieds : on est pur tout entier. Vous-mêmes, vous êtes purs, mais non pas tous. » Il savait bien qui allait le livrer ; et c'est pourquoi il disait : « Vous n'êtes pas tous purs. » Quand il leur eut lavé les pieds, il reprit son vêtement, se remit à table et leur dit : « Comprenez-vous ce que je viens de faire pour vous ? Vous m'appelez "Maître" et "Seigneur", et vous avez raison, car vraiment je le suis. Si donc moi, le Seigneur et le Maître, je vous ai lavé les pieds, vous aussi, vous devez vous laver les pieds les uns aux autres. C'est un exemple que je vous ai donné afin que vous fassiez, vous aussi, comme j'ai fait pour vous. »

Les mots de la Bible

Alliance
Jésus Christ est venu conclure une Nouvelle Alliance où Dieu offre son amitié à tous les hommes.

Avoir part avec quelqu'un
C'est partager quelque chose avec quelqu'un. Ici, cela veut dire partager le royaume de Dieu avec Jésus.

Fête de pèlerinage
Quand il y avait le Temple à Jérusalem, les Juifs y venaient en pèlerinage de tout le pays pour fêter la Pâque.

Immoler
Offrir en sacrifice.

Linteau
C'est le haut de l'encadrement d'une porte ou d'une fenêtre, en bois ou en pierre.

Mémorial
Fête ou monument pour se souvenir de quelque chose, pour en garder la mémoire.

La Pâque
Quand on l'écrit sans « s », c'est la fête juive qui rappelle le jour où Dieu a libéré les Hébreux esclaves en Égypte. Le dernier repas de Jésus avec ses disciples a eu lieu un jour de fête de la Pâque. Puis Jésus est mort et ressuscité le troisième jour. Pâques, pour les chrétiens, c'est la fête de sa résurrection.

Les siens
Dans ce texte, il s'agit de ceux que Jésus a choisis plus spécialement pour l'accompagner.

Retourne page 15 pour poursuivre la messe.

Vendredi
15 avril
2022

Vendredi saint
Passion du Seigneur

Aujourd'hui, nous nous souvenons
de la mort de Jésus.
Le Fils de Dieu est cloué sur la croix,
comme un bandit !

Première lecture

Lecture du livre d'Isaïe

Is 52,13-53,12

Dans ce poème, le prophète Isaïe annonce le Christ qui va mourir sur la croix, abandonné de tous, pour nous sauver du péché.

Mon serviteur réussira, dit le Seigneur ; il montera, il s'élèvera, il sera exalté ! La multitude avait été consternée en le voyant, car il était si défiguré qu'il ne ressemblait plus à un homme ; il n'avait plus l'apparence d'un fils d'homme. Il étonnera de même une multitude de nations ; devant lui les rois resteront bouche bée, car ils verront ce que, jamais, on ne leur avait dit, ils découvriront ce dont ils n'avaient jamais entendu parler. Qui aurait cru ce que nous avons entendu ? Le bras puissant du Seigneur, à qui s'est-il révélé ? Devant lui, le serviteur a poussé comme une plante chétive, une racine dans une terre aride ; il était sans apparence ni beauté qui attire nos regards, son aspect n'avait rien pour nous plaire. Méprisé, abandonné des hommes, homme de douleurs, familier de la souffrance, il était pareil à celui devant qui on se voile la face ; et nous l'avons méprisé, compté pour rien. En fait, c'étaient nos souffrances qu'il portait, nos douleurs dont il était chargé. Et nous, nous pensions qu'il était frappé, meurtri par Dieu, humilié. Or, c'est à cause de nos révoltes qu'il a été transpercé, à cause de nos fautes qu'il a été broyé. Le **châtiment** qui nous donne la paix a pesé sur lui : par ses blessures, nous sommes guéris. Nous étions tous errants comme des brebis, chacun suivait son propre chemin. Mais le Seigneur a fait retomber sur lui nos fautes à nous tous. Maltraité, il s'humilie, il n'ouvre pas la bouche : comme un agneau conduit à l'abattoir, comme une brebis muette devant les tondeurs, il n'ouvre pas la bouche. Arrêté, puis jugé, il a été supprimé. Qui donc s'est inquiété de son sort ? Il a été retranché de la terre des vivants, frappé à mort pour les révoltes de son peuple. On a placé sa tombe avec les méchants, son tombeau avec les riches ; et pourtant il n'avait pas commis de violence, on ne trouvait pas de tromperie dans sa bouche. Broyé par la souffrance, il a plu au Seigneur. S'il remet sa vie en sacrifice de réparation, il verra une descendance, il prolongera ses jours : par lui, ce qui plaît au Seigneur réussira. Par suite de ses tourments, il verra la lumière, la connaissance le comblera. Le juste, mon serviteur, justifiera les multitudes, il se chargera de leurs fautes. C'est pourquoi, parmi les grands, je lui donnerai sa part, avec les puissants il partagera le butin, car il s'est dépouillé lui-même jusqu'à la mort, et il a été compté avec les pécheurs, alors qu'il portait le péché des multitudes et qu'il intercédait pour les pécheurs.

Psaume Ps 30

Ô Père, en tes mains je remets mon esprit.

En toi, Seigneur, j'ai mon refuge ;
garde-moi d'être humilié pour toujours.
En tes mains je remets mon esprit ;
tu me rachètes, Seigneur, Dieu de vérité.

Je suis la risée de mes adversaires
et même de mes voisins ;
je fais peur à mes amis,
s'ils me voient dans la rue, ils me fuient.

On m'ignore comme un mort oublié,
comme une chose qu'on jette.
J'entends les calomnies de la foule:
ils s'accordent pour m'ôter la vie.

Moi, je suis sûr de toi, Seigneur,
je dis : « Tu es mon Dieu ! »
Mes jours sont dans ta main : délivre-moi
des mains hostiles qui s'acharnent.

Sur ton serviteur, que s'illumine ta face ;
sauve-moi
par ton amour.
Soyez forts, prenez courage,
vous tous qui espérez le Seigneur !

Deuxième lecture — Lecture de la lettre aux Hébreux

He 4,14-16 ; 5,7-9

Le Christ a souffert et Dieu l'a écouté. Suivons-le avec confiance vers le Père.

Frères, en Jésus, le Fils de Dieu, nous avons le grand prêtre par excellence, celui qui a traversé les cieux ; tenons donc ferme l'affirmation de notre foi. En effet, nous n'avons pas un grand prêtre incapable de **compatir** à nos faiblesses, mais un grand prêtre éprouvé en toutes choses, à notre ressemblance, excepté le péché. Avançons-nous donc avec assurance vers le Trône de la **grâce**, pour obtenir **miséricorde** et recevoir, en temps voulu, la grâce de son secours. Le Christ, pendant les jours de sa vie dans la chair, offrit, avec un grand cri et dans les larmes, des prières et des **supplications** à Dieu qui pouvait le sauver de la mort, et il fut exaucé en raison de son grand respect. Bien qu'il soit le Fils, il apprit par ses souffrances l'obéissance et, conduit à sa perfection, il est devenu pour tous ceux qui lui obéissent la cause du salut éternel.

Évangile — Évangile de Jésus Christ selon saint Jean

Jn 18,1 – 19,42

Nous lisons ici le récit des souffrances que Jésus a subies jusqu'à la mort. C'est la passion du Christ.

En ce temps-là, après le repas, Jésus sortit avec ses disciples et traversa le torrent du Cédron ; il y avait là un jardin, dans lequel il entra avec ses disciples. Judas, qui le livrait, connaissait l'endroit, lui aussi, car Jésus et ses disciples s'y étaient souvent réunis. Judas, avec un détachement de soldats ainsi que des gardes envoyés par les grands prêtres et les pharisiens, arrive à cet endroit. Ils avaient des lanternes, des torches et des armes. Alors Jésus, sachant tout ce qui allait lui arriver, s'avança et leur dit : « Qui cherchez-vous ? » Ils lui répondirent : « Jésus le Nazaréen. » Il leur dit : « C'est moi, je le suis. » Judas, qui le livrait, se tenait avec eux. Quand Jésus leur répondit : « C'est moi, je le suis », ils reculèrent, et ils tombèrent à terre. Il leur demanda de nouveau : « Qui cherchez-vous ? » Ils dirent : « Jésus le Nazaréen. » Jésus répondit : « Je vous l'ai dit : c'est moi, je le suis. Si c'est bien moi que vous cherchez, ceux-là, laissez-les partir. » Ainsi s'accomplissait la parole qu'il avait dite : « Je n'ai perdu aucun de ceux que tu m'as donnés. » Or Simon-Pierre avait une épée ; il la tira, frappa le serviteur du grand prêtre et lui coupa l'oreille droite. Le nom de ce serviteur était Malcus. Jésus dit à Pierre : « Remets ton épée au fourreau. La coupe que m'a donnée le Père, vais-je refuser de la boire ? »

Alors la troupe, le commandant et les gardes juifs se saisirent de Jésus et le ligotèrent. Ils l'emmenèrent d'abord chez Hanne, beau-père de Caïphe, qui était grand prêtre cette année-là. Caïphe était celui qui avait donné aux Juifs ce conseil : « Il vaut mieux qu'un seul homme meure pour le peuple. » Or Simon-Pierre, ainsi qu'un autre disciple, suivait Jésus. Comme ce disciple était connu du grand prêtre, il entra avec Jésus dans le palais du grand prêtre. Pierre se tenait près de la porte, dehors. Alors l'autre disciple – celui qui était connu du grand prêtre – sortit, dit un mot à la servante qui gardait la porte, et fit entrer Pierre. Cette jeune servante dit alors à Pierre : « N'es-tu pas, toi aussi, l'un des disciples de cet homme ? » Il répondit : « Non, je ne le suis pas ! » Les serviteurs et les gardes se tenaient là ; comme il faisait froid, ils avaient fait un feu de braise pour se réchauffer. Pierre était avec eux, en train de se chauffer. Le grand prêtre interrogea Jésus sur ses disciples et sur son enseignement. Jésus lui répondit : « Moi, j'ai parlé au monde ouvertement. J'ai toujours enseigné à la synagogue et dans le Temple, là où tous les Juifs se réunissent, et je n'ai jamais parlé en cachette. Pourquoi m'interroges-tu ? Ce que je leur ai dit, demande-le à ceux qui m'ont entendu. Eux savent ce que j'ai dit. » À ces mots, un des gardes, qui était à côté de Jésus, lui donna une gifle en disant : « C'est ainsi que tu réponds au grand prêtre ! » Jésus lui répliqua : « Si j'ai mal parlé, montre ce que j'ai dit de mal. Mais si j'ai bien parlé, pourquoi me frappes-tu ? » Hanne l'envoya, toujours ligoté, au grand prêtre Caïphe. Simon-Pierre était donc en train de se chauffer. On lui dit : « N'es-tu pas, toi aussi, l'un de ses disciples ? » Pierre le nia et dit : « Non, je ne le suis pas ! » Un des serviteurs du grand prêtre, parent de celui à qui Pierre avait coupé l'oreille, insista : « Est-ce que moi, je ne t'ai pas vu dans le jardin avec lui ? » Encore une fois, Pierre le nia. Et aussitôt un coq chanta. Alors on emmène Jésus de chez Caïphe au **Prétoire**. C'était le matin. Ceux qui l'avaient amené n'entrèrent pas dans le Prétoire, pour éviter une souillure et pouvoir manger l'**agneau pascal**. Pilate sortit donc à leur rencontre et demanda : « Quelle accusation portez-vous contre cet homme ? » Ils lui répondirent : « S'il n'était pas un malfaiteur, nous ne t'aurions pas livré cet homme. » Pilate leur dit : « Prenez-le vous-mêmes et jugez-le suivant votre loi. » Les Juifs lui dirent : « Nous n'avons pas le droit de mettre quelqu'un à mort. » Ainsi s'accomplissait la parole que

Jésus avait dite pour signifier de quel genre de mort il allait mourir. Alors Pilate rentra dans le Prétoire ; il appela Jésus et lui dit : « Es-tu le roi des Juifs ? » Jésus lui demanda : « Dis-tu cela de toi-même, Ou bien d'autres te l'ont dit à mon sujet ? » Pilate répondit : « Est-ce que je suis juif, moi ? Ta nation et les grands prêtres t'ont livré à moi : qu'as-tu donc fait ? » Jésus déclara : « Ma royauté n'est pas de ce monde ; si ma royauté était de ce monde, j'aurais des gardes qui se seraient battus pour que je ne sois pas livré aux Juifs. En fait, ma royauté n'est pas d'ici. » Pilate lui dit : « Alors, tu es roi ? » Jésus répondit : « C'est toi-même qui dis que je suis roi. Moi, je suis né, je suis venu dans le monde pour ceci : rendre témoignage à la vérité. Quiconque appartient à la vérité écoute ma voix. » Pilate lui dit : « Qu'est-ce que la vérité ? » Ayant dit cela, il sortit de nouveau à la rencontre des Juifs, et il leur déclara : « Moi, je ne trouve en lui aucun motif de condamnation. Mais, chez vous, c'est la coutume que je vous relâche quelqu'un pour la Pâque : voulez-vous donc que je vous relâche le roi des Juifs ? » Alors ils répliquèrent en criant : « Pas lui ! Mais Barabbas ! » Or ce Barabbas était un bandit. Alors Pilate fit saisir Jésus pour qu'il soit **flagellé**. Les soldats tressèrent avec des épines une couronne qu'ils lui posèrent sur la tête ; puis ils le revêtirent d'un manteau **pourpre**. Ils s'avançaient vers lui et ils disaient : « Salut à toi, roi des Juifs ! » Et ils le giflaient. Pilate, de nouveau, sortit dehors et leur dit : « Voyez, je vous l'amène dehors pour que vous sachiez que je ne trouve en lui aucun motif de condamnation. » Jésus donc sortit dehors, portant la couronne d'épines et le manteau pourpre. Et Pilate leur déclara : « Voici l'homme. » Quand ils le virent, les grands prêtres et les gardes se mirent à crier : « **Crucifie-le** ! Crucifie-le ! » Pilate leur dit : « Prenez-le vous-mêmes, et crucifiez-le ; moi, je ne trouve en lui aucun motif de condamnation. » Ils lui répondirent : « Nous avons une Loi, et suivant la Loi il doit mourir, parce qu'il s'est fait Fils de Dieu. » Quand Pilate entendit ces paroles, il redoubla de crainte. Il rentra dans le Prétoire, et dit à Jésus : « D'où es-tu ? » Jésus ne lui fit aucune réponse. Pilate lui dit alors : « Tu refuses de me parler, à moi ? Ne sais-tu pas que j'ai pouvoir de te relâcher, et pouvoir de te crucifier ? » Jésus répondit : « Tu n'aurais aucun pouvoir sur moi si tu ne l'avais reçu d'en haut ; c'est pourquoi celui qui m'a livré à toi porte un péché plus grand. » Dès lors, Pilate cherchait à le relâcher ; mais des Juifs se mirent à crier : « Si tu le relâches, tu n'es pas un ami de l'empereur. Quiconque se fait roi s'oppose à l'empereur. » En entendant ces paroles, Pilate amena Jésus au-dehors ; il le fit asseoir sur une estrade au lieu dit le Dallage – en hébreu : Gabbatha. C'était le jour de la Préparation de la Pâque, vers la sixième heure, environ midi. Pilate dit aux Juifs : « Voici votre roi. » Alors ils crièrent : « À mort ! À mort ! Crucifie-le ! » Pilate leur dit : « Vais-je crucifier votre roi ? » Les grands prêtres répondirent : « Nous n'avons pas d'autre roi que l'empereur. » Alors, il leur livra Jésus pour qu'il soit crucifié. Ils se saisirent de Jésus. Et lui-même, portant sa croix, sortit en direction du lieu dit Le Crâne (ou Calvaire), qui se dit en hébreu Golgotha. C'est là qu'ils le crucifièrent, et deux autres avec lui, un de chaque côté, et Jésus au milieu. Pilate avait rédigé un écriteau qu'il fit placer sur la croix ; il était écrit : « Jésus le Nazaréen, roi des Juifs. » Beaucoup de Juifs lurent cet écriteau, parce que l'endroit où l'on avait crucifié Jésus était proche de la ville, et que c'était écrit en hébreu, en latin et en grec. Alors les grands prêtres des Juifs dirent à Pilate : « N'écris pas : "Roi des Juifs" ; mais : "Cet homme a dit : Je suis le roi des Juifs." » Pilate répondit : « Ce que j'ai écrit, je l'ai écrit. » Quand les soldats eurent crucifié Jésus, ils prirent ses habits ; ils en firent quatre parts, une pour chaque soldat. Ils prirent aussi la tunique ; c'était une tunique sans couture, tissée tout d'une pièce de haut en bas. Alors ils se dirent entre eux : « Ne la déchirons pas, désignons par le sort celui qui l'aura. » Ainsi s'accomplissait la parole de l'Écriture : Ils se sont partagé mes habits ; ils ont tiré au sort mon vêtement. C'est bien ce que firent les soldats. Or, près de la croix de Jésus se tenaient sa mère et la sœur de sa mère, Marie, femme de Cléophas, et Marie Madeleine. Jésus, voyant sa mère, et près d'elle le disciple qu'il aimait, dit à sa mère : « Femme, voici ton fils. » Puis il dit au disciple : « Voici ta mère. » Et à partir de cette heure-là, le disciple la prit chez lui. Après cela, sachant que tout, désormais, était achevé pour que l'Écriture s'accomplisse jusqu'au bout, Jésus dit : « J'ai soif. » Il y avait là un récipient plein d'une boisson vinaigrée. On fixa donc une éponge remplie de ce vinaigre à une branche d'**hysope**, et on l'approcha de sa bouche. Quand il eut pris le vinaigre, Jésus dit : « Tout est accompli. » Puis, inclinant la tête, il remit l'esprit.

(Ici on fléchit le genou et on s'arrête un instant.)

Comme c'était le jour de la Préparation (c'est-à-dire le vendredi), il ne fallait pas laisser les corps en croix durant le **sabbat**, d'autant plus que ce sabbat était le grand jour de la Pâque. Aussi les Juifs demandèrent à Pilate qu'on enlève les corps après leur avoir brisé les jambes. Les soldats allèrent donc briser les jambes du premier, puis de l'autre homme crucifié avec Jésus. Quand ils arrivèrent à Jésus, voyant qu'il était déjà mort, ils ne lui brisèrent pas les jambes, mais un des soldats avec sa lance lui perça le côté ; et aussitôt, il en sortit du sang et de l'eau. Celui qui a vu rend témoignage, et son témoignage est véridique ; et celui-là sait qu'il dit vrai afin que vous aussi, vous croyiez. Cela, en effet, arriva pour que s'accomplisse l'Écriture : Aucun de ses os ne sera brisé. Un autre passage de l'Écriture dit encore : Ils lèveront les yeux vers celui qu'ils ont transpercé. Après cela, Joseph d'Arimathie, qui était disciple de Jésus, mais en secret par crainte des Juifs, demanda à Pilate de pouvoir enlever le corps de Jésus. Et Pilate le permit. Joseph vint donc enlever le corps de Jésus. Nicodème – celui qui, au début, était venu trouver Jésus pendant la nuit – vint lui aussi ; il apportait un mélange de myrrhe et d'aloès pesant environ cent livres. Ils prirent donc le corps de Jésus, qu'ils lièrent de linges, en employant les aromates selon la coutume juive d'ensevelir les morts. À l'endroit où Jésus avait été crucifié, il y avait un jardin et, dans ce jardin, un tombeau neuf dans lequel on n'avait encore déposé personne. À cause de la Préparation de la Pâque juive, et comme ce tombeau était proche, c'est là qu'ils déposèrent Jésus.

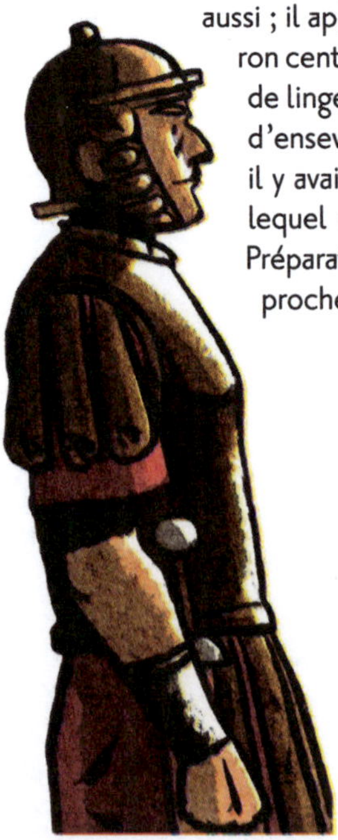

Les mots de la Bible

Agneau pascal
Les Juifs tuaient un agneau au matin de la Pâque pour remercier Dieu de les avoir sauvés.

Châtiment
Punition qui frappe un coupable.

Compatir
Ce mot vient d'un verbe latin qui signifie « souffrir avec ». Être compatissant, compatir au malheur de quelqu'un, c'est être touché par le chagrin qu'il éprouve dans son malheur.

Crucifier
Clouer quelqu'un sur une croix en bois pour le faire mourir lentement. Ce supplice était réservé aux esclaves et aux criminels qui n'étaient pas romains.

Flageller
Battre quelqu'un avec un fouet.

Grâce
Ce mot veut dire « don, cadeau ». Dieu donne aux hommes sa force, sa grâce.

Hysope
Petit arbre qui pousse dans les régions chaudes.

Miséricorde (de Dieu)
La miséricorde de Dieu, c'est son amour qui le pousse à pardonner.

Pourpre
Rouge violacé.

Prétoire
Maison du gouverneur romain.

Sabbat
C'est le samedi, jour de repos pour les Juifs. Ce jour-là est consacré à Dieu. Les lois religieuses interdisent de travailler ce jour-là.

Supplication
Prière, demande particulièrement insistante.

Retourne page 15 pour poursuivre la messe.

Samedi
16 avril
2022

Veillée pascale

La fête de Pâques a deux visages aussi inséparables que la nuit et le jour : la douleur de la mort et la joie de la vie. Ce soir, nous célébrons le passage des ombres de la mort à la lumière de la vie. Ce soir, nous pouvons lire jusqu'à sept textes de la Bible. En voici quatre.

Première lecture

Lecture du livre de la Genèse

Gn 1,26-31

Lecture brève

Dès ses premières pages, la Bible annonce que Dieu aime les hommes. Il leur donne la vie et leur confie la terre.

Au commencement, Dieu créa le ciel et la terre. (...) Dieu dit : « Faisons l'homme à notre image, selon notre ressemblance. Qu'il soit le maître des poissons de la mer, des oiseaux du ciel, des bestiaux, de toutes les bêtes sauvages, et de toutes les bestioles qui vont et viennent sur la terre. » Dieu créa l'homme à son image, à l'image de Dieu il le créa, il les créa homme et femme. Dieu les bénit et leur dit : « Soyez féconds et multipliez-vous, remplissez la terre et soumettez-la. Soyez les maîtres des poissons de la mer, des oiseaux du ciel, et de tous les animaux qui vont et viennent sur la terre. » Dieu dit encore : « Je vous donne toute plante qui porte sa semence sur toute la surface de la terre, et tout arbre dont le fruit porte sa semence : telle sera votre nourriture. À tous les animaux de la terre, à tous les oiseaux du ciel, à tout ce qui va et vient sur la terre et qui a souffle de vie, je donne comme nourriture toute herbe verte. » Et ce fut ainsi. Et Dieu vit tout ce qu'il avait fait ; et voici : cela était très bon. Il y eut un soir, il y eut un matin : sixième jour.

Psaume

Ps 103

Ô Seigneur, envoie ton Esprit
qui renouvelle la face de la terre !

Bénis le Seigneur, ô mon âme ;
Seigneur mon Dieu, tu es si grand !
Revêtu de magnificence,
tu as pour manteau la lumière !

Tu as donné son assise à la terre :
qu'elle reste inébranlable au cours des temps.
Tu l'as vêtue de l'abîme des mers :
les eaux couvraient même les montagnes.

Dans les ravins tu fais jaillir des sources
et l'eau chemine aux creux des montagnes ;
les oiseaux séjournent près d'elle :
dans le feuillage on entend leurs cris.

De tes demeures tu abreuves les montagnes,
et la terre se rassasie du fruit de tes œuvres ;
tu fais pousser les prairies pour les troupeaux,
et les champs pour l'homme qui travaille.

Quelle profusion dans tes œuvres, Seigneur !
Tout cela, ta sagesse l'a fait ;
la terre s'emplit de tes biens.
Bénis le Seigneur, ô mon âme !

Deuxième lecture Lecture du livre de l'Exode

Ex 14,15-31–15,1

Le peuple juif a traversé la mer vers une terre inconnue. Jésus, lui, a traversé la mort et, tout au bout, il a trouvé la vie.

En ces jours-là, le Seigneur dit à **Moïse** : « Pourquoi crier vers moi ? Ordonne aux fils d'Israël de se mettre en route ! Toi, lève ton bâton, étends le bras sur la mer, fends-la en deux, et que les fils d'Israël entrent au milieu de la mer à pied sec. Et moi, je ferai en sorte que les Égyptiens s'obstinent : ils y entreront derrière eux ; je me glorifierai aux dépens de **Pharaon** et de toute son armée, de ses chars et de ses guerriers. Les Égyptiens sauront que je suis le Seigneur, quand je me serai glorifié aux dépens de Pharaon, de ses chars et de ses guerriers. » L'**ange de Dieu**, qui marchait en avant d'Israël, se déplaça et marcha à l'arrière. La colonne de **nuée** se déplaça depuis l'avant-garde et vint se tenir à l'arrière, entre le camp des Égyptiens et le camp d'Israël. Cette nuée était à la fois ténèbres et lumière dans la nuit, si bien que, de toute la nuit, ils ne purent se rencontrer. Moïse étendit le bras sur la mer. Le Seigneur chassa la mer toute la nuit par un fort vent d'est ; il mit la mer à sec, et les eaux se fendirent. Les fils d'Israël entrèrent au milieu de la mer à pied sec, les eaux formant une muraille à leur droite et à leur gauche. Les Égyptiens les poursuivirent ; tous les chevaux de Pharaon, ses chars et ses guerriers entrèrent derrière eux jusqu'au milieu de la mer. Aux dernières heures de la nuit, le Seigneur observa, depuis la colonne de feu et de nuée, l'armée des Égyptiens, et il la frappa de panique. Il faussa les roues de leurs chars, et ils eurent beaucoup de peine à les conduire. Les Égyptiens s'écrièrent : « Fuyons devant Israël, car c'est le Seigneur qui combat pour eux contre nous ! » Le Seigneur dit à Moïse : « Étends le bras sur la mer : que les eaux reviennent sur les Égyptiens, leurs chars et leurs guerriers ! » Moïse étendit le bras sur la mer. Au point du jour, la mer reprit sa place ; dans leur fuite, les Égyptiens s'y heurtèrent, et le Seigneur les précipita au milieu de la mer. Les eaux refluèrent et recouvrirent les chars et les guerriers, toute l'armée de Pharaon qui était entrée dans la mer à la poursuite d'Israël. Il n'en resta pas un seul. Mais les fils d'Israël avaient marché à pied sec au milieu de la mer, les eaux formant une muraille à leur droite et à leur gauche. Ce jour-là, le Seigneur sauva Israël de la main de l'Égypte, et Israël vit les Égyptiens morts sur le bord de la mer. Israël vit avec quelle main puissante le Seigneur avait agi contre l'Égypte. Le peuple **craignit** le Seigneur, il mit sa foi dans le Seigneur et dans son serviteur Moïse. Alors Moïse et les fils d'Israël chantèrent ce cantique au Seigneur :

Cantique Cantique du livre de l'Exode

Ex 15,1-6.17-18

Chantons pour le Seigneur ! Éclatante est sa gloire !

Je chanterai pour le Seigneur !
Éclatante est sa gloire :
il a jeté dans la mer
cheval et cavalier.

Ma force et mon chant, c'est le Seigneur :
il est pour moi le salut.
Il est mon Dieu, je le célèbre ;
j'exalte le Dieu de mon père.

Le Seigneur est le guerrier des combats ;
son nom est « Le Seigneur ».
Les chars du Pharaon et ses armées, il les lance dans la mer.
L'élite de leurs chefs a sombré dans la mer Rouge.

L'abîme les recouvre :
ils descendent, comme la pierre, au fond des eaux.
Ta droite, Seigneur, magnifique en sa force,
ta droite, Seigneur, écrase l'ennemi.

Tu les amènes, tu les plantes sur la montagne, ton héritage,
le lieu que tu as fait, Seigneur, pour l'habiter,
le sanctuaire, Seigneur, fondé par tes mains.
Le Seigneur régnera pour les siècles des siècles.

Troisième lecture

Lecture du livre d'Isaïe Is 55,1-11

Le Seigneur invite le peuple d'Israël à se confier à lui : « Venez à moi et vous vivrez ! »

Ainsi parle le Seigneur : Vous tous qui avez soif, venez, voici de l'eau ! Même si vous n'avez pas d'argent, venez acheter et consommer, venez acheter du vin et du lait sans argent, sans rien payer. Pourquoi dépenser votre argent pour ce qui ne nourrit pas, vous fatiguer pour ce qui ne rassasie pas ? Écoutez-moi bien, et vous mangerez de bonnes choses, vous vous régalerez de viandes savoureuses ! Prêtez l'oreille ! Venez à moi ! Écoutez, et vous vivrez. Je m'engagerai envers vous par une alliance éternelle : ce sont les bienfaits garantis à David. Lui, j'en ai fait un témoin pour les peuples, pour les peuples, un guide et un chef. Toi, tu appelleras une nation inconnue de toi ; une nation qui ne te connaît pas accourra vers toi, à cause du Seigneur ton Dieu, à cause du Saint d'Israël, car il fait ta splendeur. Cherchez le Seigneur tant qu'il se laisse trouver ; invoquez-le tant qu'il est proche. Que le méchant abandonne son chemin, et l'homme perfide, ses pensées ! Qu'il revienne vers le Seigneur qui lui montrera sa miséricorde, vers notre Dieu qui est riche en pardon. Car mes pensées ne sont pas vos pensées, et vos chemins ne sont pas mes chemins, – oracle du Seigneur. Autant le ciel est élevé au-dessus de la terre, autant mes chemins sont élevés au-dessus de vos chemins, et mes pensées, au-dessus de vos pensées. La pluie et la neige qui descendent des cieux n'y retournent pas sans avoir abreuvé la terre, sans l'avoir fécondée et l'avoir fait germer, donnant la semence au semeur et le pain à celui qui doit manger ; ainsi ma parole, qui sort de ma bouche, ne me reviendra pas sans résultat, sans avoir fait ce qui me plaît, sans avoir accompli sa mission.

Cantique Is 12

Exultant de joie, vous puiserez
les eaux aux sources du salut !

Voici le Dieu qui me sauve :
j'ai confiance, je n'ai plus de crainte.
Ma force et mon chant, c'est le Seigneur ;
il est pour moi le salut.

Rendez grâce au Seigneur,
proclamez son nom,
annoncez parmi les peuples ses hauts faits !
Redites-le : « Sublime est son nom ! »

Jouez pour le Seigneur, il montre sa magnificence,
et toute la terre le sait.
Jubilez, criez de joie, habitants de Sion,
car il est grand au milieu de toi, le Saint d'Israël !

Épître Lecture de la lettre de saint Paul apôtre aux Romains Rm 6,3b-11

Ce soir, nous renouvelons les promesses de notre baptême.
Le baptême nous fait passer de la vie à la mort comme Jésus.

Frères, nous tous qui par le baptême avons été unis au Christ Jésus, c'est à sa mort que nous avons été unis par le baptême. Si donc, par le baptême qui nous unit à sa mort, nous avons été mis au tombeau avec lui, c'est pour que nous menions une vie nouvelle, nous aussi, comme le Christ qui, par la toute-puissance du Père, est **ressuscité** d'entre les morts. Car, si nous avons été unis à lui par une mort qui ressemble à la sienne, nous le serons aussi par une résurrection qui ressemblera à la sienne. Nous le savons : l'homme ancien qui est en nous a été fixé à la croix avec lui pour que le **corps du péché** soit réduit à rien, et qu'ainsi nous ne soyons plus esclaves du péché. Car celui qui est mort est **affranchi** du péché. Et si nous sommes passés par la mort avec le Christ, nous croyons que nous vivrons aussi avec lui. Nous le savons en effet : ressuscité d'entre les morts, le Christ ne meurt plus ; la mort n'a plus de pouvoir sur lui. Car lui qui est mort, c'est au péché qu'il est mort une fois pour toutes ; lui qui est vivant, c'est pour Dieu qu'il est vivant. De même, vous aussi, pensez que vous êtes morts au péché, mais vivants pour Dieu en Jésus Christ.

Psaume

Ps 117

Alléluia, alléluia, alléluia !

Rendez grâce au Seigneur : Il est bon !
Éternel est son amour !
Oui, que le dise Israël :
Éternel est son amour !

Le bras du Seigneur se lève,
le bras du Seigneur est fort !
Non, je ne mourrai pas, je vivrai
pour annoncer les actions du Seigneur.

La pierre qu'ont rejetée les bâtisseurs
est devenue la pierre d'angle :
c'est là l'œuvre du Seigneur,
la merveille devant nos yeux.

Évangile

Évangile de Jésus Christ selon saint Luc

Lc 24,1-12

Lorsque Jésus est mort, ses amies ont voulu prendre soin de son cadavre. Elles pensaient sans doute que c'étaient tout ce qui restait de Jésus. Mais elles se trompaient…

Le premier jour de la semaine, à la pointe de l'aurore, les femmes se rendirent au tombeau, portant les **aromates** qu'elles avaient préparés. Elles trouvèrent la pierre roulée sur le côté du tombeau. Elles entrèrent, mais ne trouvèrent pas le corps du Seigneur Jésus. Alors qu'elles étaient désemparées, voici que deux hommes se tinrent devant elles en habit éblouissant. Saisies de crainte, elles gardaient leur visage incliné vers le sol. Ils leur dirent : « Pourquoi cherchez-vous le Vivant parmi les morts ? Il n'est pas ici, il est ressuscité. Rappelez-vous ce qu'il vous a dit quand il était encore en Galilée : "Il faut que le Fils de l'homme soit livré aux mains des pécheurs, qu'il soit **crucifié** et que, le troisième jour, il ressuscite." » Alors elles se rappelèrent les paroles qu'il avait dites. Revenues du tombeau, elles rapportèrent tout cela aux **Onze** et à tous les autres. C'étaient Marie Madeleine, Jeanne, et Marie mère de Jacques ; les autres femmes qui les accompagnaient disaient la même chose aux Apôtres. Mais ces propos leur semblèrent délirants, et ils ne les croyaient pas. Alors Pierre se leva et courut au tombeau ; mais en se penchant, il vit les linges, et eux seuls. Il s'en retourna chez lui, tout étonné de ce qui était arrivé.

Les mots de la Bible

Ange de Dieu
C'est une façon de parler de la présence invisible de Dieu.

Affranchi Libéré.

Aromates
Produits avec lesquels on parfumait le corps des morts avant de les mettre au tombeau.

Bénir
C'est dire, souhaiter du bien. La bénédiction de Dieu est comme une promesse de bonheur.

Corps du péché
Pour saint Paul, c'est tout ce qui en nous est loin de Dieu. Avec le baptême, notre corps du péché est mort, fini, vaincu par Jésus.

Craindre
Craindre Dieu ne veut pas dire avoir peur de lui mais être plein de respect pour sa puissance mystérieuse. Ainsi, on peut craindre Dieu et lui faire confiance !

Crucifié
Jésus est mort crucifié, cloué sur une croix. Ce supplice était réservé aux esclaves et aux criminels.

Moïse
Il fut le chef des Hébreux en Égypte. Il les libéra et les guida dans le désert jusqu'à la terre promise par Dieu.

Nuée
Nuage qui indique la présence de Dieu.

Onze
Il s'agit des onze apôtres. Le douzième, Judas, s'est pendu après avoir trahi Jésus.

Pharaon
Roi de l'Égypte ancienne.

Ressuscité
Réveillé, relevé de la mort. Dieu a répondu à la confiance de Jésus en le réveillant de la mort et en lui donnant la vie pour toujours.

Retourne page 15 pour poursuivre la messe.

17
avril
2022

Dimanche de Pâques

Réjouissons-nous en ce jour de Pâques.
Dieu a ressuscité Jésus pour toujours.
La mort a cessé d'être la fin de tout.
Cette grande nouvelle est arrivée jusqu'à nous.
Vite, partageons-la !

Première lecture

Lecture du livre des Actes des Apôtres

Ac 10,34.37-43

L'apôtre Pierre vient témoigner de la résurrection du Christ.

En ces jours-là, quand Pierre arriva à Césarée chez un centurion de l'armée romaine, il prit la parole et dit : « Vous savez ce qui s'est passé à travers tout le pays des Juifs, depuis les commencements en Galilée, après le baptême proclamé par Jean : Jésus de Nazareth, Dieu lui a donné l'onction d'Esprit Saint et de puissance. Là où il passait, il faisait le bien et guérissait tous ceux qui étaient sous le pouvoir du diable, car Dieu était avec lui. Et nous, nous sommes témoins de tout ce qu'il a fait dans le pays des Juifs et à Jérusalem. Celui qu'ils ont supprimé en le suspendant au bois du supplice, Dieu l'a **ressuscité** le troisième jour. Il lui a donné de se manifester, non pas à tout le peuple, mais à des témoins que Dieu avait choisis d'avance, à nous qui avons mangé et bu avec lui après sa résurrection d'entre les morts. Dieu nous a chargés d'annoncer au peuple et de témoigner que lui-même l'a établi Juge des vivants et des morts. C'est à Jésus que tous les prophètes rendent ce témoignage : Quiconque croit en lui reçoit par son nom le pardon de ses péchés. »

Psaume

Ps 117

**Voici le jour que fit le Seigneur,
qu'il soit pour nous jour de fête et de joie !**

Rendez grâce au Seigneur : Il est bon !
Éternel est son amour !
Oui, que le dise Israël :
Éternel est son amour !

Le bras du Seigneur se lève,
le bras du Seigneur est fort !
Non, je ne mourrai pas, je vivrai
pour annoncer les actions du Seigneur.

La pierre qu'ont rejetée les bâtisseurs
est devenue la pierre d'angle :
c'est là l'œuvre du Seigneur,
la merveille devant nos yeux.

Deuxième lecture

Lecture de la lettre de saint Paul apôtre aux Colossiens

Col 3,1-4

Le baptême fait de nous des personnes nouvelles. Ne revenons pas en arrière. Tournons notre regard vers Jésus, il nous attend pour nous donner la vie.

Frères, si vous êtes ressuscités avec le Christ, recherchez les réalités d'en haut : c'est là qu'est le Christ, assis à la droite de Dieu. Pensez aux réalités d'en haut, non à celles de la terre. En effet, vous êtes passés par la mort, et votre vie reste cachée avec le Christ en Dieu. Quand paraîtra le Christ, votre vie, alors vous aussi, vous paraîtrez avec lui dans la **gloire**.

Séquence

À la Victime pascale, chrétiens, offrez le sacrifice de louange.

L'Agneau a racheté les brebis ;
le Christ innocent a réconcilié
l'homme pécheur avec le Père.

La mort et la vie s'affrontèrent
en un duel prodigieux.
Le Maître de la vie mourut ; vivant, il règne.

« Dis-nous, Marie Madeleine,
qu'as-tu vu en chemin ? »
« J'ai vu le sépulcre du Christ vivant,
j'ai vu la **gloire** du Ressuscité.

J'ai vu les anges ses témoins,
le suaire et les vêtements.
Le Christ, mon espérance, est ressuscité !
Il vous précédera en Galilée. »

Nous le savons : le Christ
est vraiment ressuscité des morts.
Roi victorieux,
prends-nous tous en pitié !

Amen

Évangile

Évangile de Jésus Christ selon saint Jean

Jn 20,1-9

Trois jours après sa mort, le corps de Jésus n'est plus dans son tombeau. Jésus est ressuscité, il est vivant !

Le premier jour de la semaine, Marie Madeleine se rend au tombeau de grand matin ; c'était encore les **ténèbres**. Elle s'aperçoit que la pierre a été enlevée du tombeau. Elle court donc trouver Simon-Pierre et l'autre disciple, celui que Jésus aimait, et elle leur dit : « On a enlevé le Seigneur de son tombeau, et nous ne savons pas où on l'a déposé. » Pierre partit donc avec l'autre disciple pour se rendre au tombeau. Ils couraient tous les deux ensemble, mais l'autre disciple courut plus vite que Pierre et arriva le premier au tombeau. En se penchant, il s'aperçoit que les linges sont posés à plat ; cependant il n'entre pas. Simon-Pierre, qui le suivait, arrive à son tour. Il entre dans le tombeau ; il aperçoit les linges, posés à plat, ainsi que le **suaire** qui avait entouré la tête de Jésus, non pas posé avec les linges, mais roulé à part à sa place. C'est alors qu'entra l'autre disciple, lui qui était arrivé le premier au tombeau. Il vit, et il crut. Jusque-là, en effet, les disciples n'avaient pas compris que, selon l'Écriture, il fallait que Jésus ressuscite d'entre les morts.

Les mots de la Bible

Gloire (du Seigneur)
C'est une expression pour parler de la splendeur de Dieu.

Ressuscité
Réveillé, relevé. Dieu a répondu à la confiance de Jésus en le réveillant de la mort et en lui donnant une vie nouvelle et sans fin. Et Jésus Christ nous fait cette promesse : Dieu nous ressuscitera comme il l'a ressuscité.

Suaire
Linge qui enveloppe le corps d'un mort.

Ténèbres
Absence totale de lumière.

Retourne page 15 pour poursuivre la messe.

24 avril 2022

2e dimanche de Pâques ou de la Divine Miséricorde

Pendant plusieurs dimanches, nous allons savourer cet immense événement que nous avons fêté à Pâques : Jésus est ressuscité. C'est presque impossible à croire… et pourtant c'est ce que nous croyons !

Première lecture

Lecture du livre des Actes des Apôtres

Ac 5,12-16

**Il s'en passe des choses extraordinaires à Jérusalem.
Les premiers chrétiens ont la foi contagieuse !**

À Jérusalem, par les mains des Apôtres, beaucoup de signes et de prodiges s'accomplissaient dans le peuple. Tous les croyants, d'un même cœur, se tenaient sous le **portique de Salomon**. Personne d'autre n'osait se joindre à eux ; cependant tout le peuple faisait leur éloge ; de plus en plus, des foules d'hommes et de femmes, en devenant croyants, s'attachaient au Seigneur. On allait jusqu'à sortir les malades sur les places, en les mettant sur des civières et des brancards : ainsi, au passage de Pierre, son ombre couvrirait l'un ou l'autre. La foule accourait aussi des villes voisines de Jérusalem, en amenant des gens malades ou tourmentés par des esprits impurs. Et tous étaient guéris.

Psaume

Ps 117

**Rendez grâce au Seigneur : Il est bon !
Éternel est son amour !**

Oui, que le dise Israël :
Éternel est son amour !
Oui, que le dise la maison d'Aaron :
Éternel est son amour !
Qu'ils le disent, ceux qui craignent le Seigneur :
Éternel est son amour !

La pierre qu'ont rejetée les bâtisseurs
est devenue la pierre d'angle :
c'est là l'œuvre du Seigneur,
la merveille devant nos yeux.
Voici le jour que fit le Seigneur,
qu'il soit pour nous jour de fête et de joie !

Donne, Seigneur, donne le salut !
Donne, Seigneur, donne la victoire !
Béni soit au nom du Seigneur celui qui vient !
De la maison du Seigneur, nous vous bénissons !
Dieu, le Seigneur, nous illumine.

Deuxième lecture

Lecture de l'Apocalypse de saint Jean

Ap 1,9-11a.12-13.17-19

Saint Jean raconte aux premières communautés de chrétiens une vision qu'il a eue de Jésus : il l'a vu vivant, ressuscité.

Moi, Jean, votre frère, partageant avec vous la détresse, la royauté et la persévérance en Jésus, je me trouvai dans l'île de Patmos à cause de la parole de Dieu et du témoignage de Jésus. Je fus saisi en esprit, le jour du Seigneur, et j'entendis derrière moi une voix forte, pareille au son d'une trompette. Elle disait : « Ce que tu vois, écris-le dans un livre et envoie-le aux sept Églises : à Éphèse, Smyrne, Pergame, Thyatire, Sardes, Philadelphie et Laodicée. » Je me retournai pour regarder quelle était cette voix qui me parlait. M'étant retourné, j'ai vu sept chandeliers d'or, et au milieu des chandeliers un être qui semblait un Fils d'homme, revêtu d'une longue tunique, une ceinture d'or à hauteur de poitrine. Quand je le vis, je tombai à ses pieds comme mort, mais il posa sur moi sa main droite, en disant : « Ne crains pas. Moi, je suis le Premier et le Dernier, le Vivant : j'étais mort, et me voilà vivant pour les siècles des siècles ; je détiens les clés de la mort et du séjour des morts. Écris donc ce que tu as vu, ce qui est, ce qui va ensuite advenir. »

Évangile

Évangile de Jésus Christ selon saint Jean

Jn 20,19-31

Nous aurions tous envie de voir Jésus Christ pour croire en lui. Saint Thomas était comme nous. Voici ce qui lui arrive…

C'était après la mort de Jésus. Le soir venu, en ce **premier jour de la semaine**, alors que les portes du lieu où se trouvaient les disciples étaient verrouillées par crainte des **Juifs**, Jésus vint, et il était là au milieu d'eux. Il leur dit : « La paix soit avec vous ! » Après cette parole, il leur montra ses mains et son côté. Les disciples furent remplis de joie en voyant le Seigneur. Jésus leur dit de nouveau : « La paix soit avec vous ! De même que le Père m'a envoyé, moi aussi, je vous envoie. » Ayant ainsi parlé, il souffla sur eux et il leur dit : « Recevez l'Esprit Saint. À qui vous remettrez ses péchés, ils seront remis ; à qui vous maintiendrez ses péchés, ils seront maintenus. »

Or, l'un des Douze, Thomas, appelé Didyme (c'est-à-dire Jumeau), n'était pas avec eux quand Jésus était venu. Les autres disciples lui disaient : « Nous avons vu le Seigneur ! » Mais il leur déclara : « Si je ne vois pas dans ses mains la marque des clous, si je ne mets pas mon doigt dans la marque des clous, si je ne mets pas la main dans son côté, non, je ne croirai pas ! » Huit jours plus tard, les disciples se trouvaient de nouveau dans la maison, et Thomas était avec eux. Jésus vient, alors que les portes étaient verrouillées, et il était là au milieu d'eux. Il dit : « La paix soit avec vous ! » Puis il dit à Thomas : « Avance ton doigt ici, et vois mes mains ; avance ta main, et mets-la dans mon côté : cesse d'être incrédule, sois croyant. » Alors Thomas lui dit : « Mon Seigneur et mon Dieu ! » Jésus lui dit : « Parce que tu m'as vu, tu crois. Heureux ceux qui **croient** sans avoir vu. » Il y a encore beaucoup d'autres signes que Jésus a faits en présence des disciples et qui ne sont pas écrits dans ce livre. Mais ceux-là ont été écrits pour que vous croyiez que Jésus est le Christ, le Fils de Dieu, et pour qu'en croyant, vous ayez la vie en son nom.

Les mots de la Bible

Croire
Quand on croit quelqu'un on lui fait confiance, on ne doute pas de ses paroles, on ne lui demande pas des preuves. Mais croire que Jésus est ressuscité, ce n'est pas facile. Alors nous faisons tous un peu comme Thomas : nous aimerions voir Jésus, toucher ses plaies. Mais ce qui est arrivé à Thomas montre que nous pouvons passer du doute à la foi.

Juifs
Quand Jean parle des Juifs, il désigne ceux qui, parmi les Juifs, étaient ennemis de Jésus.

Portique de Salomon
C'est une partie du Temple de Jérusalem.

Premier jour de la semaine
C'est le lendemain du sabbat, la fête juive qui termine la semaine. C'est le jour où les disciples ont appris que Jésus était ressuscité. À cause de cela, ils ont pris l'habitude de se réunir ce jour-là. Plus tard, c'est devenu le dimanche, mot issu du latin qui veut dire le « jour du Seigneur ».

Retourne page 15 pour poursuivre la messe.

1er mai 2022

3e dimanche de Pâques

Depuis le jour de Pâques, tous les chrétiens le disent :
Jésus est ressuscité. Mais qui l'a vu ? Ses amis.
Ils étaient là, ils en sont témoins.
Et nous, nous croyons grâce à eux.

Première lecture

Lecture du livre des Actes des Apôtres

Ac 5,27b-32.40b-41

Jésus vient d'être crucifié comme un bandit. Il est dangereux de parler de lui. Pourtant Pierre ne peut pas s'en empêcher !

En ces jours-là, les Apôtres comparaissaient devant le **Conseil suprême**. Le **grand prêtre** les interrogea : « Nous vous avions formellement interdit d'enseigner au nom de celui-là, et voilà que vous remplissez Jérusalem de votre enseignement. Vous voulez donc faire retomber sur nous le sang de cet homme ! » En réponse, Pierre et les Apôtres déclarèrent : « Il faut obéir à Dieu plutôt qu'aux hommes. Le Dieu de nos pères a ressuscité Jésus, que vous aviez exécuté en le suspendant au bois du supplice. C'est lui que Dieu, par sa main droite, a élevé, en faisant de lui le Prince et le Sauveur, pour accorder à Israël la **conversion** et le pardon des péchés. Quant à nous, nous sommes les témoins de tout cela, avec l'Esprit Saint, que Dieu a donné à ceux qui lui obéissent. » Après avoir fait fouetter les Apôtres, ils leur interdirent de parler au nom de Jésus, puis ils les relâchèrent. Quant à eux, quittant le Conseil suprême, ils repartaient tout joyeux d'avoir été jugés dignes de subir des humiliations pour le nom de Jésus.

Psaume

Ps 29

Je t'exalte, Seigneur ; tu m'as relevé.

Quand j'ai crié vers toi, Seigneur,
mon Dieu, tu m'as guéri ;
Seigneur, tu m'as fait remonter de l'abîme
et revivre quand je descendais à la fosse.

Fêtez le Seigneur, vous, ses fidèles,
rendez grâce en rappelant son nom très saint.
Sa colère ne dure qu'un instant,
sa bonté, toute la vie.

Avec le soir, viennent les larmes,
mais au matin, les cris de joie.
Tu as changé mon deuil en une danse,
mes habits funèbres en parure de joie.

Que mon cœur ne se taise pas,
qu'il soit en fête pour toi,
et que sans fin, Seigneur, mon Dieu,
je te rende grâce !

Deuxième lecture — Lecture de l'Apocalypse de saint Jean

Ap 5,11-14

Un jour, tout le monde croira que Jésus est le Seigneur. L'auteur de ce livre parle avec des images pour dire cela en beauté.

Moi, Jean, j'ai vu : et j'entendis la voix d'une multitude d'anges qui entouraient le Trône, les Vivants et les Anciens ; ils étaient des myriades de myriades, par milliers de milliers. Ils disaient d'une voix forte : « Il est digne, l'**Agneau immolé**, de recevoir puissance et richesse, sagesse et force, honneur, gloire et louange. » Toute créature dans le ciel et sur la terre, sous la terre et sur la mer, et tous les êtres qui s'y trouvent, je les entendis proclamer : « À celui qui siège sur le Trône, et à l'Agneau, la louange et l'honneur, la gloire et la souveraineté pour les siècles des siècles. » Et les quatre Vivants disaient : « Amen ! » ; et les Anciens, se jetant devant le Trône, se prosternèrent.

Évangile — Évangile de Jésus Christ selon saint Jean

Jn 21,1-19

Jésus est mort, et le voilà vivant ! Mais ses disciples ne le reconnaissent pas tout de suite. C'est comme nous. Il nous faut du temps pour découvrir que Jésus est vivant.

En ce temps-là, Jésus se manifesta encore aux disciples sur le bord de la mer de Tibériade, et voici comment. Il y avait là, ensemble, Simon-Pierre, avec Thomas, appelé Didyme (c'est-à-dire Jumeau), Nathanaël, de Cana de Galilée, les fils de Zébédée, et deux autres de ses disciples. Simon-Pierre leur dit : « Je m'en vais à la pêche. » Ils lui répondent : « Nous aussi, nous allons avec toi. » Ils partirent et montèrent dans la barque ; or, cette nuit-là, ils ne prirent rien. Au lever du jour, Jésus se tenait sur le rivage, mais les disciples ne savaient pas que c'était lui. Jésus leur dit : « Les enfants, auriez-vous quelque chose à manger ? » Ils lui répondirent : « Non. » Il leur dit : « Jetez le filet à droite de la barque, et vous trouverez. » Ils jetèrent donc le filet, et cette fois ils n'arrivaient pas à le tirer, tellement il y avait de poissons. Alors, le disciple que Jésus aimait dit à Pierre : « C'est le **Seigneur** ! » Quand Simon-Pierre entendit que c'était le Seigneur, il passa un vêtement, car il n'avait rien sur lui, et il se jeta à l'eau. Les autres disciples arrivèrent en barque, traînant le filet plein de poissons ; la terre n'était qu'à une centaine de mètres. Une fois descendus à terre, ils aperçoivent, disposé là, un feu de braise avec du poisson posé dessus, et du pain. Jésus leur dit : « Apportez donc de ces poissons que vous venez de prendre. » Simon-Pierre remonta et tira jusqu'à terre le filet plein de gros poissons : il y en avait cent cinquante-trois. Et, malgré cette quantité, le filet ne s'était pas déchiré. Jésus leur dit alors : « Venez manger. » Aucun des disciples n'osait lui demander : « Qui es-tu ? » Ils savaient que c'était le Seigneur. Jésus s'approche ; il prend le pain et le leur donne ; et de même pour le poisson. C'était la troisième fois que Jésus **ressuscité** d'entre les morts se manifestait à ses disciples. Quand ils eurent mangé, Jésus dit à Simon-Pierre : « Simon, fils de Jean, m'aimes-tu vraiment, plus que ceux-ci ? » Il lui répond : « Oui, Seigneur ! Toi, tu le sais : je t'aime. » Jésus lui dit : « Sois le berger de mes agneaux. » Il lui dit une deuxième fois : « Simon, fils de Jean, m'aimes-tu vraiment ? » Il lui répond : « Oui, Seigneur ! Toi, tu le sais : je t'aime. » Jésus lui dit : « Sois le pasteur de mes brebis. » Il lui dit, pour la troisième fois : « Simon, fils de Jean, m'aimes-tu ? » Pierre fut peiné parce que, la troisième fois, Jésus lui demandait : « M'aimes-tu ? » Il lui répond : « Seigneur, toi, tu sais tout : tu sais bien que je t'aime. » Jésus lui dit : « Sois le berger de mes brebis. Amen, amen, je te le dis : quand tu étais jeune, tu mettais ta ceinture toi-même pour aller là où tu voulais ; quand tu seras vieux, tu étendras les mains, et c'est un autre qui te mettra ta ceinture, pour t'emmener là où tu ne voudrais pas aller. » Jésus disait cela pour signifier par quel genre de mort Pierre rendrait gloire à Dieu. Sur ces mots, il lui dit : « Suis-moi. »

Les mots de la Bible

Agneau immolé
À l'époque de Jésus, immoler un agneau, c'était le tuer pour l'offrir à Dieu. Ici, l'Agneau désigne Jésus Christ, qui a offert toute sa vie à Dieu.

Conseil suprême
C'était le groupe des responsables religieux juifs. On dit aussi le sanhédrin.

Conversion
Se tourne vers Dieu.

Grand prêtre
C'était le chef de tous les prêtres qui travaillaient au Temple de Jérusalem.

Ressuscité
Réveillé, relevé de la mort. Dieu a répondu à la confiance de Jésus en le réveillant de la mort et en lui donnant la vie pour toujours.

Seigneur
Dans la Bible, les croyants donnent ce nom à Dieu. Celui qui appelle Jésus ainsi reconnaît qu'il est Dieu. Dans cet évangile, le disciple que Jésus aimait s'exclame en premier : « C'est le Seigneur ! » Ce disciple a tout compris. Chaque fois que nous découvrons que Jésus nous aime, nous sommes exactement comme lui. Nos yeux s'ouvrent et nous voyons bien que Jésus est là.

Retourne page 15 pour poursuivre la messe.

8
mai
2022

4e dimanche de Pâques

Ce n'est pas toujours facile d'être chrétien,
parfois nous sommes incompris ou rejetés par les autres.
Les premiers chrétiens aussi
ont eu des difficultés.
Mais la Bible nous dit :
gardez confiance !

Première lecture

Lecture du livre des Actes des Apôtres

Ac 13,14.43-52

Les premiers chrétiens s'adressaient surtout aux Juifs. Mais très vite ils ont ouvert leur message à tous les hommes.

En ces jours-là, Paul et **Barnabé** poursuivirent leur voyage au-delà de Pergé et arrivèrent à **Antioche de Pisidie**. Le jour du sabbat, ils entrèrent à la synagogue et prirent place. Une fois l'assemblée dispersée, beaucoup de Juifs et de convertis qui adorent le Dieu unique les suivirent. Paul et Barnabé, parlant avec eux, les encourageaient à rester attachés à la grâce de Dieu. Le sabbat suivant, presque toute la ville se rassembla pour entendre la parole du Seigneur. Quand les Juifs virent les foules, ils s'enflammèrent de jalousie ; ils contredisaient les paroles de Paul et l'injuriaient. Paul et Barnabé leur déclarèrent avec assurance : « C'est à vous d'abord qu'il était nécessaire d'adresser la parole de Dieu. Puisque vous la rejetez et que vous-mêmes ne vous jugez pas dignes de la vie éternelle, eh bien ! nous nous tournons vers les nations païennes. C'est le commandement que le Seigneur nous a donné : J'ai fait de toi la lumière des nations pour que, grâce à toi, le salut parvienne jusqu'aux extrémités de la terre. » En entendant cela, les **païens** étaient dans la joie et rendaient gloire à la parole du Seigneur ; tous ceux qui étaient destinés à la vie éternelle devinrent croyants. Ainsi la parole du Seigneur se répandait dans toute la région. Mais les Juifs provoquèrent l'agitation parmi les femmes de qualité adorant Dieu, et parmi les notables de la cité ; ils se mirent à poursuivre Paul et Barnabé, et les expulsèrent de leur territoire. Ceux-ci secouèrent contre eux la poussière de leurs pieds et se rendirent à Iconium, tandis que les disciples étaient remplis de joie et d'Esprit Saint.

Psaume Ps 99

Nous sommes son peuple, son troupeau.

Acclamez le Seigneur, terre entière,
servez le Seigneur dans l'allégresse,
venez à lui avec des chants de joie !

Reconnaissez que le Seigneur est Dieu :
il nous a faits, et nous sommes à lui,
nous, son peuple, son troupeau.

Oui, le Seigneur est bon,
éternel est son amour,
sa fidélité demeure d'âge en âge.

Deuxième lecture — Lecture de l'Apocalypse de saint Jean

Ap 7,9.14b-17

Voici un texte qui redonne de l'espoir à tous les chrétiens qui sont méprisés, rejetés ou persécutés.

Moi, Jean, j'ai vu : et voici une foule immense, que nul ne pouvait dénombrer, une foule de toutes nations, tribus, peuples et langues. Ils se tenaient debout devant le Trône et devant l'**Agneau**, vêtus de robes blanches, avec des palmes à la main. L'un des Anciens me dit : « Ceux-là viennent de la **grande épreuve** ; ils ont lavé leurs robes, ils les ont blanchies par le sang de l'Agneau. C'est pourquoi ils sont devant le trône de Dieu, et le servent, jour et nuit, dans son sanctuaire. Celui qui siège sur le Trône établira sa demeure chez eux. Ils n'auront plus faim, ils n'auront plus soif, ni le soleil ni la chaleur ne les accablera, puisque l'Agneau qui se tient au milieu du Trône sera leur pasteur pour les conduire aux sources des eaux de la vie. Et Dieu essuiera toute larme de leurs yeux. »

Évangile — Évangile de Jésus Christ selon saint Jean

Jn 10,27-30

Quoi qu'il nous arrive dans la vie, nous pouvons vivre sans crainte. Nous sommes dans la main de Dieu, notre Père.

En ce temps-là, Jésus déclara : « Mes brebis écoutent ma voix ; moi, je les connais, et elles me suivent. Je leur donne la **vie éternelle** : jamais elles ne périront, et personne ne les arrachera de ma main. Mon Père, qui me les a données, est plus grand que tout, et personne ne peut les arracher de la main du Père. Le Père et moi, nous sommes UN. »

LES MOTS DE LA BIBLE

Agneau
Dans l'Ancien Testament, le peuple remerciait Dieu de l'avoir sauvé en lui sacrifiant un agneau. Ici, l'Agneau représente Jésus sacrifié pour nous

Antioche de Pisidie
Cette ville se trouvait dans l'actuelle Turquie.

Barnabé
C'était un des compagnons de saint Paul. Il l'a accompagné dans plusieurs de ses voyages.

Grande épreuve
Pendant les premiers siècles, les chrétiens furent persécutés, torturés, tués. L'auteur de l'Apocalypse appelle cette persécution « la grande épreuve ». Celui qui la traverse en sort plus fort, comme s'il partageait les épreuves de Jésus, qui a traversé la mort pour en ressortir plus vivant que jamais.

Païens
Les Juifs appelaient païens tous ceux qui n'étaient pas de leur religion.

Vie éternelle
C'est la vie avec Dieu, elle est pleine de saveur et de joie. Elle commence dès maintenant et elle continue au-delà de la mort.

Retourne page 15 pour poursuivre la messe.

15
mai
2022

5e dimanche de Pâques

Nous venons à la messe pour écouter la Parole de Dieu
et pour communier à la vie de Jésus.
Cela nous apprend à aimer comme il a aimé.

Première lecture

Lecture du livre des Actes des Apôtres

Ac 14,21b-27

Saint Paul voyage beaucoup pour faire connaître l'Évangile. Et puis, il organise l'Église qui grandit.

En ces jours-là, Paul et Barnabé retournèrent à Lystres, à Iconium et à Antioche de Pisidie ; ils affermissaient le courage des disciples ; ils les **exhortaient** à persévérer dans la foi, en disant : « Il nous faut passer par bien des épreuves pour entrer dans le royaume de Dieu. » Ils désignèrent des **Anciens** pour chacune de leurs Églises et, après avoir prié et jeûné, ils confièrent au Seigneur ces hommes qui avaient mis leur foi en lui. Ils traversèrent la Pisidie et se rendirent en Pamphylie. Après avoir annoncé la Parole aux gens de Pergé, ils descendirent au port d'Attalia, et s'embarquèrent pour Antioche de Syrie, d'où ils étaient partis ; c'est là qu'ils avaient été remis à la grâce de Dieu pour l'œuvre qu'ils avaient accomplie. Une fois arrivés, ayant réuni l'Église, ils rapportèrent tout ce que Dieu avait fait avec eux, et comment il avait ouvert aux nations la porte de la foi.

Psaume

Ps 144

**Mon Dieu, mon Roi, je bénirai ton nom
toujours et à jamais !**

Le Seigneur est tendresse et pitié,
lent à la colère et plein d'amour ;
la bonté du Seigneur est pour tous,
sa tendresse, pour toutes ses œuvres.

Que tes œuvres, Seigneur, te rendent grâce
et que tes fidèles te bénissent !
Ils diront la gloire de ton règne,
ils parleront de tes exploits.

Ils annonceront aux hommes tes exploits,
la gloire et l'éclat de ton règne :
ton règne, un règne éternel,
ton empire, pour les âges des âges.

Deuxième lecture

Lecture de l'Apocalypse de saint Jean

Ap 21,1-5a

Saint Jean annonce un monde tout nouveau où l'amour de Dieu rend tous les hommes heureux.

Moi, Jean, j'ai vu un ciel nouveau et une terre nouvelle, car le premier ciel et la première terre s'en étaient allés et, de mer, il n'y en a plus. Et la Ville sainte, la Jérusalem nouvelle, je l'ai vue qui descendait du ciel, d'auprès de Dieu, prête pour les noces, comme une épouse parée pour son mari. Et j'entendis une voix forte qui venait du Trône. Elle disait : « Voici la demeure de Dieu avec les hommes ; il demeurera avec eux, et ils seront ses peuples, et lui-même, Dieu avec eux, sera leur Dieu. Il essuiera toute larme de leurs yeux, et la mort ne sera plus, et il n'y aura plus ni deuil, ni cri, ni douleur : ce qui était en premier s'en est allé. » Alors celui qui siégeait sur le Trône déclara : « Voici que je fais toutes choses nouvelles. »

Évangile

Évangile de Jésus Christ selon saint Jean

Jn 13,31-33a.34-35

Voici le dernier enseignement que Jésus a donné à ses amis : il s'en va, mais il restera présent au milieu d'eux d'une autre façon si son amour circule entre eux.

Au cours du dernier repas que Jésus prenait avec ses disciples, quand **Judas** fut sorti du cénacle, Jésus déclara : « Maintenant le **Fils de l'homme** est glorifié, et Dieu est glorifié en lui. Si Dieu est **glorifié** en lui, Dieu aussi le glorifiera ; et il le glorifiera bientôt. Petits enfants, c'est pour peu de temps encore que je suis avec vous. Je vous donne un commandement nouveau : c'est de vous **aimer** les uns les autres. Comme je vous ai aimés, vous aussi aimez-vous les uns les autres. À ceci, tous reconnaîtront que vous êtes mes disciples : si vous avez de l'amour les uns pour les autres. »

Les mots de la Bible

Aimer
Aimer, ça ne veut pas dire seulement être amoureux, avoir le cœur qui bat pour quelqu'un. Aimer, c'est regarder autour de soi pour aider celui qui en a besoin, c'est consoler celui qui pleure ou celui qui souffre. Aimer, c'est faire quelque chose pour les autres, c'est essayer de donner du bonheur autour de soi.

Anciens
Personnes pleines de sagesse et d'autorité. En grec, « ancien » se dit presbyteros, qui a donné le mot « prêtre » en français.

Exhorter
Encourager.

Fils de l'homme
Jésus emploie plusieurs fois cette expression mystérieuse pour parler de lui. Elle annonce la venue d'un homme choisi par Dieu, qui fera naître un monde nouveau.

Glorifier
Cela veut dire donner du poids, reconnaître la grandeur de quelqu'un. Jésus exprime tout l'amour qu'il a pour son Père en donnant sa vie. Ainsi, il le glorifie.

Judas
C'est l'un des douze apôtres choisis par Jésus. Il croyait peut-être que Jésus allait chasser les Romains de Palestine. Déçu, il a trahi Jésus en le dénonçant aux chefs religieux juifs.

Retourne page 15 pour poursuivre la messe.

22
mai
2022

6e dimanche de Pâques

Depuis deux mille ans, nous ne voyons plus Jésus. Ce n'est pas facile de croire en lui. Heureusement l'Esprit de Dieu nous souffle ces paroles de Jésus : « Aujourd'hui je viens vers vous, alors soyez heureux ! »

Première lecture

Lecture du livre des Actes des Apôtres

Ac 15,1-2.22-29

**Jésus était juif, les Apôtres aussi.
Alors faut-il devenir juif pour être chrétien ?
Voici la réponse des apôtres
aux chrétiens d'Antioche.**

En ces jours-là, des gens, venus de Judée à Antioche, enseignaient les frères en disant : « Si vous n'acceptez pas la **circoncision** selon la coutume qui vient de Moïse, vous ne pouvez pas être sauvés. » Cela provoqua un affrontement ainsi qu'une vive discussion engagée par Paul et Barnabé contre ces gens-là. Alors on décida que Paul et Barnabé, avec quelques autres frères, monteraient à Jérusalem auprès des Apôtres et des Anciens pour discuter de cette question. Les Apôtres et les Anciens décidèrent avec toute l'Église de choisir parmi eux des hommes qu'ils enverraient à Antioche avec Paul et Barnabé. C'étaient des hommes qui avaient de l'autorité parmi les frères : Jude, appelé aussi Barsabbas, et Silas. Voici ce qu'ils écrivirent de leur main : « Les Apôtres et les Anciens, vos frères, aux frères issus des nations, qui résident à Antioche, en Syrie et en Cilicie, salut ! Attendu que certains des nôtres, comme nous l'avons appris, sont allés, sans aucun mandat de notre part, tenir des propos qui ont jeté chez vous le trouble et le désarroi, nous avons pris la décision, à l'unanimité, de choisir des hommes que nous envoyons chez vous, avec nos frères bien-aimés Barnabé et Paul, eux qui ont fait don de leur vie pour le nom de notre Seigneur Jésus Christ. Nous vous envoyons donc Jude et Silas, qui vous confirmeront de vive voix ce qui suit : L'**Esprit Saint** et nous-mêmes avons décidé de ne pas faire peser sur vous d'autres obligations que celles-ci, qui s'imposent : vous abstenir des viandes offertes en sacrifice aux idoles, du **sang**, des viandes non saignées et des **unions illégitimes**. Vous agirez bien, si vous vous gardez de tout cela. Bon courage ! »

Psaume Ps 66

**Que les peuples, Dieu, te rendent grâce ;
qu'ils te rendent grâce tous ensemble !**

Que Dieu nous prenne en grâce et nous bénisse,
que son visage s'illumine pour nous ;
et ton chemin sera connu sur la terre,
ton salut, parmi toutes les nations.

Que les nations chantent leur joie,
car tu gouvernes le monde avec justice ;
tu gouvernes les peuples avec droiture,
sur la terre, tu conduis les nations.

La terre a donné son fruit ;
Dieu, notre Dieu, nous bénit.
Que Dieu nous bénisse,
et que la terre tout entière l'adore !

Deuxième lecture Lecture de l'Apocalypse de saint Jean

Ap 21,10-14.22-23

Tout le monde est invité à entrer dans le Royaume de Dieu. Jean le voit comme une ville magnifique, une nouvelle Jérusalem.

Moi, Jean, j'ai vu un ange. En esprit, il m'emporta sur une grande et haute montagne ; il me montra la Ville sainte, Jérusalem, qui descendait du ciel, d'auprès de Dieu : elle avait en elle la gloire de Dieu ; son éclat était celui d'une pierre très précieuse, comme le jaspe cristallin. Elle avait une grande et haute muraille, avec douze portes et, sur ces portes, douze anges ; des noms y étaient inscrits : ceux des douze tribus des fils d'Israël. Il y avait trois portes à l'orient, trois au nord, trois au midi, et trois à l'occident. La muraille de la ville reposait sur douze fondations portant les douze noms des douze Apôtres de l'Agneau. Dans la ville, je n'ai pas vu de sanctuaire, car son sanctuaire, c'est le Seigneur Dieu, Souverain de l'univers, et l'Agneau. La ville n'a pas besoin du soleil ni de la lune pour l'éclairer, car la gloire de Dieu l'illumine : son luminaire, c'est l'Agneau.

Évangile — Évangile de Jésus Christ selon saint Jean

Jn 14,23-29

Jésus a promis de donner son Esprit à ses disciples. Nous voici avec lui d'une nouvelle façon, mystérieuse mais tellement belle !

En ce temps-là, Jésus disait à ses disciples : « Si quelqu'un m'aime, il gardera ma parole ; mon Père l'aimera, nous viendrons vers lui et, chez lui, nous nous ferons une demeure. Celui qui ne m'aime pas ne garde pas mes paroles. Or, la parole que vous entendez n'est pas de moi : elle est du Père, qui m'a envoyé. Je vous parle ainsi, tant que je demeure avec vous ; mais le Défenseur, l'Esprit Saint que le Père enverra en mon nom, lui, vous enseignera tout, et il vous fera souvenir de tout ce que je vous ai dit. Je vous laisse la **paix**, je vous donne ma paix ; ce n'est pas à la manière du monde que je vous la donne. Que votre cœur ne soit pas bouleversé ni effrayé. Vous avez entendu ce que je vous ai dit : Je m'en vais, et je reviens vers vous. Si vous m'aimiez, vous seriez dans la joie puisque je pars vers le Père, car le Père est plus grand que moi. Je vous ai dit ces choses maintenant, avant qu'elles n'arrivent ; ainsi, lorsqu'elles arriveront, vous croirez. »

Les mots de la Bible

Circoncision
Cette opération consiste à découper un bout de peau à l'extrémité du sexe des petits garçons. C'est un rite qui marque l'entrée dans la communauté juive.

Esprit Saint
Comme troisième personne de la Trinité, c'est le lien mystérieux qui unit le Père et le Fils, c'est leur force d'amour qu'ils donnent aux hommes.

Paix
Jésus nous donne sa paix. Cela ne veut pas dire qu'il n'y aura plus jamais de guerres. Cela veut dire qu'il ne faut jamais désespérer. Car Jésus Christ est sorti vivant de la mort, avec lui, nous passons du côté de la vie. C'est cette certitude qui donne la paix.

Sang
Le sang représente la vie. Par respect pour elle, les juifs et les musulmans vident les animaux de leur sang avant de les manger.

Unions illégitimes
Ce sont les mariages interdits, comme les mariages entre des gens d'une même famille ou avec plusieurs femmes.

Retourne page 15 pour poursuivre la messe.

Jeudi
26 mai
2022

Fête de l'Ascension du Seigneur

« Ascension » veut dire « montée ».
Aujourd'hui, nous fêtons Jésus qui est monté au ciel.
C'est une image pour dire qu'il vit auprès de Dieu
Ce n'est pas triste, puisque nous croyons
qu'il est aussi avec nous.

Première lecture Commencement du livre des Actes des Apôtres

Ac 1,1-11

Saint Luc avait fait le récit de l'ascension de Jésus à la fin de son évangile. Il le raconte aussi au début des Actes des Apôtres.

Cher **Théophile**, dans mon premier livre, j'ai parlé de tout ce que Jésus a fait et enseigné depuis le moment où il commença, jusqu'au jour où il fut enlevé au ciel, après avoir, par l'Esprit Saint, donné ses instructions aux Apôtres qu'il avait choisis. C'est à eux qu'il s'est présenté vivant après sa Passion ; il leur en a donné bien des preuves, puisque, pendant quarante jours, il leur est apparu et leur a parlé du royaume de Dieu. Au cours d'un repas qu'il prenait avec eux, il leur donna l'ordre de ne pas quitter Jérusalem, mais d'y attendre que s'accomplisse la promesse du Père. Il déclara : « Cette promesse, vous l'avez entendue de ma bouche : alors que Jean a baptisé avec l'eau, vous, c'est dans l'Esprit Saint que vous serez baptisés d'ici peu de jours. » Ainsi réunis, les Apôtres l'interrogeaient : « Seigneur, est-ce maintenant le temps où tu vas rétablir le royaume pour Israël ? » Jésus leur répondit : « Il ne vous appartient pas de connaître les temps et les moments que le Père a fixés de sa propre autorité. Mais vous allez recevoir une force quand le Saint-Esprit viendra sur vous ; vous serez alors mes **témoins** à Jérusalem, dans toute la Judée et la Samarie, et jusqu'aux extrémités de la terre. » Après ces paroles, tandis que les Apôtres le regardaient, il s'éleva, et une **nuée** vint le soustraire à leurs yeux. Et comme ils fixaient encore le ciel où Jésus s'en allait, voici que, devant eux, se tenaient deux hommes en vêtements blancs, qui leur dirent : « Galiléens, pourquoi restez-vous là à regarder vers le ciel ? Ce Jésus qui a été enlevé au ciel d'auprès de vous, viendra de la même manière que vous l'avez vu s'en aller vers le ciel. »

Psaume Ps 46

Dieu s'élève parmi les ovations,
le Seigneur, aux éclats du cor.

Tous les peuples, battez des mains,
acclamez Dieu par vos cris de joie !
Car le Seigneur est le Très-Haut, le redoutable,
le grand roi sur toute la terre.

Dieu s'élève parmi les ovations,
le Seigneur, aux éclats du cor.
Sonnez pour notre Dieu, sonnez,
sonnez pour notre roi, sonnez !

Car Dieu est le roi de la terre :
que vos musiques l'annoncent !
Il règne, Dieu, sur les païens,
Dieu est assis sur son trône sacré.

Deuxième lecture — Lecture de la lettre aux Hébreux

He 9,24-28 ; 10,19-23

En vivant auprès de son Père, Jésus ne nous abandonne pas. Invisiblement, il nous tient par la main dans notre marche vers Dieu.

Le Christ n'est pas entré dans un **sanctuaire** fait de main d'homme, figure du sanctuaire véritable ; il est entré dans le ciel même, afin de se tenir maintenant pour nous devant la face de Dieu. Il n'a pas à s'offrir lui-même plusieurs fois, comme le grand prêtre qui, tous les ans, entrait dans le sanctuaire en offrant un sang qui n'était pas le sien ; car alors, le Christ aurait dû plusieurs fois souffrir la Passion depuis la fondation du monde. Mais en fait, c'est une fois pour toutes, à la fin des temps, qu'il s'est manifesté pour détruire le péché par son sacrifice. Et, comme le sort des hommes est de mourir une seule fois et puis d'être jugés, ainsi le Christ s'est-il offert une seule fois pour enlever les péchés de la multitude ; il apparaîtra une seconde fois, non plus à cause du péché, mais pour le salut de ceux qui l'attendent. Frères, c'est avec assurance que nous pouvons entrer dans le véritable sanctuaire grâce au sang de Jésus : nous avons là un chemin nouveau et vivant qu'il a inauguré en franchissant le rideau du Sanctuaire ; or, ce rideau est sa chair. Et nous avons le prêtre par excellence, celui qui est établi sur la maison de Dieu. Avançons-nous donc vers Dieu avec un cœur sincère et dans la plénitude de la foi, le cœur purifié de ce qui **souille** notre conscience, le corps lavé par une eau pure. Continuons sans fléchir d'affirmer notre espérance, car il est fidèle, celui qui a promis.

Évangile — Évangile de Jésus Christ selon saint Luc

Lc 24,46-53

Jésus quitte ses disciples. Pourtant, ceux-ci sont tout joyeux. Car ils ont compris que Jésus sera toujours avec eux, mais d'une autre manière.

En ce temps-là, Jésus ressuscité, apparaissant à ses disciples, leur dit : « Il est écrit que le Christ souffrirait, qu'il ressusciterait d'entre les morts le troisième jour, et que la **conversion** serait proclamée en son nom, pour le pardon des péchés, à toutes les nations, en commençant par Jérusalem. À vous d'en être les témoins. Et moi, je vais envoyer sur vous ce que mon Père a promis. Quant à vous, demeurez dans la ville jusqu'à ce que vous soyez revêtus d'une puissance venue d'en haut. » Puis Jésus les emmena au-dehors, jusque vers Béthanie ; et, levant les mains, il les bénit. Or, tandis qu'il les bénissait, il se sépara d'eux et il était emporté au ciel. Ils se prosternèrent devant lui, puis ils retournèrent à Jérusalem, en grande joie. Et ils étaient sans cesse dans le Temple à bénir Dieu.

Les mots de la Bible

Conversion
C'est se tourner vers Dieu.

Nuée
Nuage qui éclaire.
Dans la Bible, l'image de la nuée montre la présence mystérieuse de Dieu.

Sanctuaire
Édifice religieux.

Souiller
Salir, rendre impur.

Témoins
Les témoins de Jésus sont ceux qui l'ont connu et à qui il s'est montré vivant après sa mort. Ils nous parlent de lui et nous aident à mieux le connaître pour devenir des témoins à notre tour.

Théophile
Saint Luc s'adresse à lui au début de son évangile et des Actes des Apôtres. On ne sait pas qui est ce mystérieux personnage dont le nom signifie « celui qui aime Dieu ». C'est un surnom que l'on peut donner à chacun des disciples de Jésus. Alors, Théophile, c'est un peu chacun de nous !

Retourne page 15 pour poursuivre la messe.

29
mai
2022

7e dimanche de Pâques

Les chrétiens sont liés par un lien mystérieux :
l'amour qui unit Dieu et les hommes.
C'est un amour si fort que beaucoup
ont donné leur vie
pour ne pas le trahir.

Première lecture

Lecture du livre des Actes des Apôtres

Ac 7,55-60

Après la mort de Jésus, ceux qui voulaient le suivre risquaient leur vie. C'est ce qui est arrivé à Étienne.

En ces jours-là, Étienne était en face de ses accusateurs. Rempli de l'Esprit Saint, il fixait le ciel du regard : il vit la gloire de Dieu, et Jésus debout à la droite de Dieu. Il déclara : « Voici que je contemple les cieux ouverts et le Fils de l'homme debout à la droite de Dieu. » Alors ils poussèrent de grands cris et se bouchèrent les oreilles. Tous ensemble, ils se précipitèrent sur lui, l'entraînèrent hors de la ville et se mirent à le lapider. Les témoins avaient déposé leurs vêtements aux pieds d'un jeune homme appelé **Saul**. Étienne, pendant qu'on le lapidait, priait ainsi : « Seigneur Jésus, reçois mon esprit. » Puis, se mettant à genoux, il s'écria d'une voix forte : « Seigneur, ne leur compte pas ce péché. » Et, après cette parole, il s'endormit dans la mort.

Psaume

Ps 96

Le Seigneur est roi, le Très-Haut sur toute la terre !

Le Seigneur est roi ! Exulte la terre !
Joie pour les îles sans nombre !
Justice et droit sont l'appui de son trône.

Les cieux ont proclamé sa justice,
et tous les peuples ont vu sa gloire.
À genoux devant lui, tous les dieux !

Tu es, Seigneur, le Très-Haut
sur toute la terre :
tu domines de haut tous les dieux.

Deuxième lecture Lecture de l'Apocalypse de saint Jean

Ap 22,12-14.16-17.20

Jésus Christ est le maître de l'univers et il vient jusqu'à nous pour nous donner toute la vie que nous désirons.

Moi, Jean, j'ai entendu une voix qui me disait : « Voici que je viens sans tarder, et j'apporte avec moi le salaire que je vais donner à chacun selon ce qu'il a fait. Moi, je suis **l'alpha et l'oméga**, le premier et le dernier, le commencement et la fin. Heureux ceux qui lavent leurs vêtements : ils auront droit d'accès à l'arbre de la vie et, par les portes, ils entreront dans la ville. Moi, Jésus, j'ai envoyé mon ange vous apporter ce témoignage au sujet des Églises. Moi, je suis le rejeton, le descendant de David, l'étoile resplendissante du matin. » L'Esprit et l'Épouse disent : « Viens ! » Celui qui entend, qu'il dise : « Viens ! » Celui qui a soif, qu'il vienne. Celui qui le désire, qu'il reçoive l'eau de la vie, gratuitement. Et celui qui donne ce témoignage déclare : « Oui, je viens sans tarder. » – Amen ! Viens, Seigneur Jésus !

Évangile Évangile de Jésus Christ selon saint Jean

Jn 17,20-26

Dans sa prière, Jésus redit son projet : que tous les hommes, les femmes, les enfants du monde partagent la Vie de Dieu.

En ce temps-là, les yeux levés au ciel, Jésus priait ainsi : « Père saint, je ne prie pas seulement pour ceux qui sont là, mais encore pour ceux qui, grâce à leur parole, croiront en moi. Que tous soient **un**, comme toi, Père, tu es en moi, et moi en toi. Qu'ils soient un en nous, eux aussi, pour que le monde croie que tu m'as envoyé. Et moi, je leur ai donné la **gloire** que tu m'as donnée, pour qu'ils soient un comme nous sommes un : moi en eux, et toi en moi. Qu'ils deviennent ainsi parfaitement un, afin que le monde sache que tu m'as envoyé, et que tu les as aimés comme tu m'as aimé. Père, ceux que tu m'as donnés, je veux que là où je suis, ils soient eux aussi avec moi, et qu'ils contemplent ma gloire, celle que tu m'as donnée parce que tu m'as aimé avant la fondation du monde. Père juste, le monde ne t'a pas connu, mais moi je t'ai connu, et ceux-ci ont reconnu que tu m'as envoyé. Je leur ai fait connaître ton nom, et je le ferai connaître, pour que l'amour dont tu m'as aimé soit en eux, et que moi aussi, je sois en eux. »

Les mots de la Bible

Alpha et oméga
Ce sont la première et la dernière lettre de l'alphabet grec, comme A et Z dans notre alphabet romain.

Gloire
Ce mot veut dire « poids », « importance ». Partager la gloire de Dieu, c'est être uni à lui et porter en nous un peu de son immense mystère.

Saul
Ce jeune homme juif qui regarde mourir Étienne, c'est le futur saint Paul. À cette époque, il n'a pas encore rencontré Jésus Christ. Il déteste les chrétiens. Mais, un jour, il deviendra chrétien et changera de nom.
Il voyagera dans beaucoup de pays de l'empire romain, tout autour de la Méditerranée pour annoncer le message de Jésus.

Un
Jésus affirme que lui et Dieu, son Père, ne font qu'Un. Ils partagent le même amour. C'est cela qui les unit. Jésus aimerait que tous ceux qui le suivent soient un avec Dieu. Il voudrait que tout le monde sache que Dieu est là rien qu'en voyant comment les chrétiens s'aiment.

5 juin 2022

Fête de la Pentecôte

Aujourd'hui, nous fêtons l'Esprit Saint,
cette force que Dieu a donnée aux disciples.
Le jour de la Pentecôte,
l'Église est née, ouverte à tous les peuples.
Et l'Esprit Saint est toujours là,
au cœur de chaque chrétien !

Les mots de la Bible

Abba
Cela veut dire « papa » en araméen, la langue parlée au temps de Jésus.

Défenseur
Un des noms donnés à l'Esprit Saint, car il est avec nous pour prendre notre défense contre le mal.

Fils de Dieu
Jésus est le Fils de Dieu. Ceux qui écoutent l'Esprit Saint montrent qu'ils sont aussi des enfants du Père, des fils de Dieu.

Pentecôte
Chez les peuples anciens, c'était la fête de la Moisson. Puis c'est devenu une fête juive, en souvenir du jour où Dieu a donné sa loi à Moïse. Elle est célébrée cinquante jours après la Pâque (« Pentecôte » vient d'un mot grec qui veut dire « cinquantième »). C'est aussi une fête chrétienne : Dieu donne aux hommes son Esprit pour les aider !

Esprit Saint, Esprit de Dieu, Esprit de Vérité
Cet Esprit, c'est le souffle de vie, la puissance incroyable de Dieu. Cette force, les disciples l'ont reçue le jour de la Pentecôte. Et, depuis ce jour, tous les chrétiens la reçoivent aussi. C'est une aide invisible qui nous encourage, nous réchauffe le cœur. C'est une intelligence qui nous aide à comprendre le message de Jésus.

Retourne page 15 pour poursuivre la messe.

12
juin
2022

La Sainte Trinité

Dieu n'est pas loin de nous, il n'est pas dans les nuages.
Il nous aime comme un Père, son Fils devient homme
en Jésus et son Esprit souffle dans nos cœurs.
Il est Père, Fils et Esprit. Nous le fêtons aujourd'hui.

Première lecture

Lecture du livre des Proverbes

Pr 8,22-31

La Bible raconte que depuis les premiers jours du monde la sagesse est auprès de Dieu. Pour les chrétiens, cette sagesse, c'est Jésus.

Écoutez ce que déclare la **Sagesse** de Dieu : « Le Seigneur m'a faite pour lui, principe de son action, première de ses œuvres, depuis toujours. Avant les siècles j'ai été formée, dès le commencement, avant l'apparition de la terre. Quand les **abîmes** n'existaient pas encore, je fus enfantée, quand n'étaient pas les sources jaillissantes. Avant que les montagnes ne soient fixées, avant les collines, je fus enfantée, avant que le Seigneur n'ait fait la terre et l'espace, les éléments primitifs du monde. Quand il établissait les cieux, j'étais là, quand il traçait l'horizon à la surface de l'abîme, qu'il amassait les nuages dans les hauteurs et maîtrisait les sources de l'abîme, quand il imposait à la mer ses limites, si bien que les eaux ne peuvent enfreindre son ordre, quand il établissait les fondements de la terre. Et moi, je grandissais à ses côtés. Je faisais ses délices jour après jour, jouant devant lui à tout moment, jouant dans l'univers, sur sa terre, et trouvant mes délices avec les fils des hommes. »

Psaume

Ps 8

Ô Seigneur, notre Dieu, qu'il est grand, ton nom, par toute la terre !

À voir ton ciel, ouvrage de tes doigts,
la lune et les étoiles que tu fixas,
qu'est-ce que l'homme pour que tu penses à lui,
le fils d'un homme, que tu en prennes souci ?

Tu l'as voulu un peu moindre qu'un dieu,
le couronnant de gloire et d'honneur ;
tu l'établis sur les œuvres de tes mains,
tu mets toute chose à ses pieds.

Les troupeaux de bœufs et de brebis,
et même les bêtes sauvages,
les oiseaux du ciel et les poissons de la mer,
tout ce qui va son chemin dans les eaux.

Deuxième lecture

Lecture de la lettre de saint Paul apôtre aux Romains

Rm 5,1-5

Jésus nous ouvre au monde de Dieu. Qu'est-ce que cela signifie pour nous ? Paul l'explique dans cette lecture.

Frères, nous qui sommes devenus **justes** par la foi, nous voici en paix avec Dieu par notre Seigneur Jésus Christ, lui qui nous a donné, par la foi, l'accès à cette **grâce** dans laquelle nous sommes établis ; et nous mettons notre fierté dans l'espérance d'avoir part à la gloire de Dieu. Bien plus, nous mettons notre fierté dans la détresse elle-même, puisque la détresse, nous le savons, produit la persévérance ; la persévérance produit la vertu éprouvée ; la vertu éprouvée produit l'espérance ; et l'espérance ne déçoit pas, puisque l'amour de Dieu a été répandu dans nos cœurs par l'Esprit Saint qui nous a été donné.

Évangile

Évangile de Jésus Christ selon saint Jean

Jn 16,12-15

Jésus va mourir mais il n'abandonne pas ses disciples.
Il leur promet l'Esprit Saint pour toujours.
Il nous l'offre à nous aussi. Il nous explique pourquoi.

En ce temps-là, Jésus disait à ses disciples : « J'ai encore beaucoup de choses à vous dire, mais pour l'instant vous ne pouvez pas les porter. Quand il viendra, lui, l'Esprit de vérité, il vous conduira dans la vérité tout entière. En effet, ce qu'il dira ne viendra pas de lui-même : mais ce qu'il aura entendu, il le dira ; et ce qui va venir, il vous le fera connaître. Lui me **glorifiera**, car il recevra ce qui vient de moi pour vous le faire connaître. Tout ce que possède le Père est à moi ; voilà pourquoi je vous ai dit : L'Esprit reçoit ce qui vient de moi pour vous le faire connaître. »

Les mots de la Bible

Abîmes
Gouffre, endroit très profond.

Glorifier
Cela veut dire donner du poids, de l'importance à quelqu'un. L'Esprit Saint nous fait comprendre l'importance de Jésus.
Ce n'est pas seulement un homme plein de sagesse, c'est le Messie de Dieu.
L'Esprit Saint nous montre que Jésus est Dieu. Il glorifie Jésus.

Grâce
C'est l'amour sans limites que Dieu donne aux hommes. C'est sa vie.

Justes
Ce sont des hommes proches de Dieu. Pour saint Paul, ce sont tous les chrétiens. Car Jésus est ressuscité pour nous ouvrir à la vie de Dieu.

Sagesse
La sagesse, c'est comme une personne : elle est auprès de Dieu. Elle vient aussi dans notre cœur comme un cadeau de Dieu pour que nous vivions heureux sur la Terre.

Trinité
Ce mot veut dire « trois en un ».
Les premiers chrétiens ont trouvé ce mot pour dire que Dieu est unique mais qu'il se révèle aux hommes en trois personnes :
le Père, le Fils et l'Esprit.

Retourne page 15 pour poursuivre la messe.

19
juin
2022

Fête du Corps et du Sang du Christ

À la messe, le pain et le vin deviennent Jésus Christ qui donne sa vie. Et nous devenons nous-mêmes son corps. C'est ce mystère extraordinaire que nous fêtons aujourd'hui.

Première lecture

Lecture du livre de la Genèse

Gn 14,18-20

Il y a très longtemps, un prêtre a pris du pain et du vin et il a béni Dieu. Plus tard, Jésus a fait les mêmes gestes.

En ces jours-là, Melkisédek, roi de Salem, fit apporter du pain et du vin : il était prêtre du Dieu très-haut. Il bénit **Abram** en disant : « Béni soit Abram par le Dieu très-haut, qui a fait le ciel et la terre ; et béni soit le Dieu très-haut, qui a livré tes ennemis entre tes mains. » Et Abram lui donna le dixième de tout ce qu'il avait pris.

Psaume

Ps 109

Tu es prêtre à jamais, selon l'ordre de Melkisédek.

Oracle du Seigneur à mon seigneur :
« Siège à ma droite,
et je ferai de tes ennemis
le marchepied de ton trône. »

De Sion, le Seigneur te présente
le sceptre de ta force :
« Domine jusqu'au cœur de l'ennemi. »

Le jour où paraît ta puissance,
tu es prince, éblouissant de sainteté :
« Comme la rosée qui naît de l'aurore,
je t'ai engendré. »

Le Seigneur l'a juré
dans un serment irrévocable :
« Tu es prêtre à jamais
selon l'ordre du roi Melkisédek. »

Deuxième lecture

Lecture de la première lettre de saint Paul apôtre aux Corinthiens

1Co 11,23-26

À chaque messe, le prêtre redit les paroles et refait les gestes de Jésus lors de son dernier repas.

Frères, moi, Paul, j'ai moi-même reçu ce qui vient du Seigneur, et je vous l'ai transmis : la nuit où il était livré, le Seigneur Jésus prit du pain, puis, ayant rendu grâce, il le rompit, et dit : « Ceci est **mon corps**, qui est pour vous. Faites cela en mémoire de moi. » Après le repas, il fit de même avec la coupe, en disant : « Cette coupe est la **nouvelle Alliance** en mon sang. Chaque fois que vous en boirez, faites cela en mémoire de moi. » Ainsi donc, chaque fois que vous mangez ce pain et que vous buvez cette coupe, vous proclamez la mort du Seigneur, jusqu'à ce qu'il vienne.

Séquence

Le voici, le pain des anges,
il est le pain de l'homme en route,
le vrai pain des enfants de Dieu,
qu'on ne peut jeter aux chiens.

D'avance il fut annoncé
par Isaac en sacrifice,
par l'agneau pascal immolé,
par la manne de nos pères.

Ô bon Pasteur, notre vrai pain,
ô Jésus, aie pitié de nous,
nourris-nous et protège-nous,
fais-nous voir les biens éternels
dans la terre des vivants.

Toi qui sais tout et qui peux tout,
toi qui sur terre nous nourris,
conduis-nous au banquet du ciel
et donne-nous ton héritage,
en compagnie de tes saints.
Amen.

Évangile — Évangile de Jésus Christ selon saint Luc

Lc 9,11b-17

Jésus a donné du pain en abondance à une foule affamée. En faisant cela, il annonçait un cadeau encore plus grand : celui de sa vie, donnée à tous les hommes.

En ce temps-là, Jésus parlait aux foules du **règne de Dieu**, et guérissait ceux qui en avaient besoin. Le jour commençait à baisser. Alors les Douze s'approchèrent de lui et lui dirent : « Renvoie cette foule : qu'ils aillent dans les villages et les campagnes des environs afin d'y loger et de trouver des vivres ; ici nous sommes dans un endroit désert. » Mais il leur dit : « Donnez-leur vous-mêmes à manger. » Ils répondirent : « Nous n'avons pas plus de cinq pains et deux poissons. À moins peut-être d'aller nous-mêmes acheter de la nourriture pour tout ce peuple. » Il y avait environ cinq mille hommes. Jésus dit à ses disciples : « Faites-les asseoir par groupes de cinquante environ. » Ils exécutèrent cette demande et firent asseoir tout le monde. Jésus prit les cinq pains et les deux poissons, et, levant les yeux au ciel, il prononça la bénédiction sur eux, les rompit et les donna à ses disciples pour qu'ils les distribuent à la foule. Ils mangèrent et ils furent tous rassasiés ; puis on ramassa les morceaux qui leur restaient : cela faisait douze paniers.

Les mots de la Bible

Abraham/Abram
C'est l'ancêtre du peuple d'Israël. Dieu a fait une alliance avec lui et lui a promis un pays et de très nombreux descendants.

Mon corps
Quand Jésus dit : « Ceci est mon corps », il ne parle pas de ses muscles ni de ses os sous sa peau. Il parle de lui tout entier. En hébreu, le « corps », c'est l'être vivant dans son ensemble. Quand Jésus dit : « Ceci est mon corps qui est pour vous », il faut comprendre : « Voici ma vie, me voici avec tout mon amour pour vous, je vous donne tout ce que je suis. »

Nouvelle Alliance
Dieu avait fait une première Alliance, un pacte d'amitié, avec le peuple d'Israël. En partageant le pain et le vin avec ses amis, Jésus annonce qu'il va donner sa vie pour tous les hommes. Il fait une nouvelle Alliance entre Dieu et les hommes.

Règne de Dieu
C'est la présence mystérieuse de Dieu dans notre vie que Jésus nous apprend à découvrir.

Retourne page 15 pour poursuivre la messe.

26
juin
2022

13e dimanche du temps ordinaire

« Viens. » C'est Élie qui appelle Élisée,
c'est Jésus qui appelle ses disciples.
Et c'est Dieu qui appelle chaque homme.
Écoutons-les, ils ont quelque chose à nous dire.

Première lecture

Lecture du premier livre des Rois

1R 19,16b.19-21

Il y a presque trois mille ans, le vieux prophète Élie a demandé à Élisée de le remplacer et de quitter sa famille pour servir Dieu.

En ces jours-là, le Seigneur avait dit au prophète Élie : « Tu consacreras Élisée, fils de Shafath, comme prophète pour te succéder. » Élie s'en alla. Il trouva Élisée, fils de Shafath, en train de labourer. Il avait à labourer douze arpents, et il en était au douzième. Élie passa près de lui et **jeta** vers lui **son manteau**. Alors Élisée quitta ses bœufs, courut derrière Élie, et lui dit : « Laisse-moi embrasser mon père et ma mère, puis je te suivrai. » Élie répondit : « Va-t'en, retourne là-bas ! Je n'ai rien fait. » Alors Élisée s'en retourna ; mais il prit la paire de bœufs pour les **immoler**, les fit cuire avec le bois de l'attelage, et les donna à manger aux gens. Puis il se leva, partit à la suite d'Élie et se mit à son service.

Psaume

Ps 15

Dieu, mon bonheur et ma joie !

Garde-moi, mon Dieu : j'ai fait de toi mon refuge.
J'ai dit au Seigneur : « Tu es mon Dieu !
Seigneur, mon partage et ma coupe :
de toi dépend mon sort. »

Je bénis le Seigneur qui me conseille :
même la nuit mon cœur m'avertit.
Je garde le Seigneur devant moi sans relâche ;
il est à ma droite : je suis inébranlable.

Mon cœur exulte, mon âme est en fête,
ma chair elle-même repose en confiance :
tu ne peux m'abandonner à la mort
ni laisser ton ami voir la corruption.

Je n'ai pas d'autre bonheur que toi.
Tu m'apprends le chemin de la vie :
devant ta face, débordement de joie !
À ta droite, éternité de délices !

Deuxième lecture

Lecture de la lettre de saint Paul apôtre aux Galates

Ga 5,1.13-18

Ce n'est pas suffisant d'obéir à la Loi, dit saint Paul. Il nous faut l'Esprit pour ouvrir notre cœur tout entier à l'amour des autres.

Frères, c'est pour que nous soyons libres que le Christ nous a libérés. Alors tenez bon, ne vous mettez pas de nouveau sous le joug de l'esclavage. Vous, frères, vous avez été appelés à la liberté. Mais que cette liberté ne soit pas un prétexte pour votre égoïsme ; au contraire, mettez-vous, par amour, au service les uns des autres. Car toute la **Loi** est accomplie dans l'unique parole que voici : Tu aimeras ton prochain comme toi-même. Mais si vous vous mordez et vous dévorez les uns les autres, prenez garde : vous allez vous détruire les uns les autres. Je vous le dis : marchez sous la conduite de l'Esprit Saint, et vous ne risquerez pas de satisfaire les convoitises de la **chair**. Car les tendances de la chair s'opposent à l'Esprit, et les tendances de l'Esprit s'opposent à la chair. En effet, il y a là un affrontement qui vous empêche de faire tout ce que vous voudriez. Mais si vous vous laissez conduire par l'Esprit, vous n'êtes pas soumis à la Loi.

Évangile

Évangile de Jésus Christ selon saint Luc

Lc 9,51-62

Comme Élie autrefois, Jésus appelle des hommes à le suivre. Mais il les prévient : ça ne sera pas de tout repos !

Comme s'accomplissait le temps où il allait être enlevé au ciel, Jésus, le visage déterminé, prit la route de Jérusalem. Il envoya, en avant de lui, des messagers ; ceux-ci se mirent en route et entrèrent dans un village de **Samaritains** pour préparer sa venue. Mais on refusa de le recevoir, parce qu'il se dirigeait vers Jérusalem. Voyant cela, les disciples Jacques et Jean dirent : « Seigneur, veux-tu que nous ordonnions qu'un feu tombe du ciel et les détruise ? » Mais Jésus, se retournant, les réprimanda. Puis ils partirent pour un autre village. En cours de route, un homme dit à Jésus : « Je te suivrai partout où tu iras. » Jésus lui déclara : « Les renards ont des terriers, les oiseaux du ciel ont des nids ; mais le **Fils de l'homme** n'a pas d'endroit où reposer la tête. » Il dit à un autre : « Suis-moi. » L'homme répondit : « Seigneur, permets-moi d'aller d'abord enterrer mon père. » Mais Jésus répliqua : « Laisse les morts enterrer leurs morts. Toi, pars, et annonce le **règne de Dieu**. » Un autre encore lui dit : « Je te suivrai, Seigneur ; mais laisse-moi d'abord faire mes adieux aux gens de ma maison. » Jésus lui répondit : « Quiconque met la main à la charrue, puis regarde en arrière, n'est pas fait pour le royaume de Dieu. »

Les mots de la Bible

Chair
Pour Paul, la chair, c'est l'homme dans toute sa faiblesse. Au contraire, l'esprit, c'est l'homme qui se tourne vers Dieu.

Fils de l'homme
Il s'agit de Jésus lui-même.

Immoler
Tuer un animal pour l'offrir en sacrifice à un dieu.

Jeter son manteau
À l'époque d'Élie, on pensait que les vêtements ou les objets d'une personne la représentaient. En jetant son manteau, Élie transmet à Élisée sa mission de prophète.

Loi
C'est l'ensemble des commandements donnés par Dieu au peuple d'Israël.

Règne de Dieu
Les juifs attendent le jour où Dieu régnera pour toujours sur eux et sur le monde entier. Pour les chrétiens, ce règne a déjà commencé. Il existe d'une manière mystérieuse, presque secrète, comme une graine au cœur des hommes. C'est cela, la Bonne Nouvelle annoncée par Jésus. Et c'est ce que nous annonçons aussi.

Samaritains
Habitants de la région de Samarie. Les Juifs et les Samaritains se détestaient, parce qu'ils ne priaient pas au même endroit.

Retourne page 15 pour poursuivre la messe.

3
juillet
2022

14e dimanche du temps ordinaire

Nous en avons de la chance ! Nous portons en nous une grande paix, celle qui vient de Dieu. Jésus nous demande de l'offrir autour de nous. Quel cadeau !

elle reviendra sur vous. Restez dans cette maison, mangeant et buvant ce que l'on vous sert ; car l'ouvrier mérite son salaire. Ne passez pas de maison en maison. Dans toute ville où vous entrerez et où vous serez accueillis, mangez ce qui vous est présenté. Guérissez les malades qui s'y trouvent et dites-leur : "Le règne de Dieu s'est approché de vous." Mais dans toute ville où vous entrerez et où vous ne serez pas accueillis, allez sur les places et dites : "Même la poussière de votre ville, collée à nos pieds, nous l'enlevons pour vous la laisser. Toutefois, sachez-le : le règne de Dieu s'est approché." Je vous le déclare : au dernier jour, Sodome sera mieux traitée que cette ville. »
Les **soixante-douze** disciples revinrent tout joyeux, en disant : « Seigneur, même les démons nous sont soumis en ton nom. » Jésus leur dit : « Je regardais Satan tomber du ciel comme l'éclair. Voici que je vous ai donné le pouvoir d'écraser serpents et scorpions, et sur toute la puissance de l'Ennemi : absolument rien ne pourra vous nuire. Toutefois, ne vous réjouissez pas parce que les esprits vous sont soumis ; mais réjouissez-vous parce que vos noms se trouvent inscrits dans les cieux. »

Les mots de la Bible

Allégresse
C'est une très grande joie qui se remarque.

Circoncis
Qui a subi la circoncision : opération qui consiste à découper un bout de peau à l'extrémité du sexe des petits garçons. C'est un rite qui marque l'entrée dans la communauté juive.

Création nouvelle
Nous sommes bien vivants. Nous respirons, nous parlons, nous avons des projets plein la tête et le cœur. C'est Dieu qui nous donne cette vie, mais il va plus loin. Grâce à Jésus Christ, il nous donne sa vie. Elle nous rend libres et joyeux. Être une créature nouvelle, c'est accueillir cette vie de Dieu.

Exulter
Déborder de joie.

Soixante-douze
Ce nombre n'est pas donné au hasard. C'est un nombre symbolique pour les Juifs du temps de Jésus : il représente l'ensemble des peuples non juifs. Cela veut dire que les hommes de tous les pays sont appelés à être des disciples de Jésus.

Retourne page 15 pour poursuivre la messe.

10 juillet 2022

15e dimanche du temps ordinaire

Comment faire pour nous rapprocher de Dieu ?
Les lectures d'aujourd'hui nous donnent une drôle de réponse.
En fait, c'est Dieu qui se rapproche de nous.
Il suffit de se laisser envahir
par sa présence.

du vin ; puis il le chargea sur sa propre monture, le conduisit dans une auberge et prit soin de lui. Le lendemain, il sortit deux pièces d'argent, et les donna à l'aubergiste, en lui disant : "Prends soin de lui ; tout ce que tu auras dépensé en plus, je te le rendrai quand je repasserai."
« Lequel des trois, à ton avis, a été le prochain de l'homme tombé aux mains des bandits ? » Le docteur de la Loi répondit : « Celui qui a fait preuve de pitié envers lui. » Jésus lui dit : « Va, et toi aussi, fais de même. »

Les mots de la Bible

Docteur de la Loi
C'était un spécialiste de la loi religieuse. Il avait une grande autorité sur les autres Juifs.

Lévite
Homme de la tribu de Lévi au service du Temple. Par exemple, il préparait les sacrifices.

Moïse
C'était un très grand chef du peuple hébreu, il y a trois mille deux cent cinquante ans. C'est à lui que Dieu a donné ses commandements, sa Loi pour aider les hommes à vivre ensemble.

Prescrire Commander, imposer.

Primauté
Première place.

Prochain
À l'époque de Jésus, le prochain, c'est celui dont on s'approche mais qui est du même peuple. Jésus bouscule tout. Il dit que le prochain, c'est chaque homme qui s'approche de nous avec amour, même s'il n'est pas du même peuple. Avec Jésus, l'horizon s'élargit. On n'a jamais fini de découvrir et d'aimer les autres.

Réconcilier
Faire la paix. Jésus vient réconcilier les hommes avec Dieu.

Samaritains
Habitants de la région de Samarie. Les Juifs et les Samaritains se détestaient, parce qu'ils ne priaient pas au même endroit.

Retourne page 15 pour poursuivre la messe.

17
juillet
2022

16e dimanche du temps ordinaire

Recevoir Dieu dans sa maison,
inviter Jésus à un repas, vous imaginez ?
C'est incroyable ! Pourtant, chez nous aussi,
Dieu s'invite chaque jour.

Première lecture Lecture du livre de la Genèse

Gn 18,1-10a

Abraham possédait des troupeaux.
Un jour, il a reconnu Dieu en rencontrant trois étrangers.

En ces jours-là, aux **chênes de Mambré**, le **Seigneur** apparut à **Abraham**, qui était assis à l'entrée de la tente. C'était l'heure la plus chaude du jour. Abraham leva les yeux, et il vit trois hommes qui se tenaient debout près de lui. Dès qu'il les vit, il courut à leur rencontre depuis l'entrée de la tente et se prosterna jusqu'à terre. Il dit : « Mon seigneur, si j'ai pu **trouver grâce** à tes yeux, ne passe pas sans t'arrêter près de ton serviteur. Permettez que l'on vous apporte un peu d'eau, vous vous laverez les pieds, et vous vous étendrez sous cet arbre. Je vais chercher de quoi manger, et vous reprendrez des forces avant d'aller plus loin, puisque vous êtes passés près de votre serviteur ! » Ils répondirent : « Fais comme tu l'as dit. »
Abraham se hâta d'aller trouver Sara dans sa tente, et il dit : « Prends vite trois grandes mesures de fleur de farine, pétris la pâte et fais des galettes. » Puis Abraham courut au troupeau, il prit un veau gras et tendre, et le donna à un serviteur, qui se hâta de le préparer. Il prit du fromage blanc, du lait, le veau que l'on avait apprêté, et les déposa devant eux ; il se tenait debout près d'eux, sous l'arbre, pendant qu'ils mangeaient.
Ils lui demandèrent : « Où est Sara, ta femme ? » Il répondit : « Elle est à l'intérieur de la tente. » Le voyageur reprit : « Je reviendrai chez toi au temps fixé pour la naissance, et à ce moment-là, Sara, ta femme, aura un fils. »

Psaume Ps 14

Seigneur, qui séjournera sous ta tente ?

Celui qui se conduit parfaitement,
qui agit avec justice
et dit la vérité selon son cœur.
Il met un frein à sa langue.

Il ne fait pas de tort à son frère
et n'outrage pas son prochain.
À ses yeux, le réprouvé est méprisable
mais il honore les fidèles du Seigneur.

Il ne reprend pas sa parole.
Il prête son argent sans intérêt,
n'accepte rien qui nuise à l'innocent.
Qui fait ainsi demeure inébranlable.

Deuxième lecture Lecture de la lettre de saint Paul apôtre aux Colossiens

Col 1,24-28

À travers la personne de Jésus, c'est Dieu lui-même qui rayonne. Il propose cette lumière à chaque homme, dans tous les pays.

Frères, maintenant je trouve la joie dans les souffrances que je supporte pour vous ; ce qui reste à souffrir des épreuves du Christ dans ma propre chair, je l'accomplis pour son corps qui est l'Église.
De cette Église, je suis devenu ministre, et la mission que Dieu m'a confiée, c'est de mener à bien pour vous l'annonce de sa parole, le mystère qui était caché depuis toujours à toutes les générations, mais qui maintenant a été manifesté à ceux qu'il a sanctifiés. Car Dieu a bien voulu leur faire connaître en quoi consiste la **gloire** sans prix de ce mystère parmi toutes les nations : le Christ est parmi vous, lui, l'espérance de la gloire ! Ce Christ, nous l'annonçons : nous avertissons tout homme, nous instruisons chacun en toute sagesse, afin de l'amener à sa perfection dans le Christ.

Évangile

Évangile de Jésus Christ selon saint Luc

Lc 10,38-42

**Deux amies reçoivent Jésus. Marthe s'active, Marie écoute.
Toutes les deux s'occupent de leur invité.
Pourtant, l'une d'elles oublie le plus important.**

En ce temps-là, Jésus entra dans un village. Une femme nommée Marthe le reçut. Elle avait une sœur appelée Marie qui, s'étant assise aux pieds du Seigneur, écoutait sa parole.
Quant à Marthe, elle était **accaparée** par les multiples occupations du service. Elle intervint et dit : « Seigneur, cela ne te fait rien que ma sœur m'ait laissée faire seule le service ? Dis-lui donc de m'aider. » Le Seigneur lui répondit : « Marthe, Marthe, tu te donnes du souci et tu t'agites pour bien des choses. Une seule est nécessaire. Marie a choisi **la meilleure part**, elle ne lui sera pas enlevée. »

Les mots de la Bible

Abraham
Abraham et sa femme Sara vivaient il y a quatre mille ans. Ils n'avaient pas d'enfants. Mais Dieu leur a promis un fils et Isaac est né. Abraham est devenu l'ancêtre d'un grand peuple. On l'appelle le père des croyants.

Accaparé
Très occupé.

Chênes de Mambré
C'est une oasis près de la ville d'Hébron, au sud de Jérusalem. Abraham y a établi son campement.

Gloire
Dans la Bible, la gloire de Dieu, ce n'est pas sa célébrité mais sa présence parmi nous.

La meilleure part
Qui n'a jamais rêvé d'avoir la plus grosse part du gâteau, ou le meilleur fauteuil pour s'asseoir ? Et quand on est chrétien, où est la meilleure part ? Jésus répond : c'est quand on écoute Dieu qui nous parle, quand on lui offre une place dans notre tête, dans notre cœur.

Seigneur
En grec, ce mot signifie « maître ». C'est l'un des noms propres de Dieu. Celui ou celle qui appelle Jésus « Seigneur » reconnaît qu'il est le Fils de Dieu.

Trouver grâce
C'est être remarqué par Dieu.

Retourne page 15 pour poursuivre la messe.

24
juillet
2022

17e dimanche du temps ordinaire

La prière, qu'est-ce que c'est ? Des formules magiques ?
Des phrases qu'on récite par cœur ? Un appel au secours ?
Des ordres qu'on donne à Dieu ?
Les lectures d'aujourd'hui nous aident à répondre.

Première lecture

Lecture du livre de la Genèse

Gn 18,20-32

**Quelle scène étonnante, où Abraham marchande avec Dieu !
Car, pour Abraham, Dieu est toujours prêt à pardonner.**

En ces jours-là, les trois visiteurs d'Abraham allaient partir pour Sodome. Alors le Seigneur dit : « Comme elle est grande, la clameur au sujet de **Sodome et de Gomorrhe** ! Et leur faute, comme elle est lourde ! Je veux descendre pour voir si leur conduite correspond à la clameur venue jusqu'à moi. Si c'est faux, je le reconnaîtrai. »

Les hommes se dirigèrent vers Sodome, tandis qu'Abraham demeurait devant le Seigneur. Abraham s'approcha et dit : « Vas-tu vraiment faire périr le **juste** avec le coupable ? Peut-être y a-t-il cinquante justes dans la ville. Vas-tu vraiment les faire périr ? Ne pardonneras-tu pas à toute la ville à cause des cinquante justes qui s'y trouvent ? Loin de toi de faire une chose pareille ! Faire mourir le juste avec le coupable, traiter le juste de la même manière que le coupable, loin de toi d'agir ainsi ! Celui qui juge toute la terre n'agirait-il pas selon le droit ? » Le Seigneur déclara : « Si je trouve cinquante justes dans Sodome, à cause d'eux je pardonnerai à toute la ville. » Abraham répondit : « J'ose encore parler à mon Seigneur, moi qui suis poussière et cendre. Peut-être, sur les cinquante justes, en manquera-t-il cinq : pour ces cinq-là, vas-tu détruire toute la ville ? » Il déclara : « Non, je ne la détruirai pas, si j'en trouve quarante-cinq. » Abraham insista : « Peut-être s'en trouvera-t-il seulement quarante ? » Le Seigneur déclara : « Pour quarante, je ne le ferai pas. »

Abraham dit : « Que mon Seigneur ne se mette pas en colère, si j'ose parler encore. Peut-être s'en trouvera-t-il seulement trente ? » Il déclara : « Si j'en trouve trente, je ne le ferai pas. »

Abraham dit alors : « J'ose encore parler à mon Seigneur. Peut-être s'en trouvera-t-il seulement vingt ? » Il déclara : « Pour vingt, je ne détruirai pas. » Il dit : « Que mon Seigneur ne se mette pas en colère : je ne parlerai plus qu'une fois. Peut-être s'en trouvera-t-il seulement dix ? » Et le Seigneur déclara : « Pour dix, je ne détruirai pas. »

Psaume Ps 137

Le jour où je t'appelle, réponds-moi, Seigneur.

De tout mon cœur, Seigneur, je te rends grâce :
tu as entendu les paroles de ma bouche.
Je te chante en présence des anges,
vers ton temple sacré, je me prosterne.

Je rends grâce à ton nom pour ton amour et ta vérité,
car tu élèves, au-dessus de tout, ton nom et ta parole.
Le jour où tu répondis à mon appel,
tu fis grandir en mon âme la force.

Si haut que soit le Seigneur, il voit le plus humble ;
de loin, il reconnaît l'orgueilleux.
Si je marche au milieu des angoisses, tu me fais vivre,
ta main s'abat sur mes ennemis en colère.

Ta droite me rend vainqueur.
Le Seigneur fait tout pour moi !
Seigneur, éternel est ton amour :
n'arrête pas l'œuvre de tes mains.

Deuxième lecture Lecture de la lettre de saint Paul apôtre aux Colossiens Col 2,12-14

Grâce à Jésus Christ, nous ne sommes plus prisonniers de la mort et du pêché : nous sommes libres et vivants.

Frères, dans le baptême, vous avez été mis au tombeau avec le Christ et vous êtes ressuscités avec lui par la foi en la force de Dieu qui l'a ressuscité d'entre les morts. Vous étiez des morts, parce que vous aviez commis des fautes et n'aviez pas reçu de circoncision dans votre chair.
Mais Dieu vous a donné la vie avec le Christ : il nous a pardonné toutes nos fautes. Il a effacé le billet de la dette qui nous accablait en raison des prescriptions légales pesant sur nous : il l'a annulé en le clouant à la croix.

Évangile — Évangile de Jésus Christ selon saint Luc

Lc 11,1-13

Quand nous prions, il ne faut pas avoir peur de déranger Dieu. Nous pouvons lui demander cinquante fois la même chose. Il finit toujours par nous répondre, mais d'une façon étonnante.

Il arriva que Jésus, en un certain lieu, était en prière. Quand il eut terminé, un de ses disciples lui demanda : « Seigneur, apprends-nous à **prier**, comme Jean le Baptiste, lui aussi, l'a appris à ses disciples. »
Il leur répondit : « Quand vous priez, dites : Père, que ton nom soit **sanctifié**, que ton règne vienne. Donne-nous le pain dont nous avons besoin pour chaque jour. Pardonne-nous nos péchés, car nous-mêmes, nous pardonnons aussi à tous ceux qui ont des torts envers nous. Et ne nous laisse pas entrer en **tentation**. »
Jésus leur dit encore : « Imaginez que l'un de vous ait un ami et aille le trouver au milieu de la nuit pour lui demander : "Mon ami, prête-moi trois pains, car un de mes amis est arrivé de voyage chez moi, et je n'ai rien à lui offrir." Et si, de l'intérieur, l'autre lui répond : "Ne viens pas m'importuner ! La porte est déjà fermée ; mes enfants et moi, nous sommes couchés. Je ne puis pas me lever pour te donner quelque chose." Eh bien ! je vous le dis : même s'il ne se lève pas pour donner par amitié, il se lèvera à cause du sans-gêne de cet ami, et il lui donnera tout ce qu'il lui faut. Moi, je vous dis : Demandez, on vous donnera ; cherchez, vous trouverez ; frappez, on vous ouvrira. En effet, quiconque demande reçoit ; qui cherche trouve ; à qui frappe, on ouvrira. Quel père parmi vous, quand son fils lui demande un poisson, lui donnera un serpent au lieu du poisson ? ou lui donnera un scorpion quand il demande un œuf ? Si donc vous, qui êtes mauvais, vous savez donner de bonnes choses à vos enfants, combien plus le **Père du ciel** donnera-t-il l'Esprit Saint à ceux qui le lui demandent ! »

Les mots de la Bible

Juste
Dans la Bible, un juste est une personne qui est fidèle à Dieu.

Père du ciel, Père céleste
C'est Dieu, notre Père du ciel.

Prier
Nous prions Dieu pour lui demander pardon, pour lui dire merci ou simplement pour lui parler. Souvent, nous lui demandons quelque chose : une bonne note en classe, la guérison d'une maladie, de quoi manger… Mais Dieu ne nous l'accorde pas forcément. Il nous donne quelque chose de plus important : son Esprit. C'est ce qui nous donne la force d'aimer et le courage de lutter contre la souffrance ou le malheur.

Sanctifié
Reconnu comme saint. Sanctifier Dieu, c'est reconnaître qu'il est plus grand que tout.

Sodome et Gomorrhe
C'étaient deux villes situées au bord de la mer Morte. Elles furent sans doute détruites par un tremblement de terre. La Bible raconte que leurs habitants se conduisaient mal.

Tentation
C'est avoir l'envie de faire ce qui est défendu ou mauvais.

Retourne page 15 pour poursuivre la messe.

31
juillet
2022

18e dimanche du temps ordinaire

Comme tout être humain,
un chrétien a besoin d'une famille, d'amis,
d'argent et de vacances, bien sûr !
Alors où est la différence
entre un chrétien et les autres ?

Première lecture

Lecture du livre de Qohèlet

Qo 1,2 ; 2,21-23

**Comme ce croyant juif l'écrivait longtemps avant Jésus,
notre vie est souvent faite de peines.
Qu'est-ce qui peut bien lui donner du goût ?**

V**anité** des vanités, disait **Qohèlet**. Vanité des vanités, tout est vanité ! Un homme s'est donné de la peine ; il est **avisé**, il s'y connaissait, il a réussi. Et voilà qu'il doit laisser son bien à quelqu'un qui ne s'est donné aucune peine. Cela aussi n'est que vanité, c'est un grand mal !
En effet, que reste-t-il à l'homme de toute la peine et de tous les calculs pour lesquels il se fatigue sous le soleil ? Tous ses jours sont autant de souffrances, ses occupations sont autant de tourments : même la nuit, son cœur n'a pas de repos. Cela aussi n'est que vanité.

Psaume

Ps 89

D'âge en âge, Seigneur, tu as été notre refuge.

Tu fais retourner l'homme à la poussière ;
tu as dit : « Retournez, fils d'Adam ! »
À tes yeux, mille ans sont comme hier,
c'est un jour qui s'en va, une heure dans la nuit.

Tu les as balayés : ce n'est qu'un songe ;
dès le matin, c'est une herbe changeante :
elle fleurit le matin, elle change ;
le soir, elle est fanée, desséchée.

Apprends-nous la vraie mesure de nos jours :
que nos cœurs pénètrent la sagesse.
Reviens, Seigneur, pourquoi tarder ?
Ravise-toi par égard pour tes serviteurs.

Rassasie-nous de ton amour au matin,
que nous passions nos jours dans la joie et les chants.
Que vienne sur nous la douceur du Seigneur notre Dieu !
Consolide pour nous l'ouvrage de nos mains.

Deuxième lecture

Lecture de la lettre de saint Paul apôtre aux Colossiens

Col 3,1-5.9-11

Être chrétien, c'est être uni à Jésus Christ. Cela doit se sentir, car notre vie prend une autre saveur.

Frères, si vous êtes ressuscités avec le Christ, recherchez les **réalités d'en haut** : c'est là qu'est le Christ, assis à la droite de Dieu. Pensez aux réalités d'en haut, non à celles de la terre. En effet, vous êtes passés par la mort, et votre **vie reste cachée** avec le Christ en Dieu. Quand paraîtra le Christ, votre vie, alors vous aussi, vous paraîtrez avec lui dans la gloire. Faites donc mourir en vous ce qui n'appartient qu'à la terre : débauche, impureté, passion, désir mauvais, et cette soif de posséder, qui est une idolâtrie. Plus de mensonge entre vous : vous vous êtes débarrassés de l'homme ancien qui était en vous et de ses façons d'agir, et vous vous êtes revêtus de l'homme nouveau qui, pour se conformer à l'image de son Créateur, se renouvelle sans cesse en vue de la pleine connaissance.
Ainsi, il n'y a plus le païen et le Juif, le circoncis et l'incirconcis, il n'y a plus le barbare ou le primitif, l'esclave et l'homme libre ; mais il y a le Christ : il est tout, et en tous.

Évangile — Évangile de Jésus Christ selon saint Luc

Lc 12,13-21

L'argent sert à vivre, mais il ne fait pas vivre. Alors qu'est-ce qui fait vivre ? Écoutons bien le conseil de Jésus...

En ce temps-là, du milieu de la foule, quelqu'un demanda à Jésus : « Maître, dis à mon frère de partager avec moi notre héritage. » Jésus lui répondit : « Homme, qui donc m'a établi pour être votre juge ou l'arbitre de vos partages ? » Puis, s'adressant à tous : « Gardez-vous bien de toute **avidité**, car la vie de quelqu'un, même dans l'abondance, ne dépend pas de ce qu'il possède. »
Et il leur dit cette parabole : « Il y avait un homme riche, dont le domaine avait bien rapporté. Il se demandait : "Que vais-je faire ? Car je n'ai pas de place pour mettre ma récolte." Puis il se dit : "Voici ce que je vais faire : je vais démolir mes greniers, j'en construirai de plus grands et j'y mettrai tout mon blé et tous mes biens. Alors je me dirai à moi-même : Te voilà donc avec de nombreux biens à ta disposition, pour de nombreuses années. Repose-toi, mange, bois, jouis de l'existence."
« Mais Dieu lui dit : "Tu es fou : cette nuit même, on va te redemander ta vie. Et ce que tu auras accumulé, qui l'aura ?" Voilà ce qui arrive à celui qui amasse pour lui-même, au lieu d'être **riche en vue de Dieu**. »

Les mots de la Bible

Avidité
Envie très forte et permanente de posséder quelque chose.

Avisé
Réfléchi, sage.

Qohèlet
Livre de l'Ancien Testament, également appelé L'Ecclésiaste, qui parle de la faiblesse des hommes et du sens de la vie.

Réalités d'en haut
C'est l'amour que Dieu nous donne gratuitement et pour toujours ! À notre tour, nous pouvons aimer comme lui.

Riche en vue de Dieu
Qui est riche en vue de Dieu ? Celui qui ne garde pas tout pour lui, mais qui partage. Les richesses servent à vivre, et à faire vivre les autres. Car, si on partage, alors on est riche en amour. Et l'amour ne passera jamais.

Vanité
Ce qui n'a pas de sens, de valeur.

Vie cachée en Dieu
Chaque chrétien vit déjà de façon invisible avec Dieu et vivra complètement avec lui après la mort.

Retourne page 15 pour poursuivre la messe.

7 août 2022

19e dimanche du temps ordinaire

Il fait grand jour en août. Pourtant, dans nos cœurs, il fait souvent nuit. Nous oublions Jésus Christ, nous nous endormons. Les lectures d'aujourd'hui viennent nous réveiller.

Première lecture

Lecture du livre de la Sagesse

Sg 18,6-9

Cette lecture évoque la nuit où Dieu a délivré les Hébreux de l'esclavage en Égypte. Longtemps après, leurs descendants s'en souviennent.

La nuit de la **délivrance pascale** avait été connue d'avance par nos **Pères** ; assurés des promesses auxquelles ils avaient cru, ils étaient dans la joie. Et ton peuple accueillit à la fois le salut des justes et la ruine de leurs ennemis. En même temps que tu frappais nos adversaires, tu nous appelais à la gloire. Dans le secret de leurs maisons, les fidèles descendants des justes offraient un sacrifice, et ils consacrèrent d'un commun accord cette loi divine : que les saints partageraient aussi bien le meilleur que le pire ; et déjà ils entonnaient les chants de louange des Pères.

Psaume

Ps 32

Heureux le peuple dont le Seigneur est le Dieu.

Criez de joie pour le Seigneur, hommes justes !
Hommes droits, à vous la louange !
Heureux le peuple dont le Seigneur est le Dieu,
heureuse la nation qu'il s'est choisie pour domaine !

Dieu veille sur ceux qui le craignent,
qui mettent leur espoir en son amour,
pour les délivrer de la mort,
les garder en vie aux jours de famine.

Nous attendons notre vie du Seigneur :
il est pour nous un appui, un bouclier.
Que ton amour, Seigneur, soit sur nous
comme notre espoir est en toi !

Deuxième lecture

Lecture de la lettre aux Hébreux

He 11,1-2.8-19

Grâce à leur foi en Dieu, des hommes et des femmes ont eu le courage d'abandonner leur confort ou leur sécurité.

Frères, la foi est une façon de posséder ce que l'on espère, un moyen de connaître des réalités qu'on ne voit pas. Et quand l'**Écriture** rend témoignage aux anciens, c'est à cause de leur foi.
Grâce à la foi, Abraham obéit à l'appel de Dieu : il partit vers un pays qu'il devait recevoir en héritage, et il partit sans savoir où il allait. Grâce à la foi, il vint séjourner en immigré dans la **Terre promise**, comme en terre étrangère ; il vivait sous la tente, ainsi qu'Isaac et Jacob, héritiers de la même promesse, car il attendait la ville qui aurait de vraies fondations, la ville dont Dieu lui-même est le bâtisseur et l'architecte.
Grâce à la foi, Sara, elle aussi, malgré son âge, fut rendue capable d'être à l'origine d'une descendance parce qu'elle pensait que Dieu est fidèle à ses promesses. C'est pourquoi, d'un seul homme, déjà marqué par la mort, a pu naître une descendance aussi nombreuse que les étoiles du ciel et que le sable au bord de la mer, une multitude innombrable. C'est dans la foi, sans avoir connu la réalisation des promesses, qu'ils sont tous morts ; mais ils l'avaient vue et saluée de loin, affirmant que, sur la terre, ils étaient des étrangers et des voyageurs. Or, parler ainsi, c'est montrer clairement qu'on est à la recherche d'une patrie. S'ils avaient songé à celle qu'ils avaient quittée, ils auraient eu la possibilité d'y revenir. En fait, ils aspiraient à une patrie meilleure, celle des cieux. Aussi Dieu n'a pas honte d'être appelé leur Dieu, puisqu'il leur a préparé une ville.
Grâce à la foi, quand il fut soumis à l'épreuve, Abraham offrit Isaac en sacrifice. Et il offrait le fils unique, alors qu'il avait reçu les promesses et entendu cette parole : C'est par Isaac qu'une descendance portera ton nom. Il pensait en effet que Dieu est capable même de ressusciter les morts ; c'est pourquoi son fils lui fut rendu : il y a là une préfiguration.

Évangile — Évangile de Jésus Christ selon saint Luc

Lc 12,32-48

**Jésus nous confie le Royaume de Dieu.
Il nous demande d'être comme des serviteurs
qui préparent le retour de leur maître.**

En ce temps-là, Jésus disait à ses disciples : « Sois sans crainte, petit troupeau : votre Père a trouvé bon de vous donner le Royaume. Vendez ce que vous possédez et donnez-le en aumône. Faites-vous des bourses qui ne s'usent pas, un trésor inépuisable dans les cieux, là où le voleur n'approche pas, où la mite ne détruit pas. Car là où est votre trésor, là aussi sera votre cœur. Restez en tenue de service, votre ceinture autour des reins, et vos lampes allumées. Soyez comme des gens qui attendent leur maître à son retour des noces, pour lui ouvrir dès qu'il arrivera et frappera à la porte. Heureux ces serviteurs-là que le maître, à son arrivée, trouvera en train de **veiller**. **Amen**, je vous le dis : c'est lui qui, la ceinture autour des reins, les fera prendre place à table et passera pour les servir. S'il revient vers minuit ou vers trois heures du matin et qu'il les trouve ainsi, heureux sont-ils ! Vous le savez bien : si le maître de maison avait su à quelle heure le voleur viendrait, il n'aurait pas laissé percer le mur de sa maison. Vous aussi, tenez-vous prêts : c'est à l'heure où vous n'y penserez pas que le **Fils de l'homme** viendra. » Pierre dit alors : « Seigneur, est-ce pour nous que tu dis cette parabole, Ou bien pour tous ? » Le Seigneur répondit : « Que dire de l'intendant fidèle et sensé à qui le maître confiera la charge de son personnel pour distribuer, en temps voulu, la ration de nourriture ? Heureux ce serviteur que son maître, en arrivant, trouvera en train d'agir ainsi ! Vraiment, je vous le déclare : il l'établira sur tous ses biens. Mais si le serviteur se dit en lui-même : “Mon maître tarde à venir”, et s'il se met à frapper les serviteurs et les servantes, à manger, à boire et à s'enivrer, alors quand le maître viendra, le jour où son serviteur ne s'y attend pas et à l'heure qu'il ne connaît pas, il l'écartera et lui fera partager le sort des infidèles. Le serviteur qui, connaissant la volonté de son maître, n'a rien préparé et n'a pas accompli cette volonté, recevra un grand nombre de coups. Mais celui qui ne la connaissait pas, et qui a mérité des coups pour sa conduite, celui-là n'en recevra qu'un petit nombre. À qui l'on a beaucoup donné, on demandera beaucoup ; à qui l'on a beaucoup confié, on réclamera davantage. »

Les mots de la Bible

Amen
Ce mot hébreu veut dire « c'est » ou « en vérité ». Au début d'une phrase, il annonce quelque chose d'important.

Délivrance pascale
Il s'agit de la Pâque (ce mot veut dire « passage »). Il y a trois mille deux cent cinquante ans, le peuple hébreu était esclave en Égypte. Une nuit, Dieu le fit sortir d'Égypte en ouvrant un passage à travers la mer.

Écriture
C'est ce qui est écrit dans les livres saints.

Fils de l'homme
Jésus emploie plusieurs fois cette expression mystérieuse pour parler de lui quand il reviendra à la fin des temps.

Pères
Ce sont les ancêtres du peuple d'Israël.

Terre promise
Dieu avait promis à Abraham une terre en Palestine où ses descendants vivraient heureux. On l'a appelée la Terre promise.

Veiller
Dans la vie, on est un peu comme dans la nuit. On a envie de ne plus penser à rien et de vivre comme dans un rêve. Mais Jésus nous demande de rester éveillés pour l'attendre. Il nous donne une lumière, celle de la foi. C'est quelquefois une toute petite lumière, très fragile. Mais elle peut éclairer notre vie et celle des gens qui nous entourent.

Retourne page 15 pour poursuivre la messe.

14
août
2022

20e dimanche du temps ordinaire

Ici, Jésus a des paroles dures. Elles montrent que le message de Jésus n'est pas doux comme du sucre, mais piquant comme du sel.

Première lecture

Lecture du livre de Jérémie

Jr 38,4-6.8-10

Un prophète dit souvent des choses qui ne plaisent pas à tout le monde. C'est ainsi que Jérémie se retrouve en prison !

En ces jours-là, pendant le **siège** de Jérusalem, les princes qui tenaient **Jérémie** en prison dirent au roi Sédécias : « Que cet homme soit mis à mort : en parlant comme il le fait, il démoralise tout ce qui reste de combattant dans la ville, et toute la population. Ce n'est pas le bonheur du peuple qu'il cherche, mais son malheur. » Le roi Sédécias répondit : « Il est entre vos mains, et le roi ne peut rien contre vous ! »

Alors ils se saisirent de Jérémie et le jetèrent dans la citerne de Melkias, fils du roi, dans la cour de garde. On le descendit avec des cordes. Dans cette citerne il n'y avait pas d'eau, mais de la boue, et Jérémie enfonça dans la boue.

Ébed-Mélek sortit de la maison du roi et vint lui dire : « Monseigneur le roi, ce que ces gens-là ont fait au prophète Jérémie, c'est mal ! Ils l'ont jeté dans la citerne, il va y mourir de faim car on n'a plus de pain dans la ville ! » Alors le roi donna cet ordre à Ébed-Mélek l'Éthiopien : « Prends trente hommes avec toi, et fais remonter de la citerne le prophète Jérémie avant qu'il ne meure. »

Psaume

Ps 39

Seigneur, viens vite à mon secours !

D'un grand espoir,
j'espérais le Seigneur :
il s'est penché vers moi
pour entendre mon cri.

Il m'a tiré de l'horreur du gouffre,
de la vase et de la boue ;
il m'a fait reprendre pied sur le roc,
il a raffermi mes pas.

Dans ma bouche il a mis un chant nouveau,
une louange à notre Dieu.
Beaucoup d'hommes verront, ils craindront,
ils auront foi dans le Seigneur.

Je suis pauvre et malheureux,
mais le Seigneur pense à moi.
Tu es mon secours, mon libérateur :
mon Dieu, ne tarde pas !

Deuxième lecture

Lecture de la lettre aux Hébreux

He 12,1-4

La vie chrétienne, c'est comme une grande course à pied. Et tous les chrétiens qui ont vécu avant nous sont là pour nous encourager.

Frères, nous qui sommes entourés d'une immense nuée de témoins, et débarrassés de tout ce qui nous alourdit – en particulier du péché qui nous **entrave** si bien –, courons avec **endurance** l'épreuve qui nous est proposée, les yeux fixés sur Jésus, qui est à l'origine et au terme de la foi.
Renonçant à la joie qui lui était proposée, il a enduré la croix en méprisant la honte de ce supplice, et il siège à la droite du trône de Dieu. Méditez l'exemple de celui qui a enduré de la part des pécheurs une telle hostilité, et vous ne serez pas accablés par le découragement. Vous n'avez pas encore résisté jusqu'au sang dans votre lutte contre le péché.

Évangile Évangile de Jésus Christ selon saint Luc

Lc 12,49-53

Voici des paroles de Jésus difficiles à comprendre, car elles sont pleines de violence. Elles montrent que Jésus fait naître un monde neuf qui bouleverse tout.

En ce temps-là, Jésus disait à ses disciples : « Je suis venu apporter un feu sur la terre, et comme je voudrais qu'il soit déjà allumé ! Je dois recevoir un **baptême**, et quelle angoisse est la mienne jusqu'à ce qu'il soit accompli ! »
« Pensez-vous que je sois venu mettre la paix sur la terre ? Non, je vous le dis, mais bien plutôt la **division**. Car désormais cinq personnes de la même famille seront divisées : trois contre deux et deux contre trois ; ils se diviseront : le père contre le fils et le fils contre le père, la mère contre la fille et la fille contre la mère, la belle-mère contre la belle-fille et la belle-fille contre la belle-mère. »

Les mots de la Bible

Baptême
Vient d'un mot grec qui veut dire « plongée ». Ici, le baptême dont parle Jésus désigne sa « plongée » dans la souffrance et dans la mort lors de la passion.

Division
Il ne s'agit pas ici de l'opération mathématique ! Ce mot veut dire désaccord, séparation. Tout le monde n'était pas d'accord à propos de Jésus : certains l'admiraient et étaient prêts à le suivre jusqu'au bout, d'autres ne le comprenaient pas, certains le détestaient. Dans une même famille, on pouvait être pour ou contre lui. C'est pour cela que Jésus parle de division.

Endurance
C'est le fait de tenir bon, de durer dans l'effort.

Entraver
Mettre un bâton ou une chaîne en travers des jambes de quelqu'un pour l'empêcher d'avancer.

Jérémie
C'était un prophète, un homme inspiré par Dieu. Il a vécu il y a deux mille six cents ans. Jérémie encourageait son peuple mais dénonçait ses fautes.

Siège
Le siège d'une ville, c'est quand elle est entourée par une armée ennemie qui veut en prendre possession.

Retourne page 15 pour poursuivre la messe.

Lundi
15 août
2022

Assomption de la Vierge Marie

C'est le grand jour de Marie. Nous fêtons le moment où elle est entrée pour toujours dans la vie de Dieu. Nous espérons qu'à notre tour, après notre mort, nous serons avec Jésus Christ, pour toujours, auprès de Dieu.

Première lecture

Lecture de l'Apocalypse de saint Jean

Ap 11,19a ; 12,1-6a.10ab

L'Apocalypse, c'est un livre de la Bible qui parle de manière imagée. Ici, il raconte une histoire qui fait penser à Marie.

Le sanctuaire de Dieu, qui est dans le ciel, s'ouvrit, et l'**arche de son Alliance** apparut dans le Sanctuaire. Un grand signe apparut dans le ciel : une **Femme**, ayant le soleil pour manteau, la lune sous les pieds, et sur la tête une couronne de douze étoiles. Elle est enceinte, elle crie, dans les douleurs et la torture d'un enfantement.

Un autre signe apparut dans le ciel : un grand Dragon, rouge feu, avec sept têtes et dix cornes, et, sur chacune des sept têtes, un diadème. Sa queue, entraînant le tiers des étoiles du ciel, les précipita sur la terre. Le Dragon vint se poster devant la Femme qui allait enfanter, afin de dévorer l'enfant dès sa naissance. Or, elle mit au monde un fils, un enfant mâle, celui qui sera le berger de toutes les nations, les conduisant avec un sceptre de fer. L'enfant fut enlevé jusqu'auprès de Dieu et de son Trône, et la Femme s'enfuit au désert, où Dieu lui a préparé une place.

Alors j'entendis dans le ciel une voix forte, qui proclamait : « Maintenant voici le salut, la puissance et le règne de notre Dieu, voici le pouvoir de son Christ ! »

Psaume

Ps 44

Debout, à la droite du Seigneur,
se tient la reine, toute parée d'or.

Écoute, ma fille, regarde et tends l'oreille ;
oublie ton peuple et la maison de ton père :
le roi sera séduit par ta beauté.

Il est ton Seigneur : prosterne-toi devant lui.
Alors, les plus riches du peuple,
chargés de présents, quêteront ton sourire.

Fille de roi, elle est là, dans sa gloire,
vêtue d'étoffes d'or ;
on la conduit, toute parée, vers le roi.

Des jeunes filles, ses compagnes, lui font cortège ;
on les conduit parmi les chants de fête :
elles entrent au palais du roi.

Deuxième lecture

Lecture de la première lettre de saint Paul apôtre aux Corinthiens

1Co 15,20-27a

Le Christ n'est pas ressuscité pour rien, dit saint Paul. Il est ressuscité pour nous, la mort a perdu !

Frères, le Christ est ressuscité d'entre les morts, lui, premier ressuscité parmi ceux qui se sont endormis. Car, la mort étant venue par un homme, c'est par un homme aussi que vient la résurrection des morts. En effet, de même que tous les hommes meurent en **Adam**, de même c'est dans le Christ que tous recevront la vie, mais chacun à son rang : en premier, le Christ, et ensuite, lors du retour du Christ, ceux qui lui appartiennent.
Alors, tout sera achevé, quand le Christ remettra le pouvoir royal à Dieu son Père, après avoir anéanti, parmi les êtres célestes, toute Principauté, toute Souveraineté et Puissance. Car c'est lui qui doit régner jusqu'au jour où Dieu aura mis sous ses pieds tous ses ennemis. Et le dernier ennemi qui sera anéanti, c'est la mort, car il a tout mis sous ses pieds.

Évangile

Évangile de Jésus Christ selon saint Luc

Lc 1,39-56

L'ange de Dieu vient annoncer à Marie qu'elle va avoir un bébé. Il s'appellera Jésus. Marie a accepté cet enfant qui vient de Dieu. Et sa joie éclate devant sa cousine Élisabeth.

En ces jours-là, Marie se mit en route et se rendit avec empressement vers la région montagneuse, dans une ville de Judée. Elle entra dans la maison de Zacharie et salua Élisabeth. Or, quand Élisabeth entendit la salutation de Marie, l'enfant tressaillit en elle. Alors, **Élisabeth** fut remplie d'Esprit Saint, et s'écria d'une voix forte : « Tu es bénie entre toutes les femmes, et le **fruit**

de tes entrailles est béni. D'où m'est-il donné que la mère de mon Seigneur vienne jusqu'à moi ? Car, lorsque tes paroles de salutation sont parvenues à mes oreilles, l'enfant a tressailli d'allégresse en moi. Heureuse celle qui a cru à l'accomplissement des paroles qui lui furent dites de la part du Seigneur. »
Marie dit alors : « Mon âme **exalte** le Seigneur, **exulte** mon esprit en Dieu, mon Sauveur ! Il s'est penché sur son humble servante ; désormais tous les âges me diront bienheureuse. Le Puissant fit pour moi des merveilles ; Saint est son nom ! Sa miséricorde s'étend d'âge en âge sur ceux qui le craignent. Déployant la force de son bras, il disperse les **superbes**. Il renverse les puissants de leurs trônes, il élève les humbles. Il comble de biens les affamés, renvoie les riches les mains vides. Il relève Israël son serviteur, il se souvient de son amour, de la promesse faite à nos pères, en faveur d'Abraham et sa descendance à jamais. » Marie resta avec Élisabeth environ trois mois, puis elle s'en retourna chez elle.

Les mots de la Bible

Adam
Ce mot hébreu veut dire « être humain ». Adam représente les hommes de tous les temps.

Arche de l'Alliance
C'est le coffre sacré qui contenait les deux tablettes de pierre sur lesquelles Moïse avait gravé la Loi de Dieu.

Élisabeth
C'était une cousine de Marie. Son fils Jean Baptiste a reconnu Jésus comme le Messie.

Exalter
Admirer, dire tout haut les mérites de quelqu'un.

Exulter
Déborder de joie.

Une femme
Pour les chrétiens, cette Femme de l'Apocalypse représente le peuple d'Israël au milieu duquel Jésus est né. Elle représente aussi Marie, la mère de Jésus. Enfin, elle représente l'Église, c'est-à-dire le peuple des chrétiens.

Fruit des entrailles
Cette expression désigne le bébé qui grandit et mûrit comme un fruit dans le ventre de sa mère.

Superbes
Personnes fières, orgueilleuses.

Retourne page 15 pour poursuivre la messe.

21
août
2022

21e *dimanche du temps ordinaire*

Ce n'est pas parce que nous sommes chrétiens que tout est gagné d'avance. Non, le Royaume est offert à tous les hommes, sans distinction. Et Dieu ouvrira sa porte à ceux qui l'auront vraiment cherché.

Première lecture

Lecture du livre d'Isaïe

Is 66,18-21

Le prophète Isaïe annonce que Dieu invite tous les peuples du monde à entrer dans le Royaume. Cela s'adresse donc à chacun de nous.

Ainsi parle le Seigneur : connaissant leurs actions et leurs pensées, moi, je viens rassembler toutes les **nations**, de toute langue. Elles viendront et verront ma gloire : je mettrai chez elles un signe ! Et, du milieu d'elles, j'enverrai des **rescapés** vers les nations les plus éloignées, vers les îles lointaines qui n'ont rien entendu de ma renommée, qui n'ont pas vu ma gloire ; ma gloire, ces rescapés l'annonceront parmi les nations.
Et, de toutes les nations, ils ramèneront tous vos frères, en offrande au Seigneur, sur des chevaux et des chariots, en **litière**, à dos de mulets et de dromadaires, jusqu'à ma montagne sainte, à Jérusalem, – dit le Seigneur. On les portera comme l'offrande qu'apportent les fils d'Israël, dans des vases purs, à la maison du Seigneur. Je prendrai même des prêtres et des **Lévites** parmi eux, – dit le Seigneur.

Psaume

Ps 116

**Allez dans le monde entier.
Proclamez l'Évangile.**

Louez le Seigneur, tous les peuples ;
fêtez-le, tous les pays !

Son amour envers nous s'est montré le plus fort ;
éternelle est la fidélité du Seigneur !

Deuxième lecture

Lecture de la lettre aux Hébreux

He 12,5-7.11-13

Voilà des encouragements pour tous les moments durs de la vie. Ils demandent de la force. Mais ils peuvent aussi nous rendre meilleurs.

Frères, vous avez oublié cette parole de réconfort, qui vous est adressée comme à des fils : Mon fils, ne néglige pas les leçons du Seigneur, ne te décourage pas quand il te fait des reproches. Quand le Seigneur aime quelqu'un, il lui donne de bonnes leçons ; il corrige tous ceux qu'il accueille comme ses fils. Ce que vous endurez est une leçon. Dieu se comporte envers vous comme envers des fils ; et quel est le fils auquel son père ne donne pas des leçons ? Quand on vient de recevoir une leçon, on n'éprouve pas de la joie mais plutôt de la tristesse. Mais plus tard, quand on s'est repris grâce à la leçon, celle-ci produit un fruit de paix et de justice.
C'est pourquoi, redressez les mains inertes et les genoux qui fléchissent, et rendez droits pour vos pieds les sentiers tortueux. Ainsi, celui qui boite ne se fera pas d'entorse ; bien plus, il sera guéri.

Évangile

Évangile de Jésus Christ selon saint Luc

Lc 13,22-30

Des gens interrogeaient Jésus sur le jour où les hommes seront jugés. Sa réponse est énigmatique. Personne ne peut être sûr à l'avance d'être sauvé.

En ce temps-là, tandis qu'il faisait route vers Jérusalem, Jésus traversait villes et villages en enseignant. Quelqu'un lui demanda : « Seigneur, n'y a-t-il que peu de gens qui soient sauvés ? » Jésus leur dit : « Efforcez-vous d'entrer par la **porte étroite**, car, je vous le déclare, beaucoup chercheront à entrer et n'y parviendront pas. Lorsque le maître de maison se sera levé pour fermer la porte, si vous, du dehors, vous vous mettez à frapper à la porte, en disant : "Seigneur, ouvre-nous", il vous répondra : "Je ne sais pas d'où vous êtes." Alors vous vous mettrez à dire : "Nous avons mangé et bu en ta présence, et tu as enseigné sur nos places." Il vous répondra : "Je ne sais pas d'où vous êtes. Éloignez-vous de moi, vous tous qui commettez l'injustice." Là, il y aura des pleurs et des grincements de dents, quand vous verrez **Abraham, Isaac et Jacob**, et tous les prophètes dans le royaume de Dieu, et que vous-mêmes, vous serez jetés dehors. Alors on viendra de l'orient et de l'occident, du nord et du midi, prendre place au festin dans le royaume de Dieu. Oui, il y a des derniers qui seront premiers, et des premiers qui seront derniers. »

Les mots de la Bible

Abraham, Isaac et Jacob
Abraham est le père d'Isaac qui est le père de Jacob. On les appelle « patriarches », parce que ce sont les ancêtres du peuple d'Israël.

Lévites
Hommes de la tribu de Lévi au service du Temple. Par exemple, ils préparaient les sacrifices.

Litière
Lit couvert que des hommes portent comme un brancard.

Nation
Peuple, pays.

La porte étroite
Jésus a souvent dit que Dieu invitait tous les hommes dans son Royaume. Mais ici il dit : « Attention, la porte est minuscule. » Qu'est-ce qu'il veut nous dire ? On n'entre pas n'importe comment dans le Royaume. Personne n'a une place réservée à l'avance. Aller chez Dieu, cela se prépare tout au long de sa vie.

Rescapé
Personne qui a échappé à la mort lors d'une catastrophe. Ici, les rescapés sont les Juifs qui ont survécu aux terribles invasions des Babyloniens, environ six cents ans avant Jésus Christ.

Retourne page 15 pour poursuivre la messe.

28
août
2022

22e *dimanche du temps ordinaire*

Il y en a qui prennent les premières places, il y en a d'autres qui se retrouvent derrière. Dieu nous propose de trouver notre juste place avec lui, au milieu des autres.

Première lecture

Lecture du livre de Ben Sirac le Sage

Si 3,17-18.20.28-29

Pour Ben Sirac, l'orgueilleux est loin de Dieu parce qu'il est trop occupé de lui-même, il croit tout bien faire et tout savoir.

Mon fils, accomplis toute chose dans l'**humilité**, et tu seras aimé plus qu'un bienfaiteur. Plus tu es grand, plus il faut t'abaisser : tu trouveras grâce devant le Seigneur. Grande est la puissance du Seigneur, et les humbles lui rendent gloire. La condition de l'orgueilleux est sans remède, car la racine du mal est en lui. Qui est sensé médite les **maximes** de la sagesse ; l'idéal du sage, c'est une oreille qui écoute.

Psaume

Ps 67

Béni soit le Seigneur : il élève les humbles.

Les justes sont en fête, ils exultent ;
devant la face de Dieu ils dansent de joie.
Chantez pour Dieu, jouez pour son nom.
Son nom est Le Seigneur ; dansez devant sa face.

Père des orphelins, défenseur des veuves,
tel est Dieu dans sa sainte demeure.
À l'isolé, Dieu accorde une maison ;
aux captifs, il rend la liberté.

Tu répandais sur ton héritage une pluie généreuse,
et quand il défaillait, toi, tu le soutenais.
Sur les lieux où campait ton troupeau,
tu le soutenais, Dieu qui es bon pour le pauvre.

Deuxième lecture — Lecture de la lettre aux Hébreux

He 12,18-19.22-24a

Cette lettre s'adresse à des Juifs devenus chrétiens. Elle dit que Dieu ne se fait plus connaître par des signes spectaculaires, il se fait connaître par Jésus.

Frères, quand vous êtes venus vers Dieu, vous n'êtes pas venus vers une réalité palpable, embrasée par le feu, comme la montagne du **Sinaï** : pas d'obscurité, de ténèbres ni d'ouragan, pas de son de trompettes ni de paroles prononcées par cette voix que les fils d'Israël demandèrent à ne plus entendre. Mais vous êtes venus vers la montagne de Sion et vers la ville du Dieu vivant, la Jérusalem céleste, vers des myriades d'anges en fête et vers l'assemblée des premiers-nés dont les noms sont inscrits dans les cieux. Vous êtes venus vers Dieu, le juge de tous, et vers les esprits des justes amenés à la perfection. Vous êtes venus vers Jésus, le **médiateur** d'une alliance nouvelle.

Évangile — Évangile de Jésus Christ selon saint Luc

Lc 14,1.7-14

Ne prenez pas les premières places, dit Jésus, ne vous croyez pas les meilleurs. Accueillez les pauvres, les exclus, les étrangers.

Un jour de **sabbat**, Jésus était entré dans la maison d'un chef des **pharisiens** pour y prendre son repas, et ces derniers l'observaient. Jésus dit une parabole aux invités lorsqu'il remarqua comment ils choisissaient les premières places, et il leur dit : « Quand quelqu'un t'invite à des noces, ne va pas t'installer à la première place, de peur qu'il ait invité un autre plus considéré que toi. Alors, celui qui vous a invités, toi et lui, viendra te dire : “Cède-lui ta place” ; et, à ce moment, tu iras, plein de honte, prendre la dernière place. Au contraire, quand tu es invité, va te mettre à la dernière place. Alors, quand viendra celui qui t'a invité, il te dira : “Mon ami, avance plus haut”, et ce sera pour toi un honneur aux yeux de tous ceux qui seront à la table avec toi. En effet, quiconque s'élève sera abaissé ; et qui s'abaisse sera élevé. » Jésus disait aussi à celui qui l'avait invité : « Quand tu donnes un déjeuner ou un dîner, n'invite pas tes amis, ni tes frères, ni tes parents, ni de riches voisins ; sinon, eux aussi te rendraient l'invitation et ce serait pour toi un don en retour. Au contraire, quand tu donnes une réception, invite des pauvres, des **estropiés**, des boiteux, des aveugles ; heureux seras-tu, parce qu'ils n'ont rien à te donner en retour : cela te sera rendu à la résurrection des **justes**. »

Les mots de la Bible

Ben Sirac
C'était un Juif, professeur de religion, célèbre pour sa grande sagesse. Il a vécu environ deux-cents ans avant Jésus Christ.

Estropiés
Infirmes, handicapés.

Humilité
C'est le fait d'être humble. L'humilité, ce n'est pas vouloir être le dernier à tout prix, penser qu'on ne vaut rien. L'humilité, c'est savoir s'accepter avec ses qualités et ses défauts. C'est reconnaître qu'on a besoin des autres et de Dieu pour nous aider.

Justes
Ce sont tous ceux qui sont fidèles à Dieu.

Maximes
Petites phrases donnant des règles de morale.

Médiateur
Personne qui fait le lien entre plusieurs personnes pour les mettre d'accord.

Pharisiens
C'étaient des Juifs très soucieux de respecter les lois religieuses.

Sabbat
C'est le samedi, jour de repos pour les Juifs. Ce jour-là est consacré à Dieu. Les lois religieuses interdisent de travailler ce jour-là.

Sinaï
Montagne sur laquelle Moïse reçut de Dieu les dix commandements.

Retourne page 15 pour poursuivre la messe.

4 septembre 2022

23e dimanche du temps ordinaire

Après de longues vacances, nous sommes pleins de forces
et d'idées nouvelles pour l'année qui vient.
Que cette messe nous donne l'envie de continuer
à être de vrais disciples de Jésus.

Première lecture

Lecture du livre de la Sagesse

Sg 9,13-18

**Tous seuls, nous ne pouvons pas percer le mystère de Dieu.
Mais Dieu nous donne la Sagesse
et nous envoie son Esprit pour le connaître.**

Quel homme peut découvrir les intentions de Dieu ? Qui peut comprendre les volontés du Seigneur ? Les réflexions des mortels sont incertaines, et nos pensées, instables ; car un corps périssable appesantit notre âme, et cette enveloppe d'argile alourdit notre esprit aux mille pensées. Nous avons peine à nous représenter ce qui est sur terre, et nous trouvons avec effort ce qui est à notre portée ; ce qui est dans les cieux, qui donc l'a découvert ? Et qui aurait connu ta volonté, si tu n'avais pas donné la Sagesse et envoyé d'en haut ton **Esprit Saint** ? C'est ainsi que les sentiers des habitants de la terre sont devenus droits ; c'est ainsi que les hommes ont appris ce qui te plaît et, par la Sagesse, ont été sauvés.

Psaume

Ps 89

D'âge en âge, Seigneur, tu as été notre refuge.

Tu fais retourner l'homme à la poussière ;
tu as dit : « Retournez, fils d'Adam ! »
À tes yeux, mille ans sont comme hier,
c'est un jour qui s'en va, une heure dans la nuit.

Tu les as balayés : ce n'est qu'un songe ;
dès le matin, c'est une herbe changeante :
elle fleurit le matin, elle change ;
le soir, elle est fanée, desséchée.

Apprends-nous la vraie mesure de nos jours :
que nos cœurs pénètrent la sagesse.
Reviens, Seigneur, pourquoi tarder ?
Ravise-toi par égard pour tes serviteurs.

Rassasie-nous de ton amour au matin,
que nous passions nos jours dans la joie et les chants.
Que vienne sur nous la douceur du Seigneur notre Dieu !
Consolide pour nous l'ouvrage de nos mains.

Deuxième lecture Lecture de la lettre de saint Paul apôtre à Philémon

Phm 9b-10.12-17

Saint Paul a baptisé Onésime, l'esclave de Philémon. Dans cette lettre, saint Paul dit à Philémon qu'il doit maintenant considérer Onésime comme un frère.

Bien-aimé, moi, Paul, tel que je suis, un vieil homme et, qui plus est, prisonnier maintenant à cause du Christ Jésus, j'ai quelque chose à te demander pour Onésime, mon enfant à qui, en prison, j'ai donné la vie dans le Christ. Je te le renvoie, lui qui est comme mon cœur. Je l'aurais volontiers gardé auprès de moi, pour qu'il me rende des services en ton nom, à moi qui suis en prison à cause de l'Évangile. Mais je n'ai rien voulu faire sans ton accord, pour que tu accomplisses ce qui est bien, non par contrainte mais volontiers.
S'il a été éloigné de toi pendant quelque temps, c'est peut-être pour que tu le retrouves définitivement, non plus comme un esclave, mais, mieux qu'un esclave, comme un frère bien-aimé : il l'est vraiment pour moi, combien plus le sera-t-il pour toi, aussi bien humainement que dans le Seigneur. Si donc tu estimes que je suis en communion avec toi, accueille-le comme si c'était moi.

Évangile — Évangile de Jésus Christ selon saint Luc

Lc 14,25-33

Cet évangile ne dit pas qu'il ne faut plus aimer ses parents et sa famille ! Mais il nous prévient : Jésus est plus important que tout.

En ce temps-là, de grandes foules faisaient route avec Jésus ; il se retourna et leur dit : « Si quelqu'un vient à moi sans me préférer à son père, sa mère, sa femme, ses enfants, ses frères et sœurs, et même à sa propre vie, il ne peut pas être mon **disciple**. Celui qui ne porte pas sa croix pour marcher à ma suite ne peut pas être mon disciple. Quel est celui d'entre vous qui, voulant bâtir une tour, ne commence par s'asseoir pour calculer la dépense et voir s'il a de quoi aller jusqu'au bout ? Car, si jamais il pose les **fondations** et n'est pas capable d'achever, tous ceux qui le verront vont se moquer de lui : "Voilà un homme qui a commencé à bâtir et n'a pas été capable d'achever !"
« Et quel est le roi qui, partant en guerre contre un autre roi, ne commence par s'asseoir pour voir s'il peut, avec dix mille hommes, affronter l'autre qui marche contre lui avec vingt mille ? S'il ne le peut pas, il envoie, pendant que l'autre est encore loin, une **délégation** pour demander les conditions de paix.
« Ainsi donc, celui d'entre vous qui ne renonce pas à tout ce qui lui appartient ne peut pas être mon disciple. »

Les mots de la Bible

Délégation
Groupe de personnes chargées d'une mission.

Disciples
Des dizaines d'hommes et de femmes suivaient Jésus partout où il allait. Ils l'admiraient et cherchaient à vivre comme il le demandait. C'étaient ses disciples. Aujourd'hui, nous sommes les disciples de Jésus. Quand il nous demande de porter notre croix, il nous exhorte à affronter la vie avec courage, même dans les difficultés et la souffrance.

Esprit Saint
C'est le souffle de Dieu, sa présence invisible et mystérieuse au milieu des hommes.

Fondations
Ce sont les bases d'une construction. Elles doivent être profondément enfoncées dans le sol pour que la maison soit solide.

Retourne page 15 pour poursuivre la messe.

11 septembre 2022

24e dimanche du temps ordinaire

Quand nous sommes perdus,
Dieu nous cherche.
Quand nous nous éloignons
de lui, il nous pardonne.
Et quand il nous retrouve,
sa joie éclate comme un feu
d'artifice.

Première lecture

Lecture du livre de l'Exode

Ex 32,7-11.13-14

Au temps lointain de Moïse, les gens pensaient que Dieu pouvait se venger. Ce passage de la Bible nous apprend à voir Dieu autrement.

En ces jours-là, le Seigneur parla à Moïse : « Va, descends, car ton peuple s'est **corrompu**, lui que tu as fait monter du pays d'Égypte. Ils n'auront pas mis longtemps à s'écarter du chemin que je leur avais ordonné de suivre ! Ils se sont fait un veau en métal fondu et se sont prosternés devant lui. Ils lui ont offert des sacrifices en proclamant : "Israël, voici tes dieux, qui t'ont fait monter du pays d'Égypte." » Le Seigneur dit encore à Moïse : « Je vois que ce peuple est un peuple à la nuque raide. Maintenant, laisse-moi faire ; ma colère va s'enflammer contre eux et je vais les exterminer ! Mais, de toi, je ferai une grande nation. » Moïse apaisa le visage du Seigneur son Dieu en disant : « Pourquoi, Seigneur, ta colère s'enflammerait-elle contre ton peuple, que tu as fait sortir du pays d'Égypte par ta grande force et ta main puissante ? Souviens-toi de tes serviteurs, Abraham, Isaac et Israël, à qui tu as juré par toi-même : "Je multiplierai votre descendance comme les étoiles du ciel ; je donnerai, comme je l'ai dit, tout ce pays à vos descendants, et il sera pour toujours leur héritage." » Le Seigneur renonça au mal qu'il avait voulu faire à son peuple.

Psaume Ps 50

Oui, je me lèverai, et j'irai vers mon Père.

Pitié pour moi, mon Dieu, dans ton amour,
selon ta grande miséricorde, efface mon péché.
Lave-moi tout entier de ma faute,
purifie-moi de mon offense.

Crée en moi un cœur pur, ô mon Dieu,
renouvelle et raffermis au fond de moi mon esprit.
Ne me chasse pas loin de ta face,
ne me reprends pas ton esprit saint.
Seigneur, ouvre mes lèvres,
et ma bouche annoncera ta louange.
Le sacrifice qui plaît à Dieu, c'est un esprit brisé ;
tu ne repousses pas, ô mon Dieu, un cœur brisé et broyé.

Deuxième lecture Lecture de la première lettre de saint Paul apôtre à Timothée

1Ti 1,12-17

Saint Paul a d'abord lutté contre les chrétiens. Mais, un jour, Jésus lui a parlé et a changé son cœur. Quel cadeau fabuleux !

Bien-aimé, je suis plein de gratitude envers celui qui me donne la force, le Christ Jésus notre Seigneur, car il m'a estimé digne de confiance lorsqu'il m'a chargé du **ministère**, moi qui étais autrefois **blasphémateur**, persécuteur, violent. Mais il m'a été fait miséricorde, car j'avais agi par ignorance, n'ayant pas encore la foi ; la grâce de notre Seigneur a été encore plus abondante, avec la foi, et avec l'amour qui est dans le Christ Jésus.
Voici une parole digne de foi, et qui mérite d'être accueillie sans réserve : le Christ Jésus est venu dans le monde pour sauver les pécheurs ; et moi, je suis le premier des pécheurs. Mais s'il m'a été fait miséricorde, c'est afin qu'en moi le premier, le Christ Jésus montre toute sa patience, pour donner un exemple à ceux qui devaient croire en lui, en vue de la vie éternelle. Au roi des siècles, Dieu immortel, invisible et unique, honneur et gloire pour les siècles des siècles. Amen.

Évangile — Évangile de Jésus Christ selon saint Luc

Lc 15,1-32

Des gens reprochaient à Jésus d'accueillir les pécheurs à bras ouverts. Jésus leur répond en racontant ces histoires qui en disent long.

En ce temps-là, les **publicains** et les pécheurs venaient tous à Jésus pour l'écouter. Les **pharisiens** et les **scribes** récriminaient contre lui : « Cet homme fait bon accueil aux pécheurs, et il mange avec eux ! » Alors Jésus leur dit cette parabole : « Si l'un de vous a cent brebis et qu'il en perd une, n'abandonne-t-il pas les quatre-vingt-dix-neuf autres dans le désert pour aller chercher celle qui est perdue, jusqu'à ce qu'il la retrouve ? Quand il l'a retrouvée, il la prend sur ses épaules, tout joyeux, et, de retour chez lui, il rassemble ses amis et ses voisins pour leur dire : "Réjouissez-vous avec moi, car j'ai retrouvé ma brebis, celle qui était perdue !" Je vous le dis : C'est ainsi qu'il y aura de la joie dans le ciel pour un seul pécheur qui **se convertit**, plus que pour quatre-vingt-dix-neuf justes qui n'ont pas besoin de conversion. Ou encore, si une femme a dix pièces d'argent et qu'elle en perd une, ne va-t-elle pas allumer une lampe, balayer la maison, et chercher avec soin jusqu'à ce qu'elle la retrouve ? Quand elle l'a retrouvée, elle rassemble ses amies et ses voisines pour leur dire : "Réjouissez-vous avec moi, car j'ai retrouvé la pièce d'argent que j'avais perdue !" Ainsi je vous le dis : Il y a de la joie devant les anges de Dieu pour un seul pécheur qui se convertit. » Jésus dit encore : « Un homme avait deux fils. Le plus jeune dit à son père : "Père, donne-moi la part de fortune qui me revient." Et le père leur partagea ses biens. Peu de jours après, le plus jeune rassembla tout ce qu'il avait, et partit pour un pays lointain où il dilapida sa fortune en menant une vie de désordre. Il avait tout dépensé, quand une grande famine survint dans ce pays, et il commença à se trouver dans le besoin. Il alla s'engager auprès d'un habitant de ce pays, qui l'envoya dans ses champs garder les porcs. Il aurait bien voulu se remplir le ventre avec les gousses que mangeaient les porcs, mais personne ne lui donnait rien. Alors il rentra en lui-même et se dit : "Combien d'ouvriers de mon père ont du pain en abondance, et moi, ici, je meurs de faim ! Je me lèverai, j'irai vers mon père, et je lui dirai : Père, j'ai péché contre le ciel et envers toi. Je ne suis plus digne d'être appelé ton fils. Traite-moi comme l'un de tes ouvriers." Il se leva et s'en alla vers son père. Comme il était encore loin, son père l'aperçut et fut saisi de compassion ; il courut se jeter à son cou et le couvrit de baisers. Le fils lui dit : "Père, j'ai péché contre le ciel et envers toi. Je ne suis plus digne d'être appelé ton fils." Mais le père dit à ses serviteurs : “Vite, apportez le plus beau vêtement pour l’habiller, mettez-lui une bague au doigt et des sandales aux pieds, allez chercher le veau gras, tuez-le, mangeons et festoyons, car mon fils que voilà était mort, et il est revenu à la vie ; il était perdu, et il est retrouvé.” Et ils commencèrent à festoyer. Or le fils aîné était aux champs. Quand il revint et fut près de la maison, il entendit la musique et les danses. Appelant un des serviteurs, il s’informa de ce qui se passait. Celui-ci répondit : “Ton frère est arrivé, et ton père a tué le veau gras, parce qu’il a retrouvé ton frère en bonne santé.” Alors le fils aîné se mit en colère, et il refusait d’entrer. Son père sortit le supplier. Mais il répliqua à son père : “Il y a tant d’années que je suis à ton service sans avoir jamais transgressé tes ordres, et jamais tu ne m’as donné un chevreau pour festoyer avec mes amis. Mais, quand ton fils que voilà est revenu après avoir dévoré ton bien avec des prostituées, tu as fait tuer pour lui le veau gras !” Le père répondit : “Toi, mon enfant, tu es toujours avec moi, et tout ce qui est à moi est à toi. Il fallait festoyer et se réjouir ; car ton frère que voilà était mort, et il est revenu à la vie ; il était perdu, et il est retrouvé !” »

Les mots de la Bible

Blasphémateur
Quelqu’un qui insulte Dieu.

Se convertir
Ici, cela ne veut pas dire changer de religion, mais tourner toute sa personne vers Dieu. C’est une histoire d’amour que nous construisons tous les jours, souvent à pas de fourmi, parfois à pas de géant, dans les moments où nous nous sentons près de Dieu. Se convertir, cela change la vie, c’est un chemin qui donne beaucoup de joie, à nous et à Dieu.

Se corrompre
Choisir de se tourner vers le mal. C’est le contraire de se convertir.

Ministère
En latin, ce mot veut dire « service ». Les apôtres étaient au service des autres chrétiens pour les guider. Aujourd’hui aussi, on appelle « ministère » le service des évêques, des prêtres et des diacres.

Pharisiens
C’étaient des Juifs très soucieux de respecter les lois religieuses.

Publicains
Ils récoltaient les impôts pour les Romains, qui occupaient la Palestine. Les autres Juifs les méprisaient à cause de cela.

Scribes
Savants qui expliquaient la loi de Moïse aux autres Juifs.

Retourne page 15 pour poursuivre la messe.

18 septembre 2022

25e dimanche du temps ordinaire

Bien sûr, on a besoin d’argent mais,
si on ne pense qu’à ça,
il n’y a plus beaucoup de place pour Dieu.
Mettons plutôt à leur bonne place
Dieu et l’argent.

Première lecture

Lecture du livre d'Amos

Am 8,4-7

Il y a deux mille huit cents ans, Amos parlait au nom de Dieu. Cette fois-ci, il est furieux parce que les riches écrasent les pauvres pour avoir plus d'argent.

Écoutez ceci, vous qui écrasez le malheureux pour anéantir les humbles du pays, car vous dites : « Quand donc la fête de la nouvelle lune sera-t-elle passée, pour que nous puissions vendre notre blé ? Quand donc le sabbat sera-t-il fini, pour que nous puissions écouler notre froment ? Nous allons diminuer les mesures, augmenter les prix et fausser les balances. Nous pourrons acheter le faible pour un peu d'argent, le malheureux pour une paire de sandales. Nous vendrons jusqu'aux déchets du **froment** ! » Le Seigneur le jure par la Fierté de Jacob : Non, jamais je n'oublierai aucun de leurs méfaits.

Psaume

Ps 112

Louez le nom du Seigneur :
de la poussière il relève le faible.

Louez, serviteurs du Seigneur,
louez le nom du Seigneur !
Béni soit le nom du Seigneur,
maintenant et pour les siècles des siècles !

Qui est semblable au Seigneur notre Dieu ?
Lui, il siège là-haut.
Mais il abaisse son regard
vers le ciel et vers la terre.

De la poussière il relève le faible,
il retire le pauvre de la cendre
pour qu'il siège parmi les princes,
parmi les princes de son peuple.

Deuxième lecture

Lecture de la première lettre de saint Paul apôtre à Timothée

1Ti 2,1-8

On pense souvent à prier Dieu pour soi. Et si on priait aussi pour les autres ? Saint Paul nous explique pourquoi c'est important.

Bien-aimé, j'encourage, avant tout, à faire des demandes, des prières, des **intercessions** et des **actions de grâce** pour tous les hommes, pour les chefs d'État et tous ceux qui exercent l'autorité, afin que nous puissions mener notre vie dans la tranquillité et le calme, en toute piété et dignité. Cette prière est bonne et agréable à Dieu notre Sauveur, car il veut que tous les hommes soient sauvés et parviennent à la pleine connaissance de la vérité. En effet, il n'y a qu'un seul Dieu ; il n'y a aussi qu'un seul médiateur entre Dieu et les hommes : un homme, le Christ Jésus, qui s'est donné lui-même en rançon pour tous. Aux temps fixés, il a rendu ce témoignage, pour lequel j'ai reçu la charge de messager et d'apôtre – je dis vrai, je ne mens pas –, moi qui enseigne aux nations la foi et la vérité.
Je voudrais donc qu'en tout lieu les hommes prient en élevant les mains, saintement, sans colère ni dispute.

Évangile

Évangile de Jésus Christ selon saint Luc

Lc 16,1-13

Voici l'histoire d'un homme pas très honnête mais très adroit. Jésus la raconte à ses disciples.

En ce temps-là, Jésus disait à ses disciples : « Un homme riche avait un **gérant** qui lui fut dénoncé comme dilapidant ses biens. Il le convoqua et lui dit : "Qu'est-ce que j'apprends à ton sujet ? Rends-moi les comptes de ta gestion, car tu ne peux plus être mon gérant."
Le gérant se dit en lui-même : "Que vais-je faire, puisque mon maître me retire la gestion ? Travailler la terre ? Je n'en ai pas la force. Mendier ? J'aurais honte. Je sais ce que je vais faire, pour qu'une fois renvoyé de ma gérance, des gens m'accueillent chez eux." Il fit alors venir, un par un, ceux qui avaient des **dettes** envers son maître. Il demanda au premier : "Combien dois-tu à mon maître ?" Il répondit : "Cent barils d'huile." Le gérant lui dit : "Voici ton **reçu** ; vite, assieds-toi et écris cinquante." Puis il demanda à un autre : "Et toi, combien dois-tu ?"

Il répondit : “Cent sacs de blé.” Le gérant lui dit : “Voici ton reçu, écris quatre-vingts.” Le maître fit l'éloge de ce gérant malhonnête car il avait agi avec habileté ; en effet, les **fils de ce monde** sont plus **habiles** entre eux que les **fils de la lumière**. Eh bien moi, je vous le dis : Faites-vous des amis avec l'argent malhonnête, afin que, le jour où il ne sera plus là, ces amis vous accueillent dans les demeures éternelles. Celui qui est digne de confiance dans la moindre chose est digne de confiance aussi dans une grande. Celui qui est malhonnête dans la moindre chose est malhonnête aussi dans une grande. Si donc vous n'avez pas été dignes de confiance pour l'argent malhonnête, qui vous confiera le bien véritable ? Et si, pour ce qui est à autrui, vous n'avez pas été dignes de confiance, ce qui vous revient, qui vous le donnera ?
« Aucun domestique ne peut servir deux maîtres : ou bien il haïra l'un et aimera l'autre, ou bien il s'attachera à l'un et méprisera l'autre. Vous ne pouvez pas servir à la fois Dieu et l'argent. »

Les mots de la Bible

Action de grâce
C'est une prière de reconnaissance et de remerciement à Dieu.

Dettes
Ce sont des sommes d'argent que l'on doit rembourser.

Fils du monde et fils de la lumière
Dans l'Évangile de Luc, les fils du monde sont ceux qui ne pensent qu'à eux et qui oublient qu'ils sont aussi des enfants de Dieu. Ceux qui ne l'oublient pas sont des fils de la lumière.

Froment
Grains de blé.

Gérant
C'est une personne qui s'occupe de l'argent ou de la maison de quelqu'un d'autre.

Habile
Dans l'histoire que raconte Jésus, l'homme est un tricheur. Mais il est habile. Il sait comment se faire des amis qui l'aideront quand il sera au chômage.
Jésus nous demande d'être aussi habiles que ce gérant pour les affaires de Dieu !
Dieu notre Père a besoin de notre intelligence, de notre courage et de notre énergie pour se faire connaître dans le cœur des hommes.

Intercession
Quand on prie pour quelqu'un d'autre, on fait une prière d'intercession.

Reçu
C'est un papier qui indique que l'on a une dette à rembourser.

Retourne page 15 pour poursuivre la messe.

25
septembre
2022

26e dimanche du temps ordinaire

Des riches et des pauvres, il y en a sur la Terre entière.
Les pauvres, on les oublie souvent. Pas Dieu !
Il nous demande d'en faire autant
pour que le monde soit plus juste.

Première lecture

Lecture du livre d'Amos

Am 6,1a.4-7

Il y a deux mille huit cents ans, les habitants d'Israël allaient bien. Il n'y avait plus de guerre, certains étaient riches. Mais ils oubliaient Dieu…

Ainsi parle le Seigneur de l'univers : Malheur à ceux qui vivent bien tranquilles dans Sion, et à ceux qui se croient en sécurité sur la montagne de Samarie. Couchés sur des lits d'ivoire, vautrés sur leurs divans, ils mangent les agneaux du troupeau, les veaux les plus tendres de l'étable ; ils improvisent au son de la harpe, ils inventent, comme **David**, des instruments de musique ; ils boivent le vin à même les **amphores**, ils se frottent avec des parfums de luxe, mais ils ne se tourmentent guère du désastre d'Israël ! C'est pourquoi maintenant ils vont être **déportés**, ils seront les premiers des déportés ; et la bande des vautrés n'existera plus.

Psaume

Ps 145

Chante, ô mon âme, la louange du Seigneur !

Le Seigneur garde à jamais sa fidélité,
il fait justice aux opprimés,
aux affamés, il donne le pain ;
le Seigneur délie les enchaînés.

Le Seigneur ouvre les yeux des aveugles,
le Seigneur redresse les accablés,
le Seigneur aime les justes,
le Seigneur protège l'étranger.

Il soutient la veuve et l'orphelin,
il égare les pas du méchant.
D'âge en âge, le Seigneur régnera :
ton Dieu, ô Sion, pour toujours !

Deuxième lecture

Lecture de la première lettre de saint Paul apôtre à Timothée

1Ti 6,11-16

**Timothée croit en Jésus Christ. Il a été baptisé.
Saint Paul lui demande de tenir bon dans sa foi.**

Toi, homme de Dieu, recherche la justice, la piété, la foi, la charité, la **persévérance** et la douceur. Mène le bon combat, celui de la foi, empare-toi de la **vie éternelle** ! C'est à elle que tu as été appelé, c'est pour elle que tu as prononcé ta belle profession de foi devant de nombreux témoins. Et maintenant, en présence de Dieu qui donne vie à tous les êtres, et en présence du Christ Jésus qui a témoigné devant Ponce Pilate par une belle affirmation, voici ce que je t'ordonne : garde le commandement du Seigneur, en demeurant sans tache, irréprochable jusqu'à la Manifestation de notre Seigneur Jésus Christ. Celui qui le fera paraître aux temps fixés, c'est Dieu, Souverain unique et bienheureux, Roi des rois et Seigneur des seigneurs ; lui seul possède l'immortalité, habite une lumière inaccessible ; aucun homme ne l'a jamais vu, et nul ne peut le voir. À lui, honneur et puissance éternelle. Amen.

Évangile

Évangile de Jésus Christ selon saint Luc

Lc 16,19-31

**C'est Jésus qui raconte cette histoire.
Il était une fois deux hommes, un riche et un pauvre.
Le riche ignorait le pauvre. Pourtant le riche croyait en Dieu…**

En ce temps-là, Jésus disait aux pharisiens : « Il y avait un homme riche, vêtu de pourpre et de lin fin, qui faisait chaque jour des festins somptueux. Devant son portail gisait un pauvre nommé Lazare, qui était couvert d'ulcères. Il aurait bien voulu se rassasier de ce qui tombait de la table du riche ; mais les chiens, eux, venaient lécher ses ulcères. Or le pauvre mourut, et les anges l'emportèrent auprès d'**Abraham**. Le riche mourut aussi, et on l'enterra. Au séjour des morts, il était en proie à la torture ; levant les yeux, il vit Abraham de loin et Lazare tout près de lui. Alors il cria : "Père Abraham, prends pitié de moi et envoie Lazare tremper le bout de son doigt dans l'eau pour me rafraîchir la langue, car je souffre terriblement dans cette fournaise. – Mon enfant, répondit Abraham, rappelle-toi :

tu as reçu le bonheur pendant ta vie, et Lazare, le malheur pendant la sienne. Maintenant, lui, il trouve ici la consolation, et toi, la souffrance. Et en plus de tout cela, un grand abîme a été établi entre vous et nous, pour que ceux qui voudraient passer vers vous ne le puissent pas, et que, de là-bas non plus, on ne traverse pas vers nous." Le riche répliqua : "Eh bien ! père, je te prie d'envoyer Lazare dans la maison de mon père. En effet, j'ai cinq frères : qu'il leur porte son témoignage, de peur qu'eux aussi ne viennent dans ce lieu de torture !" Abraham lui dit : "Ils ont Moïse et **les Prophètes** : qu'ils les écoutent ! – Non, père Abraham, dit-il, mais si quelqu'un de chez les morts vient les trouver, ils se convertiront." Abraham répondit : "S'ils n'écoutent pas Moïse ni les Prophètes, quelqu'un pourra bien ressusciter d'entre les morts : ils ne seront pas convaincus." »

Les mots de la Bible

Abraham
C'est le premier homme qui a fait confiance à Dieu. Pour les Juifs, il est le premier arrivé au paradis.

Amphores
Vases de terre dans lesquels on conservait de l'huile ou du vin.

David
Ce fut le plus grand roi d'Israël. On dit qu'il était musicien et qu'il chantait des psaumes pour Dieu. On les chante encore à la messe.

Déportés
Emmenés de force. À l'époque du prophète Amos, les ennemis d'Israël ont déporté les habitants et les ont éloignés de leur pays.

Les prophètes
Ici, ce ne sont pas des personnes, ce sont des livres de la Bible. L'homme riche de l'évangile les connaissait bien. Ces livres disent qu'il faut aider les malheureux parce qu'ils sont nos frères. Et pourtant le riche n'a rien fait ! Il n'a pas été fidèle à la parole de Dieu.

Persévérance
Effort qui dure longtemps.

Vie éternelle
C'est la vie avec Dieu, qui commence dès maintenant et s'épanouit après la mort.

Retourne page 15 pour poursuivre la messe.

2 octobre 2022

27e dimanche du temps ordinaire

Parfois, nous nous demandons si Dieu entend nos prières.
Et puis nous aimerions qu'il nous récompense
pour nos efforts. Et lui, qu'est-ce qu'il attend de nous ?

Première lecture Lecture du livre de Habacuc

Ha 1,2-3 ; 2,2-4

Le prophète Habacuc vivait il y a deux mille six cents ans. Longtemps, il a prié pour que Dieu aide son peuple. Habacuc a compté sur Dieu.

Combien de temps, Seigneur, vais-je appeler, sans que tu entendes ? Crier vers toi : « Violence ! », sans que tu sauves ? Pourquoi me fais-tu voir le mal et regarder la misère ? Devant moi, pillage et violence ; dispute et discorde se déchaînent. Alors le Seigneur me répondit : Tu vas mettre par écrit une vision, clairement, sur des **tablettes**, pour qu'on puisse la lire couramment. Car c'est encore une vision pour le temps fixé ; elle tendra vers son accomplissement, et ne décevra pas. Si elle paraît tarder, attends-la : elle viendra certainement, sans retard. Celui qui est insolent n'a pas l'âme droite, mais le juste vivra par sa fidélité.

Psaume Ps 94

Aujourd'hui, ne fermez pas votre cœur,
mais écoutez la voix du Seigneur !

Venez, crions de joie pour le Seigneur,
acclamons notre Rocher, notre salut !
Allons jusqu'à lui en rendant grâce,
par nos hymnes de fête acclamons-le !

Entrez, inclinez-vous, prosternez-vous,
adorons le Seigneur qui nous a faits.
Oui, il est notre Dieu ;
nous sommes le peuple qu'il conduit.

Aujourd'hui écouterez-vous sa parole ?
« Ne fermez pas votre cœur comme au désert,
où vos pères m'ont tenté et provoqué,
et pourtant ils avaient vu mon exploit. »

Deuxième lecture

Lecture de la deuxième lettre de saint Paul apôtre à Timothée

2Ti 1,6-8.13-14

L'apôtre Paul confie à Timothée une mission. Il lui dit : N'aie pas peur d'être chrétien ! Dieu t'a donné une grande force.

Bien-aimé, je te le rappelle, ravive le don gratuit de Dieu, ce don qui est en toi depuis que je t'ai **imposé les mains**. Car ce n'est pas un esprit de peur que Dieu nous a donné, mais un esprit de force, d'amour et de pondération. N'aie donc pas honte de rendre témoignage à notre Seigneur, et n'aie pas honte de moi, qui suis son prisonnier ; mais, avec la force de Dieu, prends ta part des souffrances liées à l'annonce de l'Évangile. Tiens-toi au modèle donné par les paroles solides que tu m'as entendu prononcer dans la foi et dans l'amour qui est dans le Christ Jésus. Garde le dépôt de la foi dans toute sa beauté, avec l'aide de l'Esprit Saint qui habite en nous.

Évangile

Évangile de Jésus Christ selon saint Luc

Lc 17,5-10

Comme les apôtres, nous aimerions demander à Jésus un peu plus de foi. Sa réponse, c'est une drôle d'histoire qui dit : l'important est de servir Dieu sans limites.

En ce temps-là, les Apôtres dirent au Seigneur : « Augmente en nous la **foi** ! » Le Seigneur répondit : « Si vous aviez de la foi, gros comme une graine de **moutarde**, vous auriez dit à l'arbre que voici : "Déracine-toi et va te planter dans la mer", et il vous aurait obéi. « Lequel d'entre vous, quand son **serviteur** aura labouré ou gardé les bêtes, lui dira à son retour des champs : "Viens vite prendre place à table" ? Ne lui dira-t-il pas plutôt : "Prépare-moi à dîner, mets-toi en tenue pour me servir, le temps que je mange et boive. Ensuite tu mangeras et boiras à ton tour" ? Va-t-il être reconnaissant envers ce serviteur d'avoir exécuté ses ordres ? De même vous aussi, quand vous aurez exécuté tout ce qui vous a été ordonné, dites : "Nous sommes de simples serviteurs : nous n'avons fait que notre devoir." »

Les mots de la Bible

Foi
C'est faire confiance à Dieu et croire en sa Parole.

Imposer les mains
Poser les mains au-dessus de quelqu'un pour lui transmettre une force. Le prêtre fait ce geste au moment du baptême.

Moutarde
C'est une plante qu'on trouvait partout en Palestine. Ses graines sont minuscules. On les broie pour faire la pâte piquante que nous connaissons.

Serviteurs
Parce que nous croyons en Dieu, nous voulons le servir de notre mieux. Dans notre vie de tous les jours, nous essayons de partager, de grandir, de devenir meilleurs. Mais ce n'est pas la peine de nous vanter parce que nous sommes les serviteurs de Dieu ! Non, pour lui nous pouvons donner, travailler sans compter. Entre lui et nous, tout est gratuit.

Tablettes
Avant qu'on invente le papier, on gravait les textes importants sur de petites plaques de pierre ou d'argile.

Retourne page 15 pour poursuivre la messe.

9
octobre
2022

28e *dimanche du temps ordinaire*

Dieu n'est pas toujours là où l'on pense.
Et il n'est pas réservé aux juifs ou aux chrétiens.
Non, n'importe quel homme peut un jour
le rencontrer et voir la vie d'un œil nouveau.

Première lecture

Lecture du deuxième livre des Rois

2R 5,14-17

Un chef militaire étranger était malade. Il vint en Israël voir Élisée, l'homme de Dieu. Il reçut la guérison, et plus encore…

En ces jours-là, le général syrien Naaman, qui était **lépreux**, descendit jusqu'au Jourdain et s'y plongea sept fois, pour obéir à la parole d'**Élisée**, l'homme de Dieu ; alors sa chair redevint semblable à celle d'un petit enfant : il était purifié ! Il retourna chez l'homme de Dieu avec toute son escorte ; il entra, se présenta devant lui et déclara : « Désormais, je le sais : il n'y a pas d'autre Dieu, sur toute la terre, que celui d'Israël ! Je t'en prie, accepte un présent de ton serviteur. »
Mais Élisée répondit : « Par la vie du Seigneur que je sers, je n'accepterai rien. »
Naaman le pressa d'accepter, mais il refusa. Naaman dit alors : « Puisque c'est ainsi, permets que ton serviteur emporte de la terre de ce pays autant que deux mulets peuvent en transporter, car je ne veux plus offrir ni **holocauste** ni sacrifice à d'autres **dieux** qu'au Seigneur Dieu d'Israël. »

Psaume

Ps 97

Le Seigneur a fait connaître sa victoire
et révélé sa justice aux nations.

Chantez au Seigneur un chant nouveau,
car il a fait des merveilles ;
par son bras très saint, par sa main puissante,
il s'est assuré la victoire.

Le Seigneur a fait connaître sa victoire
et révélé sa justice aux nations ;
il s'est rappelé sa fidélité, son amour,
en faveur de la maison d'Israël.

La terre tout entière a vu
la victoire de notre Dieu.
Acclamez le Seigneur, terre entière,
sonnez, chantez, jouez !

Deuxième lecture

Lecture de la deuxième lettre de saint Paul apôtre à Timothée 2Ti 2,8-13

L'apôtre Paul est en prison à cause de sa foi. Mais rien ne pourra le séparer de Jésus.

Bien-aimé, souviens-toi de Jésus Christ, ressuscité d'entre les morts, le descendant de David : voilà mon **évangile**. C'est pour lui que j'endure la souffrance, jusqu'à être enchaîné comme un malfaiteur. Mais on n'enchaîne pas la parole de Dieu ! C'est pourquoi je supporte tout pour ceux que Dieu a choisis, afin qu'ils obtiennent, eux aussi, le salut qui est dans le Christ Jésus, avec la gloire éternelle.
Voici une parole digne de foi : Si nous sommes morts avec lui, avec lui nous vivrons. Si nous supportons l'épreuve, avec lui nous régnerons. Si nous le rejetons, lui aussi nous rejettera. Si nous manquons de foi, lui reste fidèle à sa parole, car il ne peut se rejeter lui-même.

Évangile

Évangile de Jésus Christ selon saint Luc Lc 17,11-19

Encore une histoire de lépreux ! Cette fois, c'est Jésus qui guérit dix malades. Mais ils ne comprennent pas que c'est Dieu qui agit à travers Jésus. Sauf un, qui revient le remercier.

En ce temps-là, Jésus, marchant vers Jérusalem, traversait la région située entre la Samarie et la Galilée. Comme il entrait dans un village, dix lépreux vinrent à sa rencontre. Ils s'arrêtèrent à distance et lui crièrent : « Jésus, maître, prends pitié de nous. » À cette vue, Jésus leur dit : « Allez vous montrer aux **prêtres**. » En cours de route, ils furent purifiés.
L'un d'eux, voyant qu'il était guéri, revint sur ses pas, en glorifiant Dieu à pleine voix. Il se jeta face contre terre aux pieds de Jésus en lui rendant grâce. Or, c'était un Samaritain. Alors Jésus prit la parole en disant : « Tous les dix n'ont-ils pas été purifiés ? Les neuf autres, où sont-ils ? Il ne s'est trouvé parmi eux que cet **étranger** pour revenir sur ses pas et rendre gloire à Dieu ! » Jésus lui dit : « Relève-toi et va : ta foi t'a sauvé. »

Les mots de la Bible

Dieux
À l'époque d'Élisée, beaucoup de peuples croyaient en plusieurs dieux. Naaman découvre que Dieu est unique. Quelle nouveauté !

Élisée
C'est un prophète qui vivait huit cents ans avant Jésus. Son nom veut dire « Dieu aide ».

Étranger
À l'époque de Jésus, les Juifs considéraient les Samaritains presque comme des étrangers, parce qu'ils ne priaient pas Dieu de la même manière qu'eux. Jésus a étonné beaucoup de gens, car il montrait souvent les Samaritains en exemple. Aujourd'hui encore, des gens très différents de nous trouvent eux aussi le chemin de Dieu.

Évangile
Ce mot vient d'un terme grec qui veut dire « bonne nouvelle ». L'Évangile dit que Dieu nous sauve de la mort.

Holocauste
C'est un sacrifice où l'on brûle un animal en entier pour l'offrir à Dieu.

Lépreux
Autrefois, on appelait lépreux tous ceux qui avaient des maladies de peau. Les gens les rejetaient par peur de la contagion.

Prêtres
Au temple de Jérusalem, les prêtres constataient les guérisons de lépreux, qui pouvaient alors retourner vivre chez eux.

Retourne page 15 pour poursuivre la messe.

16
octobre
2022

29e dimanche du temps ordinaire

Jésus raconte l'histoire d'un juge pour nous faire comprendre que Dieu est tout proche de nous, toujours prêt à nous apporter de l'aide. Mais nous, qu'est-ce que nous lui demandons ? Et comment ?

Première lecture

Lecture du livre de l'Exode

Ex 17,8-13

Cette bataille dans le désert représente le combat contre le mal. Moïse en sort victorieux grâce à l'aide qu'il demande à Dieu.

En ces jours-là, le peuple d'Israël marchait à travers le désert. Les **Amalécites** survinrent et attaquèrent Israël à Rephidim. Moïse dit alors à **Josué** : « Choisis des hommes, et va combattre les Amalécites. Moi, demain, je me tiendrai sur le sommet de la colline, le bâton de Dieu à la main. » Josué fit ce que Moïse avait dit : il mena le combat contre les Amalécites.
Moïse, Aaron et Hour étaient montés au sommet de la colline. Quand Moïse tenait la main levée, Israël était le plus fort. Quand il la laissait retomber, Amalec était le plus fort. Mais les mains de Moïse s'alourdissaient ; on prit une pierre, on la plaça derrière lui, et il s'assit dessus. Aaron et Hour lui soutenaient les mains, l'un d'un côté, l'autre de l'autre. Ainsi les mains de Moïse restèrent fermes jusqu'au coucher du soleil. Et Josué triompha des Amalécites au fil de l'épée.

Psaume

Ps 120

**Le secours me viendra du Seigneur
qui a fait le ciel et la terre.**

Je lève les yeux vers les montagnes :
d'où le secours me viendra-t-il ?
Le secours me viendra du Seigneur
qui a fait le ciel et la terre.

Qu'il empêche ton pied de glisser,
qu'il ne dorme pas, ton gardien.
Non, il ne dort pas, ne sommeille pas,
le gardien d'Israël.

Le Seigneur, ton gardien, le Seigneur, ton ombrage,
se tient près de toi.
Le soleil, pendant le jour, ne pourra te frapper,
ni la lune, durant la nuit.

Le Seigneur te gardera de tout mal,
il gardera ta vie.
Le Seigneur te gardera, au départ et au retour,
maintenant, à jamais.

Deuxième lecture

Lecture de la deuxième lettre X de saint Paul apôtre à Timothée

2Ti 3,14 – 4,2

**La Bible est un trésor que Dieu nous offre.
On y trouve toutes les richesses qui nous sauvent la vie.**

Bien-aimé, demeure ferme dans ce que tu as appris : de cela tu as acquis la certitude, sachant bien de qui tu l'as appris. Depuis ton plus jeune âge, tu connais les Saintes Écritures : elles ont le pouvoir de te communiquer la sagesse, en vue du salut par la foi que nous avons en Jésus Christ. Toute l'**Écriture** est inspirée par Dieu ; elle est utile pour enseigner, dénoncer le mal, redresser, éduquer dans la justice ; grâce à elle, l'homme de Dieu sera accompli, équipé pour faire toute sorte de bien.
Devant Dieu, et devant le Christ Jésus qui va juger les vivants et les morts, je t'en conjure, au nom de sa Manifestation et de son Règne : proclame la Parole, interviens à temps et à contretemps, dénonce le mal, fais des reproches, encourage, toujours avec patience et souci d'instruire.

Évangile — Évangile de Jésus Christ selon saint Luc

Lc 18,1-8

Jésus n'hésite pas à raconter l'histoire d'un juge malhonnête pour mieux nous faire comprendre comment prier.

En ce temps-là, Jésus disait à ses disciples une parabole sur la nécessité pour eux de toujours prier sans se décourager : « Il y avait dans une ville un **juge** qui ne craignait pas Dieu et ne respectait pas les hommes. Dans cette même ville, il y avait une **veuve** qui venait lui demander : "**Rends-moi justice** contre mon adversaire." Longtemps il refusa ; puis il se dit : "Même si je ne crains pas Dieu et ne respecte personne, comme cette veuve commence à m'ennuyer, je vais lui rendre justice pour qu'elle ne vienne plus sans cesse m'assommer." »
Le Seigneur ajouta : « Écoutez bien ce que dit ce juge dépourvu de justice ! Et Dieu ne ferait pas justice à ses **élus**, qui crient vers lui jour et nuit ? Les fait-il attendre ? Je vous le déclare : bien vite, il leur **fera justice**. Cependant, le **Fils de l'homme**, quand il viendra, trouvera-t-il la foi sur la terre ? »

Les mots de la Bible

Amalécites
Tribu de brigands dans le désert.

Écriture
C'est ce qui est écrit dans la Bible.

Élus
Ce sont ceux que Dieu choisit et qui lui font confiance. Pour Jésus, tous les hommes sont élus.

Faire justice, rendre justice
Ces deux expressions ne signifient pas tout à fait la même chose. Celui qui rend justice rend à chacun ce qui lui est dû : le bien pour le bien, le mal pour le mal. Dieu, lui, fait justice : il connaît le cœur de chacun et donne à chacun ce dont il a besoin.

Fils de l'homme
C'est un nom mystérieux que Jésus se donne quand il parle de sa venue à la fin des temps.

Josué
Josué était l'aide de Moïse. Après la mort de Moïse, c'est lui qui a dirigé le peuple d'Israël.

Juge
Son métier est de rendre la justice, en jugeant honnêtement les accusés au tribunal.

Veuve
C'est une femme dont le mari est mort. À l'époque de Jésus, une veuve se trouvait souvent sans argent et sans défense.

Retourne page 15 pour poursuivre la messe.

23 octobre 2022

30e dimanche du temps ordinaire

Quand nous venons à la messe,
est-ce pour montrer que nous sommes de bons chrétiens,
ou simplement pour rencontrer Dieu ?

Première lecture — Lecture du livre de Ben Sirac le Sage

Si 35,12-14.16-18

Dieu est proche de tous ceux qui se sentent perdus sans lui et qui lui demandent de l'aide.

Le Seigneur est un juge qui se montre impartial envers les personnes. Il ne **défavorise** pas le pauvre, il écoute la prière de l'opprimé. Il ne méprise pas la supplication de l'**orphelin**, ni la plainte répétée de la veuve.
Celui dont le service est agréable à Dieu sera bien accueilli, sa supplication parviendra jusqu'au ciel. La prière du pauvre traverse les nuées ; tant qu'elle n'a pas atteint son but, il demeure inconsolable. Il persévère tant que le Très-Haut n'a pas jeté les yeux sur lui, ni prononcé la sentence en faveur des justes et rendu justice.

Psaume

Ps 33

Un pauvre crie ; le Seigneur entend.

Je bénirai le Seigneur en tout temps,
sa louange sans cesse à mes lèvres.
Je me glorifierai dans le Seigneur :
que les pauvres m'entendent et soient en fête !

Le Seigneur regarde les justes,
il écoute, attentif à leurs cris.
Le Seigneur entend ceux qui l'appellent :
de toutes leurs angoisses, il les délivre.

Il est proche du cœur brisé,
il sauve l'esprit abattu.
Le Seigneur rachètera ses serviteurs :
pas de châtiment pour qui trouve en lui son refuge.

Deuxième lecture

Lecture de la deuxième lettre à saint Paul apôtre à Timothée

2Ti 4,6-8.16-18

Saint Paul est condamné à mort. Il le répète : c'est le Seigneur qui lui donne la force d'annoncer quand même l'Évangile.

Bien-aimé, je suis déjà offert en sacrifice, le moment de mon départ est venu. J'ai mené le bon combat, j'ai achevé ma course, j'ai gardé la foi. Je n'ai plus qu'à recevoir la couronne de la justice : le Seigneur, le juste juge, me la remettra en ce jour-là, et non seulement à moi, mais aussi à tous ceux qui auront désiré avec amour sa Manifestation glorieuse.
La première fois que j'ai présenté ma défense, personne ne m'a soutenu : tous m'ont abandonné. Que cela ne soit pas retenu contre eux. Le Seigneur, lui, m'a assisté. Il m'a rempli de force pour que, par moi, la proclamation de l'Évangile s'accomplisse jusqu'au bout et que toutes les nations l'entendent. J'ai été arraché à la gueule du lion ; le Seigneur m'arrachera encore à tout ce qu'on fait pour me nuire. Il me sauvera et me fera entrer dans son Royaume céleste. À lui la gloire pour les siècles des siècles. Amen.

Évangile

Évangile de Jésus Christ selon saint Luc

Lc 18,9-14

Dans cette histoire que Jésus raconte, un homme croit être parfait tandis que l'autre reconnaît qu'il est imparfait. Lequel est le plus proche de Dieu ?

En ce temps-là, à l'adresse de certains qui étaient convaincus d'être justes et qui méprisaient les autres, Jésus dit la parabole que voici : « Deux hommes montèrent au Temple pour prier. L'un était **pharisien**, et l'autre, **publicain** (c'est-à-dire un collecteur d'impôts). Le pharisien se tenait debout et priait en lui-même : "Mon Dieu, je te rends grâce parce que je ne suis pas comme les autres hommes – ils sont voleurs, injustes, **adultères** –, ou encore comme ce publicain. Je jeûne deux fois par semaine et je verse le dixième de tout ce que je gagne." Le publicain, lui, se tenait à distance et n'osait même pas lever les yeux vers le ciel ; mais il se frappait la poitrine, en disant : "Mon Dieu, montre-toi favorable au **pécheur** que je suis !" Je vous le déclare : quand ce dernier redescendit dans sa maison, c'est lui qui était devenu un homme juste, plutôt que l'autre. Qui s'élève sera abaissé ; qui s'abaisse sera élevé. »

Les mots de la Bible

Adultère
Une personne adultère, c'est quelqu'un qui n'est pas fidèle à sa femme ou à son mari.

Défavoriser
Être injuste avec quelqu'un.

Orphelin
Enfant dont les parents sont morts.

Pécheur
À ne pas confondre avec un pêcheur de poisson ! C'est quelqu'un qui a commis des péchés : il s'est détourné de l'amour de Dieu. En reconnaissant qu'il est pécheur, il se tourne vers Dieu et reçoit son pardon : il devient juste.

Pharisien
C'était un Juif qui veillait à respecter toutes les lois religieuses.

Publicain
C'était un Juif qui récoltait les impôts pour les Romains, qui occupaient la Palestine.

Retourne page 15 pour poursuivre la messe.

30
octobre
2022

31e dimanche du temps ordinaire

Parfois, nous avons l'impression de tout rater, de faire le contraire de ce que Dieu attend de nous. Dans ces moments-là, il est très important de se rappeler que Dieu nous aime et qu'il nous tend la main.

Première lecture

Lecture du livre de la Sagesse

Sg 11,22 ; 12,2

Des sages d'Israël ont écrit ce livre environ cinquante ans avant Jésus Christ. Ils disent que Dieu nous crée et qu'il aime la vie.

Seigneur, le monde entier est devant toi comme un rien sur la balance, comme la goutte de rosée matinale qui descend sur la terre. Pourtant, tu as pitié de tous les hommes, parce que tu peux tout. Tu fermes les yeux sur leurs péchés, pour qu'ils **se convertissent**. Tu aimes en effet tout ce qui existe, tu n'as de répulsion envers aucune de tes œuvres ; si tu avais haï quoi que ce soit, tu ne l'aurais pas créé. Comment aurait-il subsisté, si tu ne l'avais pas voulu ? Comment serait-il resté vivant, si tu ne l'avais pas appelé ? En fait, tu **épargnes** tous les êtres, parce qu'ils sont à toi, Maître qui aimes les vivants, toi dont le souffle **impérissable** les anime tous.
Ceux qui tombent, tu les reprends peu à peu, tu les avertis, tu leur rappelles en quoi ils pèchent, pour qu'ils se détournent du mal et croient en toi, Seigneur.

Psaume

Ps 144

Mon Dieu, mon Roi, je bénirai ton nom toujours et à jamais !

Je t'exalterai, mon Dieu, mon Roi,
je bénirai ton nom toujours et à jamais !
Chaque jour je te bénirai,
je louerai ton nom toujours et à jamais.

Le Seigneur est tendresse et pitié,
lent à la colère et plein d'amour ;
la bonté du Seigneur est pour tous,
sa tendresse, pour toutes ses œuvres.

Que tes œuvres, Seigneur, te rendent grâce
et que tes fidèles te bénissent !
Ils diront la gloire de ton règne,
ils parleront de tes exploits.

Le Seigneur est vrai en tout ce qu'il dit,
fidèle en tout ce qu'il fait.
Le Seigneur soutient tous ceux qui tombent,
il redresse tous les accablés.

Deuxième lecture

Lecture de la deuxième lettre de saint Paul apôtre aux Thessaloniciens

2Th 1,11 – 2,2

Les premiers chrétiens attendaient le retour du Christ à la fin des temps. Saint Paul leur dit : Jésus est déjà là, avec vous.

Frères, nous prions pour vous à tout moment afin que notre Dieu vous trouve dignes de l'appel qu'il vous a adressé ; par sa puissance, qu'il vous donne d'accomplir tout le bien que vous désirez, et qu'il rende active votre foi. Ainsi, le nom de notre Seigneur Jésus sera glorifié en vous, et vous en lui, selon la grâce de notre Dieu et du Seigneur Jésus Christ.

Frères, nous avons une demande à vous faire à propos de la venue de notre Seigneur Jésus Christ et de notre rassemblement auprès de lui : si l'on nous attribue une inspiration, une parole ou une lettre prétendant que le **jour du Seigneur** est arrivé, n'allez pas aussitôt perdre la tête, ne vous laissez pas effrayer.

Évangile — Évangile de Jésus Christ selon saint Luc

Lc 19,1-10

Zachée, celui que tout le monde rejette, rêve de rencontrer Jésus. Mais réussira-t-il à le voir ou même l'apercevoir ? Zachée s'inquiète et court…

En ce temps-là, entré dans la ville de Jéricho, Jésus la traversait. Or, il y avait un homme du nom de Zachée ; il était le chef des **collecteurs d'impôts**, et c'était quelqu'un de riche. Il cherchait à voir qui était Jésus, mais il ne le pouvait pas à cause de la foule, car il était de petite taille. Il courut donc en avant et grimpa sur un sycomore pour voir Jésus qui allait passer par là. Arrivé à cet endroit, Jésus leva les yeux et lui dit : « Zachée, descends vite : aujourd'hui il faut que j'aille demeurer dans ta maison. » Vite, il descendit et reçut Jésus avec joie. Voyant cela, tous récriminaient : « Il est allé loger chez un homme qui est un pécheur. » Zachée, debout, s'adressa au Seigneur : « Voici, Seigneur : je fais don aux pauvres de la moitié de mes biens, et si j'ai fait du tort à quelqu'un, je vais lui rendre quatre fois plus. » Alors Jésus dit à son sujet : « Aujourd'hui, le **salut** est arrivé pour cette maison, car lui aussi est un **fils d'Abraham**. En effet, le Fils de l'homme est venu chercher et sauver ce qui était perdu. »

Les mots de la Bible

Collecteur d'impôts
Ils récoltaient les impôts pour les Romains, qui occupaient le pays. Certains en profitaient pour se remplir les poches. Les autres Juifs les détestaient et les appelait les « publicains ».

Se convertir
Se tourner tout entier vers Dieu.

Épargner Ici, sauver.

Fils d'Abraham
Expression pour dire qu'on fait partie de la famille des croyants, à la suite d'Abraham.

Impérissable
Qui ne meurt jamais.

Jour du Seigneur
Ici ce n'est pas le dimanche. C'est le jour où Jésus ressuscité reviendra régner pour toujours.

Salut
Quand Jésus dit que le salut est entré chez Zachée, cela veut dire que Zachée fait maintenant partie des amis de Dieu. La foule ne comprend pas, car Zachée n'est pas aimé : il collabore avec l'ennemi romain et s'enrichit en volant l'argent des autres ! Mais Jésus offre son pardon à tous ceux qui en ont besoin et qui le désirent vraiment.

Retourne page 15 pour poursuivre la messe.

Mardi 1er novembre 2022

Tous les saints

La Toussaint, c'est la fête de tous les saints, les connus et les inconnus. Aujourd'hui nous faisons la fête, car ils sont heureux près de Dieu. Nous aussi, nous sommes invités à partager ce bonheur.

Première lecture — Lecture de l'Apocalypse de saint Jean

Ap 7,2-4.9-14

Saint Jean raconte ici le moment où tous les êtres humains se réuniront devant Dieu.

Moi, Jean, j'ai vu un ange qui montait du côté où le soleil se lève, avec le sceau qui imprime la marque du Dieu vivant ; d'une voix forte, il cria aux quatre anges qui avaient reçu le pouvoir de faire du mal à la terre et à la mer : « Ne faites pas de mal à la terre, ni à la mer, ni aux arbres, avant que nous ayons marqué du sceau le front des serviteurs de notre Dieu. » Et j'entendis le nombre de ceux qui étaient marqués du **sceau** : ils étaient cent quarante-quatre mille, de toutes les tribus des fils d'Israël.

Après cela, j'ai vu : et voici une foule immense, que nul ne pouvait dénombrer, une foule de toutes nations, tribus, peuples et langues. Ils se tenaient debout devant le **Trône** et devant l'**Agneau**, vêtus de robes blanches, avec des palmes à la main. Et ils s'écriaient d'une voix forte : « Le salut appartient à notre Dieu qui siège sur le Trône et à l'Agneau ! »

Tous les anges se tenaient debout autour du Trône, autour des Anciens et des quatre Vivants ; se jetant devant le Trône, face contre terre, ils se prosternèrent devant Dieu. Et ils disaient : « Amen ! Louange, gloire, sagesse et action de grâce, honneur, puissance et force à notre Dieu, pour les siècles des siècles ! Amen ! »

L'un des Anciens prit alors la parole et me dit : « Ces gens vêtus de robes blanches, qui sont-ils, et d'où viennent-ils ? » Je lui répondis : « Mon seigneur, toi, tu le sais. » Il me dit : « Ceux-là viennent de la grande épreuve ; ils ont lavé leurs robes, ils les ont blanchies par le sang de l'Agneau. »

Psaume

Ps 23

Voici le peuple de ceux qui cherchent ta face, Seigneur.

Au Seigneur, le monde et sa richesse,
la terre et tous ses habitants !
C'est lui qui l'a fondée sur les mers
et la garde inébranlable sur les flots.

Qui peut gravir la montagne du Seigneur
et se tenir dans le lieu saint ?
L'homme au cœur pur, aux mains innocentes,
qui ne livre pas son âme aux idoles.

Il obtient, du Seigneur, la bénédiction,
et de Dieu son Sauveur, la justice.
Voici le peuple de ceux qui le cherchent !
Voici Jacob qui recherche ta face !

Deuxième lecture

Lecture de la première lettre de saint Jean

1Jn 3,1-3

**Dieu a pour nous la tendresse d'un père.
Son amour est si fort que nous sommes déjà avec lui.**

Bien-aimés, voyez quel grand amour nous a donné le Père pour que nous soyons appelés **enfants de Dieu** – et nous le sommes. Voici pourquoi le monde ne nous connaît pas : c'est qu'il n'a pas connu Dieu. Bien-aimés, dès maintenant, nous sommes enfants de Dieu, mais ce que nous serons n'a pas encore été manifesté. Nous le savons : quand cela sera manifesté, nous lui serons semblables car nous le verrons tel qu'il est. Et quiconque met en lui une telle espérance se rend pur comme lui-même est pur.

Évangile

Évangile de Jésus Christ selon saint Matthieu

Mt 5,1-12a

**On appelle ce passage les « Béatitudes »,
ce qui veut dire « bonheur parfait ». Cette promesse de bonheur
que nous fait Jésus, tous les saints l'ont accueillie avant nous.**

En ce temps-là, voyant les foules, Jésus gravit la montagne. Il s'assit, et ses disciples s'approchèrent de lui. Alors, ouvrant la bouche, il les enseignait. Il disait : « **Heureux** les **pauvres de cœur**, car le royaume des Cieux est à eux. Heureux ceux qui pleurent, car ils seront consolés. Heureux les doux, car ils recevront la terre en héritage. Heureux ceux qui ont faim et soif de la justice, car ils seront rassasiés. Heureux les **miséricordieux**, car ils obtiendront miséricorde. Heureux les cœurs purs, car ils verront Dieu. Heureux les artisans de paix, car ils seront appelés fils de Dieu. Heureux ceux qui **sont persécutés** pour la justice, car le royaume des Cieux est à eux. Heureux êtes-vous si l'on vous insulte, si l'on vous persécute et si l'on dit faussement toute sorte de mal contre vous, à cause de moi. Réjouissez-vous, soyez dans l'allégresse, car votre récompense est grande dans les cieux ! »

Les mots de la Bible

Enfants de Dieu
Être enfant de Dieu, c'est être adopté par Dieu et le reconnaître comme notre père.

Heureux
Tout le monde veut être heureux. Mais où est la recette du bonheur ? Faut-il gagner un million au loto ou être champion de ski, ou être le premier de sa classe ? Jésus nous parle d'un bonheur beaucoup plus grand, qui dure toujours. Chaque fois que nous aimons, que nous sommes doux, que nous pardonnons, Dieu nous offre des perles de joie. Voilà le vrai bonheur !

Miséricordieux
Ce sont des personnes qui aident ceux qui souffrent et qui pardonnent à ceux qui leur ont fait du mal.

Pauvres de cœur
Personnes qui savent combien ils sont petits devant Dieu et qui n'écrasent pas les autres.

Être persécuté
Être maltraité sans arrêt et injustement par d'autres gens.

Sceau
Cachet de cire que l'on pose sur les documents importants pour les fermer. Ici, c'est la marque de Dieu, comme sa signature.

Le Trône et l'Agneau
Ces deux mots désignent Dieu le père et Jésus.

Retourne page 15 pour poursuivre la messe.

6 novembre 2022

32e dimanche du temps ordinaire

Nous les chrétiens, nous avons une folle confiance en Dieu.
Nous croyons qu'il nous ressuscitera après notre mort.
De quoi aurons-nous l'air ? Avec qui serons-nous ?
Tout cela reste mystérieux.

Première lecture

Lecture du deuxième livre des Martyrs d'Israël

2 M 7,1-2.9-14

Cent cinquante ans avant Jésus, des gens commencent à croire que Dieu redonne la vie après la mort. Voici l'histoire de sept frères qui y croient avec fidélité.

En ces jours-là, sept frères avaient été arrêtés avec leur mère. À coups de fouet et de nerf de bœuf, le roi **Antiocos** voulut les contraindre à manger du porc, viande interdite. L'un d'eux se fit leur porte-parole et déclara : « Que cherches-tu à savoir de nous ? Nous sommes prêts à mourir plutôt que de transgresser les lois de nos pères. » Le deuxième frère lui dit, au moment de rendre le dernier soupir : « Tu es un scélérat, toi qui nous arraches à cette vie présente, mais puisque nous mourons par fidélité à ses lois, le Roi du monde nous ressuscitera pour une vie éternelle. » Après cela, le troisième fut mis à la torture. Il tendit la langue aussitôt qu'on le lui ordonna et il présenta les mains avec intrépidité, en déclarant avec noblesse : « C'est du Ciel que je tiens ces membres, mais à cause de ses lois je les méprise, et c'est par lui que j'espère les retrouver. » Le roi et sa suite furent frappés de la grandeur d'âme de ce jeune homme qui comptait pour rien les souffrances. Lorsque celui-ci fut mort, le quatrième frère fut soumis aux mêmes sévices. Sur le point d'expirer, il parla ainsi : « Mieux vaut mourir par la main des hommes, quand on attend la **résurrection** promise par Dieu, tandis que toi, tu ne connaîtras pas la résurrection pour la vie. »

Psaume

Ps 16

Au réveil, je me rassasierai de ton visage, Seigneur.

Seigneur, écoute la justice !
Entends ma plainte, accueille ma prière.
Tu sondes mon cœur, tu me visites la nuit,
tu m'éprouves, sans rien trouver.

J'ai tenu mes pas sur tes traces,
jamais mon pied n'a trébuché.
Je t'appelle, toi, le Dieu qui répond :
écoute-moi, entends ce que je dis.

Garde-moi comme la prunelle de l'œil ;
à l'ombre de tes ailes, cache-moi.
Et moi, par ta justice, je verrai ta face :
au réveil, je me rassasierai de ton visage.

Deuxième lecture — Lecture de la deuxième lettre de saint Paul apôtre aux Thessaloniciens

2Th 2,16 – 3,5

Les chrétiens de Thessalonique ne doivent pas désespérer. Le Christ est au milieu d'eux, il leur donne de la force.

Frères, que notre Seigneur Jésus Christ lui-même, et Dieu notre Père qui nous a aimés et nous a pour toujours donné réconfort et bonne espérance par sa grâce, réconfortent vos cœurs et les affermissent en tout ce que vous pouvez faire et dire de bien. Priez aussi pour nous, frères, afin que la parole du Seigneur poursuive sa course, et que, partout, on lui rende gloire comme chez vous. Priez pour que nous échappions aux gens pervers et mauvais, car tout le monde n'a pas la foi. Le Seigneur, lui, est fidèle : il vous affermira et vous protégera du Mal. Et, dans le Seigneur, nous avons toute confiance en vous : vous faites et continuerez à faire ce que nous vous ordonnons. Que le Seigneur conduise vos cœurs dans l'amour de Dieu et l'endurance du Christ.

Évangile — Évangile de Jésus Christ selon saint Luc

Lc 20,27-38

Qu'est-ce qui se passe après la mort ? À l'époque de Jésus, les croyants juifs étaient divisés sur ce sujet. Ils en parlent à Jésus.

En ce temps-là, quelques **sadducéens** – ceux qui soutiennent qu'il n'y a pas de résurrection – s'approchèrent de Jésus et l'interrogèrent : « Maître, Moïse nous a prescrit : Si un homme a un frère qui meurt en laissant une épouse mais pas d'enfant, il doit épouser la veuve pour susciter une descendance à son frère. Or, il y avait sept frères : le premier se maria et mourut sans enfant ; de même le deuxième, puis le troisième épousèrent la veuve, et ainsi tous les sept : ils moururent sans laisser d'enfants. Finalement la femme mourut aussi. Eh bien, à la résurrection, cette femme-là, duquel d'entre eux sera-t-elle l'épouse, puisque les sept l'ont eue pour épouse ? » Jésus leur répondit : « Les enfants de ce monde prennent femme et mari. Mais ceux qui ont été jugés dignes d'avoir part au monde à venir et à la résurrection d'entre les morts ne prennent ni femme ni mari, car ils ne peuvent plus mourir : ils sont semblables aux **anges**, ils sont enfants de Dieu et enfants de la résurrection. Que les morts ressuscitent, Moïse lui-même le fait comprendre dans le récit du **buisson ardent**, quand il appelle le Seigneur le Dieu d'Abraham, Dieu d'Isaac, Dieu de Jacob. Il n'est pas le Dieu des morts, mais des vivants. Tous, en effet, vivent pour lui. »

Les mots de la Bible

Anges
Ce sont des messagers de Dieu. La Bible les présente comme des êtres qui ne connaissent pas la mort.

Antiocos
C'est un roi grec qui a régné sur le pays des Juifs cent cinquante ans avant Jésus Christ. Il voulait que les Juifs adorent les dieux grecs. Mais les Juifs n'ont pas voulu et se sont révoltés.

Buisson ardent
Dieu parla à Moïse du milieu d'un buisson. Celui-ci était en feu mais ne se réduisait pas en cendres.

Résurrection
C'est le passage de la mort à la vie sans fin avec Dieu. Les hommes n'y ont pas toujours cru. Certains ont pensé que Dieu redonnerait la vie à leur corps, qui redeviendrait comme avant. Mais Jésus nous dit que cette vie nouvelle ne ressemblera pas à notre vie d'aujourd'hui. Nous serons bien vivants et même mieux qu'avant !

Sadducéens
Juifs riches et puissants qui étaient prêtres au Temple de Jérusalem.

Retourne page 15
pour poursuivre la messe.

13 novembre 2022

33e dimanche du temps ordinaire

Depuis le début, l'histoire des hommes
est pleine de guerres et de malheurs.
Et cela durera jusqu'à la venue
de Jésus Christ à la fin des temps.
Alors, au travail, le monde a besoin de sa paix !

Première lecture

Lecture du livre de Malachie

Ma 3,19-20a

Le jour où le Seigneur viendra, tout deviendra lumineux, dit ici le prophète Malachie.

Voici que vient le jour du Seigneur, brûlant comme la fournaise. Tous les **arrogants**, tous ceux qui commettent l'**impiété**, seront de la paille. Le jour qui vient les consumera, – dit le Seigneur de l'univers –, il ne leur laissera ni racine ni branche. Mais pour vous qui craignez **mon nom**, le Soleil de justice se lèvera : il apportera la guérison dans son rayonnement.

Psaume

Ps 97

Il vient, le Seigneur,
gouverner les peuples avec droiture.

Jouez pour le Seigneur sur la cithare,
sur la cithare et tous les instruments ;
au son de la trompette et du cor,
acclamez votre roi, le Seigneur !

Que résonnent la mer et sa richesse,
le monde et tous ses habitants ;
que les fleuves battent des mains,
que les montagnes chantent leur joie.

Acclamez le Seigneur, car il vient
pour gouverner la terre,
pour gouverner le monde avec justice
et les peuples avec droiture !

Deuxième lecture Lecture de la deuxième lettre de saint Paul apôtre aux Thessaloniciens

2Th 3,7-12

Parmi les premiers chrétiens, certains attendaient le retour de Jésus Christ sans rien faire. Saint Paul leur dit : Travaillez !

Frères, vous savez bien, vous, ce qu'il faut faire pour nous imiter. Nous n'avons pas vécu parmi vous de façon désordonnée ; et le pain que nous avons mangé, nous ne l'avons pas reçu gratuitement. Au contraire, dans la peine et la fatigue, nuit et jour, nous avons travaillé pour n'être à la charge d'aucun d'entre vous. Bien sûr, nous avons le droit d'être à charge, mais nous avons voulu être pour vous un modèle à imiter. Et quand nous étions chez vous, nous vous donnions cet ordre : si quelqu'un ne veut pas travailler, qu'il ne mange pas non plus. Or, nous apprenons que certains d'entre vous mènent une vie déréglée, affairés sans rien faire. À ceux-là, nous adressons dans le Seigneur Jésus Christ cet ordre et cet appel : qu'ils travaillent dans le calme pour manger le pain qu'ils auront gagné.

Évangile Évangile de Jésus Christ selon saint Luc

Lc 21,5-19

Jésus annonce à ses disciples que sa venue à la fin des temps n'est pas pour tout de suite. Mais c'est promis : il sera avec eux dans les moments difficiles.

En ce temps-là, comme certains disciples parlaient du **Temple**, des belles pierres et des ex-voto qui le décoraient, Jésus leur déclara : « Ce que vous contemplez, des jours viendront où il n'en restera pas pierre sur pierre : tout sera détruit. » Ils lui demandèrent : « Maître, quand cela arrivera-t-il ? Et quel sera le signe que cela est sur le point d'arriver ? » Jésus répondit : « Prenez garde de ne pas vous laisser égarer, car beaucoup viendront sous mon nom, et diront : "C'est moi", ou encore : "Le moment est tout proche." Ne marchez pas derrière eux ! Quand vous entendrez parler de guerres et de désordres, ne soyez pas terrifiés : il faut que cela arrive d'abord, mais ce ne sera pas aussitôt la fin. » Alors Jésus ajouta : « On se dressera nation contre nation, royaume contre royaume. Il y aura de grands tremblements de terre et, en divers lieux, des **famines** et des **épidémies** ; des phénomènes effrayants surviendront, et de grands signes venus du ciel.

Mais avant tout cela, on portera la main sur vous et l'on vous persécutera ; on vous livrera aux **synagogues** et aux prisons, on vous fera comparaître devant des rois et des gouverneurs, à cause de mon nom. Cela vous amènera à rendre témoignage. Mettez-vous donc dans l'esprit que vous n'avez pas à vous préoccuper de votre défense. C'est moi qui vous donnerai un langage et une sagesse à laquelle tous vos adversaires ne pourront ni résister ni s'opposer. Vous serez livrés même par vos parents, vos frères, votre famille et vos amis, et ils feront mettre à mort certains d'entre vous. Vous serez détestés de tous, à cause de mon nom. Mais pas un cheveu de votre tête ne sera perdu. C'est par votre persévérance que vous garderez votre vie. »

Les mots de la Bible

Arrogant
Orgueilleux, fier, insolent.

Famine
Quand tout un peuple n'a plus rien à manger, c'est la famine.

Impiété
Attitude de celui qui se moque de la religion et qui la méprise.

Mon nom
Pour les Juifs, Dieu est tellement grand et mystérieux qu'ils ne veulent pas prononcer son nom. Dans la Bible, le « Nom » est une manière de désigner Dieu sans le nommer. Et quand Jésus dit « en mon Nom », il révèle qu'il est Dieu.

Synagogues
Ici, il ne s'agit pas de bâtiments, mais des chefs religieux juifs.

Temple
Pour les Juifs, le Temple de Jérusalem était la maison de Dieu parmi les hommes.

Retourne page 15 pour poursuivre la messe.

20 novembre 2022

34e et dernier dimanche du temps ordinaire

Le Christ roi de l'univers

Nous arrivons à la fin de l'année liturgique.
Pour couronner cela, nous fêtons Jésus Christ
comme un roi pas du tout comme les autres.

Première lecture

Lecture du deuxième livre de Samuel

2S 5,1-3

David est le roi qui a rassemblé toutes les tribus d'Israël. Pour les chrétiens, Jésus est le roi qui rassemble tous les peuples de la terre.

En ces jours-là, toutes les tribus d'Israël vinrent trouver **David** à Hébron et lui dirent : « Vois ! Nous sommes de tes os et de ta chair. Dans le passé déjà, quand Saül était notre roi, c'est toi qui menais Israël en campagne et le ramenais, et le Seigneur t'a dit : "Tu seras le berger d'Israël mon peuple, tu seras le chef d'Israël." » Ainsi, tous les anciens d'Israël vinrent trouver le roi à Hébron. Le roi David fit alliance avec eux, à Hébron, devant le Seigneur. Ils donnèrent l'**onction** à David pour le faire roi sur Israël.

Psaume

Ps 121

Dans la joie, nous irons à la maison du Seigneur.

Quelle joie quand on m'a dit :
« Nous irons à la maison du Seigneur ! »
Maintenant notre marche prend fin
devant tes portes, Jérusalem !

Jérusalem, te voici dans tes murs :
ville où tout ensemble ne fait qu'un !
C'est là que montent les tribus, les tribus du Seigneur,
là qu'Israël doit rendre grâce au nom du Seigneur.

C'est là le siège du droit,
le siège de la maison de David.
Appelez le bonheur sur Jérusalem :
« Paix à ceux qui t'aiment ! »

Deuxième lecture

Lecture de la lettre de saint Paul apôtre aux Colossiens

Col 1,12-20

Pour saint Paul, Jésus est vraiment au centre du monde et de la vie des hommes, il est Dieu parmi nous.

Frères, rendez grâce à Dieu le Père, qui vous a rendus capables d'avoir part à l'**héritage** des saints, dans la lumière. Nous arrachant au pouvoir des ténèbres, il nous a placés dans le Royaume de son Fils bien-aimé : en lui nous avons la rédemption, le pardon des péchés.
Il est l'image du Dieu invisible, le premier-né, avant toute créature : en lui, tout fut créé, dans le ciel et sur la terre. Les êtres visibles et invisibles, Puissances, Principautés, Souverainetés, Dominations, tout est créé par lui et pour lui. Il est avant toute chose, et tout subsiste en lui.
Il est aussi la tête du corps, la tête de l'Église : c'est lui le commencement, le premier-né d'entre les morts, afin qu'il ait en tout la **primauté**. Car Dieu a jugé bon qu'habite en lui toute plénitude et que tout, par le Christ, lui soit enfin réconcilié, faisant la paix par le sang de sa Croix, la paix pour tous les êtres sur la terre et dans le ciel.

Évangile Évangile de Jésus Christ selon saint Luc

Lc 23,35-43

Jésus va jusqu'à la mort en faisant confiance à Dieu son Père, qui le ressuscitera. Il montre ainsi qu'il est le roi de la vie.

En ce temps-là, on venait de crucifier Jésus, et le peuple restait là à observer. Les chefs tournaient Jésus en dérision et disaient : « Il en a sauvé d'autres : qu'il se sauve lui-même, s'il est le **Messie de Dieu**, l'Élu ! » Les soldats aussi se moquaient de lui ; s'approchant, ils lui présentaient de la boisson vinaigrée, en disant : « Si tu es le roi des Juifs, sauve-toi toi-même ! » Il y avait aussi une inscription au-dessus de lui : « Celui-ci est le roi des Juifs. » L'un des malfaiteurs suspendus en croix l'injuriait : « N'es-tu pas le Christ ? Sauve-toi toi-même, et nous aussi ! » Mais l'autre lui fit de vifs reproches : « Tu ne crains donc pas Dieu ! Tu es pourtant un condamné, toi aussi ! Et puis, pour nous, c'est juste : après ce que nous avons fait, nous avons ce que nous méritons. Mais lui, il n'a rien fait de mal. » Et il disait : « Jésus, souviens-toi de moi quand tu viendras dans ton Royaume. » Jésus lui déclara : « Amen, je te le dis : aujourd'hui, avec moi, tu seras dans le Paradis. »

Les mots de la Bible

David
David était un jeune berger. Dieu l'a choisi pour être le futur roi d'Israël.

Héritage
Ce sont les biens (argent, objets, meubles, maison…) que les enfants se partagent après la mort de leurs parents.

Messie de Dieu
Celui qui est choisi, élu par Dieu et envoyé pour une mission. Au temps de Jésus, beaucoup de Juifs attendaient un messie guerrier qui chasserait les occupants romains et deviendrait le roi du pays.

Onction
C'est un geste qui montre qu'une personne est consacrée à Dieu : on lui met de l'huile parfumée sur le front.

Primauté
Première place.

Retourne page 15 pour poursuivre la messe.

Le pays où Jésus a vécu
Césarée de Philippe
GALILÉE
Capharnaüm
Mont des Béatitudes
Cana
Magdala
Lac de Tibériade
Nazareth
Mont Thabor
MER MÉDITERRANÉE
SAMARIE
Césarée
Sychar
Joppé
Jérusalem
Jéricho
Bétahnie du Jourdain
Emmaüs
Bétahnie
Béthléem
JUDÉE
Gaza
MER MORTE
DÉSERT
0 KM
20

Dimanches et fêtes

Novembre 2021 à novembre 2022

AOÛT

SEPTEMBRE

OCTOBRE

NOVEMBRE

Index